À PROPOS DE L'AUTRICE

Ancienne professeure d'anglais au lycée, Sophie Jordan est aujourd'hui autrice à succès de romances historiques et de romances paranormales sous le pseudonyme de Sharie Kohler. Elle vit à Houston avec sa famille.

Un désir inavouable

Collection : VICTORIA

Titre original :
THE DUCHESS

HARPERCOLLINS FRANCE
83-85, boulevard Vincent-Auriol, 75646 PARIS CEDEX 13
Service Clients — https://www.harlequin.fr/contenu/contactez-nous
ISBN 978-2-2805-0819-3 — ISSN 2493-013X

Édité par HarperCollins France.
Composition et mise en pages Nord Compo.
Imprimé en mars 2025 par CPI Black Print (Barcelone)
en utilisant 100% d'électricité renouvelable.
Dépôt légal : avril 2025.

MIXTE
Papier issu de sources responsables
FSC® C159065

Pour limiter l'empreinte environnementale de ses livres, HarperCollins France s'engage à n'utiliser que du papier fabriqué à partir de bois provenant de forêts gérées durablement et de manière responsable.

SOPHIE JORDAN

Un désir inavouable

Traduit de l'anglais (États-Unis) par
MARIE PASCAL

Victoria

HARLEQUIN

À toutes les survivantes

1

« Les deux plus beaux jours de ma vie ont été mon mariage… et l'enterrement de mon mari. »

VALENCIA, DUCHESSE DOUAIRIÈRE DE DEDHAM

11 avril 1822
Sur la Tamise
Londres, Angleterre

Le mari de la duchesse de Dedham n'était plus.

Un an auparavant à peu près, le malheureux avait succombé à une grave chute dans l'escalier. Il avait été retrouvé sans vie, la nuque brisée, en bas des marches. Cela n'avait étonné personne, étant donné sa santé précaire et sa dépendance chaque jour plus importante à l'alcool et au laudanum. Cela, c'était de notoriété publique. Ce qui était surprenant, en revanche, c'était qu'il eût pu survivre tout ce temps, jusqu'à cette chute fatale, survenue dans un manoir à la campagne où il avait été invité à passer quelques jours.

Désormais, en tant que duchesse *douairière* de Dedham, Valencia était libre, et bien décidée à rattraper le temps perdu. À dire vrai, prête, elle l'était depuis la première seconde de son veuvage, mais il y avait des règles. *Énormément* de règles. Des règles qu'elle avait respectées toute sa vie, sans que cela ne lui apporte rien. Les règles, avait-elle découvert, servaient rarement les femmes. Néanmoins, depuis qu'elle n'était plus l'épouse de Dedham, ces règles avaient changé. Enfin.

Elle avait fait son deuil. Elle avait accompli son devoir de veuve. Elle avait fini de se tapir dans sa maison de Mayfair.

Tout ceci avait duré un an. Onze mois plus précisément, mais c'était suffisant et personne ne s'en offusquerait. Elle avait passé assez de temps dissimulée sous de la bombazine noire amidonnée, loin du grand monde et de ses salons de réception, loin des thés, des soirées, des bals et des aristocrates aux sourires forcés.

Au début, cela lui avait parfaitement convenu. Elle avait même trouvé cela préférable. Après la disparition de son mari, survenue dans des circonstances si dramatiques, elle avait ressenti un grand besoin de solitude. Elle s'était drapée dans son isolement, cherchant et trouvant du réconfort dans sa propre compagnie, devenant un peu plus forte chaque jour, jusqu'à se sentir prête à refaire surface et à retrouver les vivants.

Elle était tout à fait prête désormais.

Ce jour, elle fêtait son anniversaire, et son mari avait disparu de sa vie à tout jamais. C'était peut-être le plus beau cadeau qu'il eût pu lui faire. C'était terrible à dire, mais c'était la vérité. Le duc de Dedham qu'elle avait jadis aimé était mort de nombreuses années auparavant en tombant de cheval. Un autre homme avait pris sa place. Ce n'était pas son vrai mari. C'était un fantôme. Un inconnu. Cet inconnu avait péri un an plus tôt, et il ne lui manquait pas.

Elle n'était plus forcée de subir sa présence sombre et autoritaire. Elle en avait fini de frayer avec les ombres. Elle en avait fini d'essayer de se faire aussi petite que possible. Elle célébrait la vie – la vie qu'il lui restait – et elle avait de longues années de malheur conjugal à effacer.

Un peu plus d'une douzaine de convives – toutes ses meilleures amies (et ennemies) – occupait le bateau déjà très animé. Alors que le crépuscule enveloppait peu à peu Londres, l'embarcation s'éloigna du quai et se mit à voguer doucement sur les eaux sombres de la Tamise, en direction de la rive sud. Destination : Vauxhall. Objectif : s'amuser, s'amuser et encore s'amuser.

Et qui sait ? Peut-être allait-elle rencontrer un beau gentleman qui l'emmènerait faire un tour du côté des fameuses allées obscures de Vauxhall Gardens. Cela lui plairait beaucoup. Voilà bien trop longtemps que personne ne l'avait touchée. Bien trop longtemps qu'un beau gentleman n'avait pas fait battre son cœur. Bien trop longtemps que personne ne l'avait prise dans ses bras et embrassée.

Oh ! comme elle adorait les baisers, pourtant. En recevoir et en donner. Elle avait d'excellents souvenirs, même s'ils paraissaient désormais flous et irréels, remontant aux premiers temps de son histoire avec Dedham. Elle se souvenait qu'elle embrassait très bien. Et qu'elle aimait cela.

La charge maximale du bateau était peut-être dépassée, mais cela ne semblait pas inquiéter les invités. Ils riaient. Ils buvaient. Ils applaudissaient la cantatrice qui se produisait pour eux. Ils hélaient les bateaux voisins, interpellant les gens qu'ils connaissaient... et ceux qu'ils avaient envie de connaître.

Des femmes en robes de toutes les couleurs se prélassaient parmi les coussins, en riant et sirotant le champagne servi par des domestiques en livrée qui circulaient sur le pont avec une aisance acrobatique. Des torches embrasées délimitaient l'espace dédié aux réjouissances. Elles crépitaient avec fougue et sublimaient l'éclat miroitant des soies, des satins et des brocarts. Sans parler des bijoux, qui brillaient de mille feux au creux des décolletés profonds et au milieu des chevelures coiffées avec art.

L'improbable perruque rousse de la marquise étincelait comme une flamme dans la nuit. Valencia regarda avec dureté sa belle-mère qui riait gaiement. *Espèce de sorcière.* Si cette femme n'avait pas été l'épouse du père de Valencia, elle n'aurait pas été invitée, c'était certain. Encore une de ces règles stupides en vigueur dans le grand monde. Valencia leva les yeux au ciel et soupira avant d'avaler une gorgée de champagne.

— Ne laisse pas sa présence gâcher ta soirée, conseilla Tru, qui avait deviné la raison du soupir de Valencia.

— Je trouve insensé de devoir tolérer cela. Surtout ce soir.

Il s'agissait en effet d'une fête donnée en *son* honneur, et malgré cela elle devait supporter la vue de cette détestable personne que son père avait prise pour épouse.

Elle posa sur lui un regard empreint de dégoût. Ses mains décharnées serraient le pommeau en or et pierres précieuses de sa canne, alors que l'embarcation avait entrepris ses manœuvres d'accostage, tout près de l'entrée de Vauxhall. Son équilibre était devenu très précaire, et pourtant, avec aide et soutien, il avait réussi à emprunter la rampe d'accès du bateau pour monter à bord. Valencia aurait pensé qu'il serait effrayé par la perspective d'une soirée à Vauxhall promettant d'être mouvementée. Mais il était là, et bien là.

Une barge ne transportant que des hommes remarqua leur bateau. Il fallait dire qu'il ne passait pas tout à fait inaperçu. Ils firent de grands gestes et se mirent à siffler pour les interpeller. Un jeune homme s'approcha dangereusement du bord de la barge et, les deux mains posées sur son cœur, il lança :

— Belles dames, laissez-moi vous escorter à travers les jardins !

Valencia s'agrippa au bastingage et rendit son salut au jeune homme en riant. Elle se tourna ensuite vers Tru.

— Regarde un peu tous ces fiers gaillards.

Puis, plus bas, elle ajouta :

— Hazel n'aurait-elle pas pu choisir l'un d'eux ? Pourquoi fallait-il qu'elle jette son dévolu sur mon père ?

Maeve, toujours très rationnelle, haussa les épaules.

— Pourquoi aurait-elle cherché quelqu'un d'autre que ton père ? Il est riche, marquis et fou d'elle.

Valencia secoua la tête.

— Les années n'y font rien : je n'arrive toujours pas à croire et à accepter que papa l'ait épousée.

Sa maîtresse. Il avait épousé sa maîtresse. Cela souillait la mémoire de sa mère.

— Cela ne devrait pas t'étonner pourtant, poursuivit Maeve. Comme beaucoup d'autres, ton père est un homme vaniteux, et cela flatte son ego d'avoir une épouse jeune et belle. Il n'y a rien d'extraordinaire à cela.

— Était-il obligé de choisir celle qui a été la maîtresse d'à peu près la moitié de la ville ? grommela-t-elle.

— Oh ! tu exagères, la réprimanda Tru.

— Elle n'exagère pas du tout, intervint Lady Ashbourne qui s'avança vers leur petit groupe pour s'immiscer dans la conversation.

Elle hocha la tête en direction de la marquise et leva son verre pour lui adresser un salut narquois.

— Je n'ignore pas que *mon* cher Ashbourne a trempé sa plume dans cet encrier-là.

La lady éleva délibérément la voix, pour être bien sûre d'attirer l'attention de Hazel sur ses propos insultants.

Cette dernière fronça les sourcils et s'approcha d'elles.

— Est-ce de moi dont vous êtes en train de parler, Lady Ashbourne ?

La lady regarda Hazel de haut en bas avec un léger frémissement de narines. Elle était prête à se battre, cela se voyait.

— En réalité, je parlais de votre... *encrier.*

Une couleur rouge cramoisi envahit les joues de Hazel, et Valencia eut presque – mais pas vraiment – pitié d'elle. Elle ne pouvait pas dire le contraire : cela lui faisait plaisir de voir sa belle-mère si mal à l'aise. Jusqu'à ce que Hazel ne réagisse.

D'un mouvement de bras ample et vigoureux, la marquise poussa Lady Ashbourne aux épaules. Perdant l'équilibre, cette dernière vint heurter Valencia qui se retrouva elle-même projetée au-dessus du bastingage.

Valencia plongea dans les eaux sombres de la Tamise en hurlant.

L'eau saumâtre envahit ses poumons. Le poids de sa magnifique robe l'entraîna irrémédiablement vers le fond.

Elle tenta de résister, en remuant les bras, en donnant des coups de pied dans ses jupes emmêlées, en luttant pour remonter à la surface. Peine perdue. Elle se débattit et s'agita dans tous les sens. Tout à coup, elle ne sut plus distinguer le bas du haut, le fond de la surface. Ses efforts l'avaient épuisée. Ses poumons brûlaient comme si elle avait avalé des flammes. Ses membres étaient en plomb et incapables de se mouvoir. Incapables de la sauver.

Elle était en train de se noyer. En train de mourir.

Le jour de son anniversaire.

Bon sang de bois !

Soudain, une ferme lanière s'enroula autour de sa taille et elle fut tirée vers le haut, en direction de la surface. Elle haleta et toussa, et aspira avec avidité l'air doux et salvateur.

La lanière autour de sa taille était un bras. Un bras appartenant à un homme. Un homme qui était en train de la sauver, en la hissant à bord d'un bateau.

Le soulagement de sentir une surface ferme sous elle fut immense, elle se laissa rouler sur le côté en toussant et recrachant l'eau infecte du fleuve. Une ombre la surplomba, atténuant la lumière des torches. Elle prit appui sur un coude et posa un regard hébété autour d'elle. Ce n'était pas son bateau.

Elle se trouvait à bord d'une barge.

La barge aux fiers gaillards.

Son regard s'arrêta sur l'homme mouillé penché au-dessus d'elle. Son torse incroyablement large se soulevait et s'abaissait à un rythme rapide, résultat de l'effort qu'il venait de fournir. *Pour la secourir.*

Les coins de sa bouche se soulevèrent pour dessiner un sourire bien trop beau. Un sourire qui disait à quel point il se savait beau.

— Vous n'aviez pas besoin de vous jeter à l'eau pour attirer mon attention, ma jolie.

Elle ouvrit la bouche pour répondre à l'homme qui, soit dit

en passant, était bien plus « joli » qu'elle, mais elle ne parvint qu'à tousser et cracher encore plus d'eau. Il devait y avoir plus charmant comme spectacle. Elle-même avait déjà dû être plus charmante. Au début de la soirée, par exemple, quand elle était encore si bien habillée, coiffée, maquillée.

Un autre homme prit la parole, avec un accent grave et guttural riche de « r » délicieusement roulés.

— Ce n'est pas le moment de flirter, Dewey. Tu ne vois donc pas qu'elle lutte pour ne pas mourir d'étouffement ?

Les mains à plat sur le pont, Valencia leva les yeux vers l'homme qui était en train de parler, tout en essayant de reprendre son souffle. Il était d'une beauté ténébreuse. Chez lui, il n'y avait rien de joli.

Il était âprement séduisant. Les cheveux noirs comme la nuit. Les yeux brun foncé. La mâchoire carrée portant l'ombre d'une légère barbe. Il ressemblait terriblement à un homme avec lequel elle aurait eu envie de se perdre dans d'obscures allées. Un bel inconnu. Ni trop jeune, ni trop vieux. Parfaitement à son goût.

Ce n'était pas un de ces dandys au teint lisse, peu habitués aux rigueurs de la vie au grand air. Sa peau connaissait la caresse du soleil. Un rapide coup d'œil à sa silhouette lui permit de se rendre compte que son corps n'était pas non plus celui d'un dandy. Il avait les épaules larges. Les bras forts. Des biceps qui semblaient à l'étroit dans sa veste. Et il était grand. Plus grand que ne l'avait été son mari, à côté duquel elle s'était pourtant toujours sentie petite. Tout cela formait un ensemble des plus virils. La bouche de Valencia devint sèche et elle déglutit. Aux coins des yeux noirs de l'inconnu, elle devina quelques rides d'expression, causées par le sourire ou bien par le rire. Par les deux, peut-être. Même si, en ce moment précis, pendant qu'il la regardait, il ne faisait ni l'un ni l'autre.

Son œil était noir et il affichait une moue insensible et sévère. Une moue fort impolie.

À cause de cette moue, elle faillit oublier que cet homme

correspondait en tout point à ce qu'elle recherchait pour la soirée. Enfin presque. Sans la moue, bien sûr. Un homme qui faisait la moue ne l'avait jamais fait rêver.

Il était impossible de ne pas apprécier sa beauté, néanmoins, avec ou sans moue.

Elle rougit sous les gouttes d'eau qui ruisselaient sur son visage. Il était assez fou d'avoir ce genre de pensées alors que quelques minutes plus tôt elle avait failli périr noyée. Fou… ou bien normal. Après avoir frôlé la mort, en effet, ne percevait-on les choses avec davantage de clarté et de précision ?

C'était peut-être pour cette raison qu'elle ne pouvait s'empêcher de poser sur cet homme un regard attentif, comme si elle était une chasseuse en train de guetter une proie. Un regard acéré et scrutateur. Elle évaluait ce qu'elle avait devant les yeux. C'était un peu comme si, tout à coup, elle prenait véritablement conscience de la signification profonde de cette soirée.

Elle avait attendu toute sa vie, semblait-il.

Elle avait perdu énormément de temps pendant son mariage avec Dedham. Et après sa mort, elle avait sacrifié presque une année à son deuil. À présent, elle était libre. Libre de faire ce qu'elle voulait.

La sévérité affichée par l'inconnu n'altérait en rien sa beauté. C'était peut-être même tout le contraire, car elle soulignait le côté volontaire et masculin de sa mâchoire, le tracé droit et affirmé de son nez, la sombre expressivité de son regard, sourcils et yeux. Ces derniers, en particulier, fascinaient par leur profondeur. Elle crispa les doigts sur le pont mouillé jusqu'à ce que ses ongles ne menacent de se casser.

Son sauveur, Dewey – du genre charmeur, avec ses jolies manières et son sourire nonchalant – l'attrapa doucement par les bras et l'aida à se relever.

— Et voilà, madame.

Elle regarda sa robe dégoulinante d'eau et laissa échapper un petit gémissement affligé.

— Ma robe.

— Les robes ne sont pas irremplaçables. Vous avez de la chance d'être encore en vie, marmonna le beau ténébreux.

En grommelant, elle regarda en direction du bateau où se trouvaient ses amis. Elle avait en effet de la chance d'être encore en vie. Le poids de sa robe aurait pu l'attirer vers le fond, et la faire disparaître à tout jamais dans les eaux de la Tamise. *Merci, Hazel...* Sa mésaventure devait ravir sa belle-mère. Celle-ci aurait sans doute souhaité que Valencia se noie.

Certes, elle ne l'avait pas directement précipitée par-dessus bord, mais elle ne devait pas déplorer l'accident. Elles ne s'aimaient pas beaucoup, et c'était un euphémisme. Dès le début, les relations avaient été très tendues entre elles, et la situation n'avait fait que s'envenimer avec les années.

— Madame réfléchira peut-être à deux fois avant de trop boire désormais, ajouta le beau ténébreux en lui adressant un regard lourd de reproches.

Elle se raidit, soufflée par tant d'incorrection.

— Plaît-il ? fit-elle.

Il agita ses doigts longs et élégants dans sa direction.

— De toute évidence, vous ne tenez pas l'alcool, madame.

— Cousin, intervint le jeune charmeur sur un ton réprobateur, tout en prenant Valencia par le bras. Sois un peu gentil. Elle vient de vivre une rude épreuve.

Rude épreuve, en effet. Néanmoins, le *cousin* de Dewey semblait fort peu compatissant. Il la regardait à présent avec une esquisse de sourire tout sauf gentil. Apparemment, il ne la considérait pas digne d'être traitée avec gentillesse.

C'était intolérable.

C'était *son* trente-deuxième anniversaire, *sa* fête, organisée pour célébrer la fin de longs mois de deuil, et elle était là, misérable et trempée comme une soupe, en train de se faire insulter par cet homme sorti tout droit de... D'où, exactement ? Elle n'était pas capable d'identifier son accent avec certitude. Cela se rapprochait de l'accent écossais, mais ce n'était pas tout à fait cela non plus. Sans doute venait-il d'une de ces contrées lointaines. D'un de ces coins perdus du pays où les hommes n'apprenaient pas la politesse ni la distinction.

Il était habillé comme un gentleman, mais cela ne signifiait rien. Ce n'étaient pas les vêtements qui rendaient un homme bon ou respectueux. Son cœur se serra légèrement. Les souvenirs douloureux étaient encore frais et suffisamment vifs pour la faire vaciller.

Cela, elle le savait mieux que quiconque.

Dedham avait toujours été d'une élégance impeccable, toujours l'homme le plus beau, le mieux habillé partout où il passait, et la toute jeune fille qu'elle avait été était aveuglément tombée amoureuse de lui.

Elle était tombée amoureuse de lui et elle l'avait payé très cher. Elle l'avait payé en lui sacrifiant de précieuses années de vie. Plus jamais elle ne commettrait l'erreur de se croire amoureuse, ni de croire qu'un homme était capable de faire preuve de constance et de ne jamais changer. De croire qu'un homme pouvait se déclarer amoureux et le rester pour toujours.

« Pour toujours » ne durait jamais.

L'indignation la saisit.

— Je n'ai bu qu'une coupe de champagne, murmura-t-elle, même si elle ne devait aucune explication à cet homme.

Elle le dit, néanmoins.

— C'était une coupe de trop, visiblement.

Oh ! quelle arrogance !

— Ce ne sont pas vos affaires, mais je ne suis pas ivre, *sir.*

Elle lui décocha ce « sir » comme s'il s'agissait de la pire des insultes ou bien d'une flèche empoisonnée. Comment osait-il ? Cela faisait un an qu'elle n'était plus soumise aux critiques masculines, et cela ne lui manquait pas. Elle ne tolérerait aucune leçon de morale de la part de cet étranger. Ni de la part d'aucun homme. C'était terminé, tout cela.

Elle se rappela qu'elle était duchesse, ou plutôt duchesse *douairière*. Et qu'elle était plus encore que cela. Elle était une femme qui avait souffert, qui avait dû se battre. Elle avait réussi à surmonter de rudes épreuves et elle s'en était sortie, ce qui faisait d'elle une survivante. Oui, elle était vivante et bien vivante. Plus forte que jamais, elle renaissait à la vie. Cette deuxième chance qui lui était offerte, jamais elle ne la laisserait passer.

Elle leva le menton et balaya du regard tous les hommes qui l'entouraient. Elle parvint à afficher un air parfaitement hautain. Elle fit semblant de ne pas être trempée comme une soupe, semblant d'être toujours la lady impeccable qu'elle était au début de la soirée plutôt que cette pauvre malheureuse qui venait de faire bien malgré elle un grand plongeon dans la Tamise.

En retour, les hommes présents la regardaient avec intérêt et… admiration. Cela lui redonna espoir et l'aida à se sentir plus forte. Les années, et Dedham, semblait-il, ne lui avaient pas tout pris. Elle n'avait pas tout perdu. Si ces hommes étaient capables de l'admirer dans cet état… eh bien, tout espoir était permis. Il y avait encore de la vie en elle, et n'était-ce pas précisément ce qu'elle voulait célébrer durant cette soirée ?

Mais elle se sentait également un peu mal à l'aise sous leurs regards concupiscents. Elle était une femme seule à bord d'une barge pleine d'hommes. Elle prit pourtant sur elle afin de dissimuler sa gêne. Elle ne leur montrerait rien qui puisse faire d'elle une cible, une victime potentielle. Elle déglutit. Plus jamais. Plus jamais elle n'aurait peur. Plus jamais elle ne se sentirait petite. Prise au piège.

Elle leva un peu plus le menton. À partir de maintenant, dans sa vie, il ne serait plus question que de force. Elle était libre, et la liberté était synonyme de force. De puissance. De contrôle.

Dewey, le cousin charmeur, montra Vauxhall du doigt.

— Nous y sommes presque, madame.

Elle regarda en direction du quai dont ils ne s'approchaient pas assez vite à son goût. Elle avait hâte de quitter cette barge et ses étranges occupants.

L'eau clapotait sur les côtés de la barge. Le regard de Valencia se tourna de nouveau vers Dewey, mais il n'y resta pas. Pour tout dire, elle lui adressa à peine un rapide coup d'œil. Son regard alla se poser sur *lui*. Le beau ténébreux. C'était lui qui accaparait son attention, à tel point qu'elle se demanda un instant si elle n'avait pas perdu la raison.

La barge heurta enfin le quai. Ses occupants manifestèrent bruyamment leur contentement. Elle entendit la corde retomber sur les planches en bois ainsi que le bruit que firent les grappins pendant l'amarrage. Elle entendit, mais sans regarder. Elle le fixait toujours. *Lui*. L'insensible au regard dur qui, contrairement à ses compagnons, ne semblait ni joyeux ni pressé d'aller s'amuser.

Le cousin revêche la fixait lui aussi, avec l'air d'avoir envie de la pousser à l'eau. Malgré sa sévérité, c'était lui qui avait attiré son attention, cependant. Cela l'effraya. Qu'est-ce que cela pouvait bien révéler d'elle ? C'était Dewey, beau et charmeur, qui aurait dû l'attirer. Pas cet homme acariâtre et mal embouché. C'était comme si elle n'avait pas retenu la leçon.

La rampe se mit en place dans un grand fracas. Valencia détourna enfin les yeux. Le courtois Dewey l'aida à rejoindre le quai. Elle avança, la tête haute, sans se retourner.

Même si elle en mourait d'envie.

2

« Une lady ne s'abaisse pas à se laisser aller à la violence physique. Lorsqu'elle se bat, elle le fait de bien plus noble manière, en maniant des armes qui se nomment luttes d'influence et insinuations. »

VALENCIA, DUCHESSE DOUAIRIÈRE DE DEDHAM

Valencia fut réveillée le lendemain matin par une intrusion tonitruante.

Elle resta dans son lit douillet un long moment, les bras mollement allongés au-dessus de la tête, les doigts enfouis dans sa longue chevelure, à écouter les bruits discordants. Elle savait très bien qu'elle aurait dû se lever pour aller voir ce qui se passait, mais pour l'instant la motivation lui manquait.

Son anniversaire ne s'était pas déroulé comme prévu.

Après avoir débarqué à Vauxhall la veille au soir, elle avait retrouvé ses amies. Elles l'attendaient sur le quai, inquiètes et impatientes. Ensemble, elles étaient allées acheter une robe à une employée des salles de réception de Vauxhall, mais le mal était fait. Cette nouvelle robe ne lui allait pas du tout : elle était coupée pour quelqu'un de beaucoup plus petit et de beaucoup plus sec qu'elle. Elle lui arrivait bien au-dessus des chevilles et elle s'était sentie affreusement boudinée dès qu'elle l'avait enfilée.

Les amies de Valencia avaient fait tout leur possible pour arranger sa coiffure, mais son plongeon dans la Tamise leur avait rendu la tâche ardue. Elle n'était pas parvenue à se débarrasser de l'odeur aigre du fleuve, et se sentait à bout de forces. Elle avait eu envie d'un bon bain et de se glisser dans ses vêtements à elle. Et aussi de retrouver sa chambre à coucher et son lit.

Malgré les protestations de ses amies, elle avait quitté la fête, les laissant s'amuser sans elle, et était rentrée chez elle, savourer un bon bain brûlant et la douceur de son lit.

La déception amère quant au déroulement – ou plutôt au non-déroulement – de sa fête d'anniversaire ne l'avait pas empêchée de s'endormir le cœur empli d'espoir. Un avenir radieux s'offrait à elle. Pour la première fois depuis trop longtemps, elle tenait sa propre vie entre ses mains. La soirée ne s'était pas déroulée comme elle l'avait prévue – il n'y avait pas eu de baisers brûlants échangés avec un bel inconnu dans une sombre allée – mais l'occasion se représenterait forcément. Il y aurait d'autres fêtes, d'autres soirées.

Tout à coup, elle repensa au malotru de la barge. Dommage qu'il n'ait pas eu meilleur caractère. Un caractère mieux assorti à son visage. En revoyant ledit visage, elle ressentit un frémissement intérieur de tout son être. Ah, ce regard sombre et acéré. Ces sourcils fournis. Ces joues ombrées d'un soupçon de barbe qui ne demandait qu'à être taillé. Ces cheveux trop longs, épais et bouclés, qui flottaient presque au vent. Son image était encore aussi vivace que la veille, et elle la tenait captive dans son lit, rêveuse, alanguie et bien au chaud.

Un bruit sourd la rappela à ses devoirs. Il y avait un problème quelque part et elle devait aller voir de quoi il retournait. Ses domestiques connaissaient si bien la maison et leur travail qu'ils étaient toujours extrêmement silencieux. Ils avaient appris cet art du déplacement discret en essayant de se faire oublier de Dedham pendant des années.

Avec un gémissement contrarié, elle renvoya ses rêveries dans les limbes de son cerveau et roula jusqu'au bord du lit.

Elle commença par s'y asseoir, se frotta les yeux et passa la main dans ses cheveux détachés alors que des voix fortes et des cognements continuaient d'ébranler ses murs.

— Seigneur Dieu, mais que se passe-t-il ? murmura-t-elle en s'arrachant à contrecœur à ses draps pour tendre le bras vers sa robe de chambre, posée à plat au bout du lit.

Elle avait enfilé une première manche quand la porte de sa chambre s'ouvrit pour laisser entrer sa femme de chambre. Elle avait les joues très rouges et affichait une expression paniquée.

Valencia, alarmée, se figea.

— Tildie, que se passe-t-il ?

— Votre Grâce, murmura-t-elle en tendant une main devant elle. Surtout, restez calme…

— Que je reste calme ?

Ce procédé fonctionnait-il parfois ? Dire à quelqu'un de rester calme l'aidait-il réellement à le faire ? Sur Valencia, en tout cas, cela n'eut pas l'effet escompté. Avec appréhension, elle demanda une deuxième fois, mais sur un ton plus insistant :

— Que se passe-t-il, Tildie ?

— Le nouveau duc…

— Le *nouveau* duc ? répéta-t-elle, car elle avait du mal à saisir le sens de ces paroles.

— Oui, Votre Grâce.

Tildie tendait à présent les deux mains et les agitait devant elle comme si ce brassage d'air pouvait apaiser Valencia.

— Le duc de Dedham est arrivé…

— Ils ont fini par le trouver ?

Cela faisait un an que les administrateurs du duché le cherchaient. Elle le savait. Cela faisait même partie des rares informations qu'ils avaient pris la peine de lui communiquer. « *Ne vous inquiétez pas, Votre Grâce. Nous allons le localiser le plus rapidement possible.* » Comme si cela avait pu l'inquiéter ! En réalité, sa seule inquiétude avait été au contraire qu'ils le retrouvent trop vite, même si elle savait que cela devait fatalement se produire un jour.

Les rumeurs concernant le nouveau duc étaient allées bon train. Elles s'étaient même déchaînées. *« Le duc de Dedham habite en Afrique, au cap de Bonne Espérance. Il se livre à la piraterie aux Seychelles. Il s'est installé dans une maison en bambou au Japon. Il se trouve à Gizeh, pour y peindre les pyramides. »*

Des dizaines de fausses informations étaient parvenues jusqu'à elle et elle s'y était habituée. Elle ignorait, en revanche, que les administrateurs avaient réellement fini par mettre la main sur lui. Elle n'était pas étonnée qu'ils ne se soient pas donné le mal de la prévenir, cela dit. Pour eux, elle n'était qu'une femme.

Noble ou pas, elle était dotée d'une poitrine, ce qui, selon eux, était incompatible avec la présence d'un cerveau. Ils ne lui accordaient alors pas la moindre importance. C'était ainsi qu'ils procédaient du vivant de son mari et ils n'avaient pas changé leurs façons de faire depuis son décès. Elle était un être insignifiant, qui ne méritait pas d'être tenu au courant de la vie et de la gestion du domaine ducal.

Certes, une semaine plus tôt, elle avait entendu dire qu'ils avaient retrouvé l'héritier et que son arrivée était imminente. L'information provenait de Maeve. Son mari occupait un poste important au ministère de l'Intérieur, en plus d'être le troisième fils d'un éminent vicomte. Il évoluait dans les hautes sphères et n'ignorait rien de ce qui agitait le grand monde, mais, pour la première fois, Valencia n'avait pas accordé de réel crédit à une révélation venant de Maeve. Elle l'avait prise comme une rumeur de plus. Une possibilité, bien sûr, mais somme toute assez peu probable.

Sans doute avait-elle voulu croire l'information fausse. Valencia s'était prise à rêver que l'héritier ne fasse jamais surface. Elle savait pourtant que cette éventualité serait source de complications. La Couronne pourrait très bien décider d'attribuer le duché et le titre à quelqu'un d'autre. Ou bien de le supprimer purement et simplement, mettant ainsi fin aux droits et privilèges qui allaient avec. Dans ce cas, que deviendrait-elle, elle ?

Un grand changement s'annonçait. C'était inévitable. Elle le savait. Cela ne l'avait pas empêchée de faire l'autruche pendant toute une année. Le moment de sortir la tête du sable semblait néanmoins arrivé. Elle n'avait plus le choix.

— Oui. Ils l'ont trouvé. Et il est arrivé… accompagné de sa famille.

— Sa famille ?

Sa voix avait grimpé d'une octave. Elle n'avait jamais réfléchi à cela, mais cela se tenait, bien sûr. Les probabilités pour qu'il se présente seul à Londres étaient infimes. Il avait certainement une épouse. Des enfants, peut-être. Des parents. Des frères et sœurs. Toute une suite. Elle déglutit pour chasser la boule qui s'était formée dans sa gorge, mais la panique était bien là. Ce vacarme insensé qui l'avait réveillée trouvait désormais son explication. Et tout ceci était terrifiant.

En temps normal, sa maison était très calme. Paisible même, après l'ère Dedham, durant laquelle tout le monde marchait sur la pointe des pieds – et surtout sur des œufs – dans la crainte de déchaîner la colère du maître des lieux.

Feu son mari était connu pour ses subits accès de fureur, surtout lorsqu'il était dans ses mauvais jours, quand les effets du laudanum, de l'opium et de l'alcool s'étaient dissipés et qu'il en ressentait le manque avec acuité. Tout le monde ressentait son mécontentement. Tout le monde souffrait s'il souffrait. Ainsi allaient les choses.

En ce moment précis, l'on aurait dit qu'un troupeau d'éléphants avait entrepris l'ascension du grand escalier. Soudain, plusieurs coups sourds ainsi que des bruits de chute se firent entendre, au-dessus du piétinement pourtant bien sonore. Valencia sursauta. Tildie tressaillit.

Elle était chez elle. Ce qui se passait dans cette maison relevait de sa responsabilité. Elle était toujours la maîtresse des lieux.

Cela n'avait pas changé. Elle pinça les lèvres avec résolution. *Pas encore*. Oubliant sa pudeur, Valencia se précipita hors de sa chambre, pour se jeter dans le couloir.

Et dans le chaos.

Il y avait des gens partout. Des domestiques, qui n'étaient pas les siens. Elle ne reconnut aucun visage, mais à la livrée qu'ils portaient, elle sut qu'ils étaient en service. Pas à *son* service à elle, c'était tout.

Elle promena son regard de tous côtés, espérant comprendre ce qui se passait et trouver à qui s'adresser pour demander des explications.

Une élégante jeune femme à lunettes se trouvait en haut de l'escalier. Elle agitait les bras et poussait de petits cris perçants en fixant les marches.

— Mon petit amour ! Ma Poppet !

Craignant qu'un enfant ne soit tombé dans l'escalier, et assaillie par la réminiscence glaçante de la chute spectaculaire et fatale de son mari – un souvenir qui continuait de lui causer des terreurs nocturnes – Valencia se précipita, le cœur battant, persuadée qu'elle allait être témoin d'un drame. Un de plus.

Elle tendit une main réconfortante vers le bras de la jeune femme. Une inconnue en sa demeure. Elle apprendrait son identité plus tard – bientôt – tout comme celle de toutes ces personnes en train d'envahir sa vie.

— Est-ce que…

La question que Valencia avait lancée, d'une voix douce, mourut sur ses lèvres lorsqu'elle aperçut « Poppet » au pied de l'escalier. Ce n'était pas un enfant. Ni un bébé. Ni un être vivant.

C'était un chien empaillé.

Un schnauzer roux, plus précisément. Les poils blancs visibles autour de sa truffe et sur son museau attestaient de la longue vie que l'animal avait connue.

— Est-ce… Poppet ?

La jeune femme à lunettes acquiesça.

— Oui.

Elle frappa dans ses mains et, d'une voix sévère, s'adressa à l'un des innombrables domestiques présents autour d'elle.

— Vous ! Allez la chercher et ramenez-la moi. Et avec délicatesse, je vous prie.

Elle regarda alors Valencia comme si elle s'apercevait de sa présence.

— Oh.

Elle la détailla de bas en haut, s'attardant d'un air surpris sur ses cheveux lâchés et sa tenue légère.

Normalement, Valencia aurait dû avoir honte de se montrer ainsi. Mais rien de ce qui était en train de se produire n'était normal.

Qui sont tous ces gens ? Qui les a laissés entrer chez moi ?

— Oh ! répéta Valencia, avant d'ajouter, après s'être humecté les lèvres : Qui êtes-vous ?

Cette jeune femme se trouvait chez elle, après tout. Il n'y avait pas d'autre façon de lui poser la question.

— Je suis Isolde, répondit-elle, avec l'air de penser qu'il s'agissait d'une explication suffisante.

— Isolde, répéta Valencia.

Ce nom ne lui évoquait rien. Rien du tout. Elle ne connaissait pas cette jeune femme. Ni de vue, ni de nom. Il n'y avait aucune Isolde dans le grand monde. La personne qui avait hérité du duché – et qui était forcément lié à cette Isolde, d'une façon ou d'une autre – n'était pas une illustre figure de la haute société.

Une armée de domestiques défila tout près d'elles, animée par une énergie frénétique, les bras chargés de bagages et de toutes sortes d'objets. Isolde, qui ne pouvait pas avoir beaucoup plus que vingt ans, hochait la tête en affichant un large sourire. Valencia remarqua alors sa très jolie chevelure rousse. Puis la jeune femme observa de nouveau la tenue négligée de Valencia avec curiosité, en remontant ses lunettes sur son nez.

— Et vous, vous êtes... ?

Elle s'exprimait avec un accent chantant que Valencia ne put identifier avec certitude. La main posée sur le cœur, elle déclara

— Je suis la maîtresse de la maison dans laquelle vous vous trouvez présentement.

Elle prononça ces mots autant pour elle-même que pour son interlocutrice. Si le nouveau duc était effectivement arrivé, alors tout à coup, sa présence devenait totalement superflue, voire déplacée. Paradoxalement, elle ressentait avec force le besoin de revendiquer la propriété des lieux. Comme si cela pouvait changer quelque chose. Elle réprima une grimace.

Isolde cligna des yeux d'un air surpris.

— Vous… vivez ici ?

— Tout à fait.

— Êtes-vous une domestique ?

Valencia cligna des yeux à son tour et se regarda. Elle était en robe de chambre, certes, mais il était évident que le linon dans lequel cette dernière avait été taillée était un tissu coûteux. Elle rassembla ses cheveux d'une main et les disposa sur ses épaules avec toute la dignité dont elle était capable.

Avant que Valencia ne puisse répondre, Isolde poursuivit :

— Hmm. Non. Je ne pense pas que vous soyez une domestique. Vous seriez levée depuis longtemps, et en train de vaquer à vos tâches quotidiennes, n'est-ce pas ? Au lieu de traîner au lit comme une limace.

Une… *limace* ?

Il n'y aurait donc aucune limite aux insultes et aux outrages ?

Valencia frémit et leva le menton, en appelant à toute sa dignité. Elle avait parfois l'impression que c'était tout ce qu'il lui restait.

Elle était la fille d'une aristocrate espagnole, et la petite-fille d'un grand d'Espagne. Valencia descendait du premier prince des Asturies. C'était du sang royal qui coulait dans ses veines. Durant son enfance, sa mère le lui avait souvent rappelé. Cette dernière voulait être absolument certaine que Valencia le sache et n'oublie jamais ses origines. Même si, dans son existence actuelle, cela comptait peu.

Néanmoins, il était hors de question qu'elle se laisse humilier. Depuis le XIVe siècle au moins, son illustre famille était apparentée à plusieurs dynasties royales. Tant pis pour ceux qui l'ignoraient et qui ne la reconnaissaient pas. Ce n'était pas à elle de le leur apprendre ou de le leur rappeler.

— Je suis la maîtresse des lieux. La duchesse de Dedham.

La duchesse *douairière*, plus précisément, mais elle n'éprouva pas le besoin de le préciser. Les douairières étaient des vieilles femmes. Elle ne se considérait pas encore comme une vieille femme.

— Oh.

L'annonce avait surpris la jeune fille, qui cligna plusieurs fois des yeux.

— Je n'avais pas réalisé... ajouta-t-elle, penaude.

— Ne seriez-vous pas plutôt la duchesse *douairière* de Dedham ?

De toute évidence, quelqu'un la considérait comme une vieille femme.

En entendant cette nouvelle voix, Valencia se tourna et vit une autre jeune femme gravir les marches de l'escalier. Elle était tout aussi jolie que la jeune Isolde. Elle arborait de magnifiques cheveux auburn foncé. Les deux femmes étaient parentes, c'était certain, mais la nouvelle arrivée était plus âgée de plusieurs années. Elle paraissait plus mûre, à la fois dans ses manières et dans son apparence.

Elle leva un sourcil et ajouta :

— À moins que vous n'ayez épousé mon frère à mon insu, bien sûr.

Son petit sourire laissait entendre qu'elle savait parfaitement que ce n'était pas le cas.

Valencia la jaugea un moment, puis demanda, sur un ton prudent :

— Votre frère est le duc de Dedham ?

Évidemment. Valencia déglutit péniblement, alors qu'un sentiment de panique la gagnait. Un sentiment de panique et de désespoir.

Évidemment. Et je suis la dernière à le savoir.

Elle vivait ses dernières heures dans cette maison. Si le nouveau duc prenait possession des lieux aujourd'hui même, cela signifiait qu'elle n'y était plus la bienvenue. C'était presque comme si elle n'était déjà plus là. Son départ pour le petit manoir du Yorkshire qui l'attendait depuis qu'elle était veuve était imminent. Et attendu. Voire exigé.

Eh bien, cela ne se passerait pas ainsi. Elle ne se laisserait pas sommairement exiler.

Ce fut Isolde qui répondit à sa question. Elle hocha la tête d'un air joyeux. Joyeux et agaçant.

— Oui. Oui. C'est lui. N'est-ce pas merveilleux ? Notre frère est duc !

Merveilleux ?

Non. Non, ce n'était vraiment pas merveilleux, mais Valencia garda pour elle cette réponse aussi incorrecte que déplacée. L'incorrection ne la conduirait nulle part. Il fallait plutôt qu'elle se montre la plus charmante possible.

L'aînée des deux sœurs observait Valencia d'un air sévère, les yeux plissés. Elle pencha la tête d'un air pensif.

— Devriez-vous être ici ? Devriez-vous *encore* être ici ? Je croyais que le précédent duc était décédé il y a un an.

Isolde poussa une petite exclamation indignée devant l'impolitesse de sa sœur.

— Del !

— Cela fait plus de dix ans que je vis dans cette demeure, rétorqua Valencia en redressant le buste avec fierté. Et vous voudriez suggérer que ma place n'est pas ici ?

— Eh bien, ce n'est plus chez vous ici, non ? répondit Del en haussant les épaules. N'est-ce pas ce que dit votre loi, à vous, les Anglais ? N'êtes-vous pas censée libérer les lieux et laisser la place au nouveau duc ?

Valencia et Del se fixèrent en silence. Elle ne savait pas quoi répondre parce que Del avait tout à fait raison, bien entendu. C'était le principe même du droit d'aînesse. Le premier garçon né était l'héritier. L'héritier héritait. Toujours. À Valencia, il avait été accordé une modeste pension de veuve et un petit manoir à la campagne. Elle ne pouvait prétendre à rien de plus. Si elle avait donné un fils à Dedham, elle aurait pu rester ici, mais mener une grossesse à son terme n'avait jamais été son fort.

Son cœur se serra, mais elle se ressaisit vite et chassa ces tristes pensées. Elle avait assez pleuré cette perte. Ces deux pertes, plus exactement. Ces deux bébés qu'elle aurait pu avoir, mais qu'elle avait perdus. Mais ces épisodes douloureux appartenaient au passé, et il ne servait à rien d'y revenir.

Isolde regardait de l'une à l'autre.

— Del, murmura-t-elle.

De toute évidence, elle semblait toujours choquée par le manque de courtoisie de sa sœur. Elle adressa un regard désolé à Valencia. C'était une gentille jeune femme, bien que… bizarre. En effet, n'était-elle pas la propriétaire d'un chien empaillé ?

À ce moment précis, une autre jeune femme élégante gravit l'escalier, jusqu'au premier étage. Contrairement à ceux des deux premières, ses cheveux étaient châtain foncé. Mais elles avaient le même regard : de grands yeux bruns surmontés de sourcils noirs. Dans ses bras, elle portait Poppet, le chien empaillé.

— Isolde, dit-elle d'une voix mécontente. Les domestiques ont suffisamment à faire comme cela. Pas la peine de leur demander, en plus, de s'occuper de tes… (Elle adressa un regard dégoûté à la créature empaillée et la tendit à Isolde qui n'attendait que cela.) affaires.

Isolde soupira et prit le chien mort depuis longtemps en le serrant tendrement dans ses bras.

— Vous êtes des sans-cœur, tous autant que vous êtes, accusa-t-elle. Vous savez à quel point Poppet compte pour moi.

— Poppet n'est plus, Isolde. Cela fait des années qu'elle est morte. C'est un chien inanimé que tu tiens dans tes bras.

Cette sœur-ci était plus jeune que Del, mais tout aussi franche que cette dernière. Avec un peu de chance, elle serait peut-être un peu plus joviale et ne traiterait pas Valencia avec la même impolitesse.

— Des sans-cœur. Oui, des sans-cœur, continuait de marmonner Isolde.

Del poursuivit dans la même veine :

— Si je devais mourir, insisterais-tu pour me faire empailler ? Et pour me promener partout avec toi ?

La jeune Isolde fit la moue, en rejeta en arrière sa crinière rousse pendant qu'elle remontait de nouveau ses lunettes.

— Bien sûr que non. J'aime Poppet. Et toi, pas spécialement. Pourquoi voudrais-je te garder auprès de moi ?

Del fulminait.

Valencia contint son envie de rire. Un petit bruit dut néanmoins lui échapper, car la dernière arrivée se rendit alors compte de sa présence et la regarda de haut en bas, s'arrêtant longuement sur sa robe de chambre.

— Oh ! murmura-t-elle.

Isolde se chargea de faire les présentations.

— Elin, voici la duchesse de Dedham.

— La duchesse *douairière* de Dedham, corrigea Del, qui avait déjà montré à quel point cette distinction était importante à ses yeux.

Elin exécuta une révérence sans grâce et exagérée.

— Oh ! pour l'amour du ciel, Elin, ce n'est vraiment pas nécessaire, dit Del.

— C'est une duchesse, fit remarquer Elin à voix basse.

— Douairière, ajouta Isolde.

— Précisément, acquiesça Del. C'est la duchesse douairière, et notre frère est le nouveau duc.

Del adressa à Valencia un regard à la fois fier et sévère.

— Cela nous place sur un pied d'égalité, je pense. Nous n'avons pas besoin de nous courber en deux devant elle comme si c'était la reine.

— Vraiment ? demanda Elin, qui réfléchissait tout haut comme si Valencia n'était pas présente. C'est une duchesse douairière, alors que nous ne sommes que les sœurs d'un duc. Je suis à peu près certaine qu'elle nous dépasse en rang. Il y a un mois, j'étais encore en pantalon, en train de pêcher au bord de l'étang avec les gars du village. Maintenant, je suis au coude-à-coude avec des bêcheurs au sang bleu qui vivent dans des maisons ressemblant à des musées.

Elle désigna un tableau du XVIe siècle qui représentait l'un des ducs de Dedham, portant une perruque ainsi qu'une magnifique fraise blanche autour du cou.

Del croisa les bras sur sa poitrine d'un air buté comme pour signifier qu'elle ne changerait pas d'avis, quoi qu'en dise sa sœur.

Sa sœur. Ses sœurs. *Trois* sœurs. Et aucune des trois ne semblait timide ni réservée, d'après la première impression que Valencia avait pu se faire d'elles. Il fallait qu'elle se fasse à tout cela.

Le duc avait trois sœurs qui se trouvaient sous son toit. Enfin, ce n'était plus *son* toit. Del l'avait clairement laissé entendre, et elle avait raison, bien entendu. Valencia serait bientôt expulsée de chez elle.

Plusieurs domestiques gravirent l'escalier en portant un coffre. Et à voir leurs visages rouges et haletants, l'on devinait que leur fardeau était très lourd.

— Ah.

Del frappa dans ses mains et s'approcha pour examiner le coffre.

— Celui-ci ira dans la chambre de Nesta. Quatrième porte à droite.

Les chambres avaient-elles déjà été attribuées ? C'était à peine croyable. Valencia s'était endormie la veille au soir seule dans sa maison, si l'on faisait abstraction des domestiques. Et à présent elle se réveillait dans une maison emplie d'occupants bruyants et mal élevés qui s'étaient déjà approprié les chambres.

Et qui est donc cette Nesta ?

Si c'était encore une autre sœur…

Elle fit le compte dans sa tête. Quatre sœurs. *Quatre !* Seigneur Dieu. Une véritable armée.

Certaines d'entre elles étaient-elles mariées ? Cela signifierait des maris. Peut-être même des enfants. Autant d'invités supplémentaires.

Invités.

Ce n'était peut-être pas le bon terme. Non, en effet. Ces personnes n'étaient pas là pour un bref séjour au terme duquel elles repartiraient bien gentiment chez elles. En réalité, l'invitée, c'était elle à présent. L'idée, aussi incongrue que triste, la fit frémir. C'était pourtant la vérité.

La quatrième porte à droite était celle qui ouvrait sur la chambre bleue. Souvent, Valencia y logeait ses invités parce que, en plus d'être très jolie, la pièce se situait très loin des appartements occupés de son vivant par son mari. Et, étant donné le caractère imprévisible de ce dernier, cela lui avait toujours semblé plus sage. Elle n'aurait pas voulu que ses hôtes puissent être incommodés voire effrayés par ses sautes d'humeur.

La demeure comptait plus d'une douzaine de chambres. De quoi loger la plus grande des familles, ce qui semblait être le cas de celle du nouveau duc.

Tout à coup, une certitude s'empara de Valencia.

Le chaos qui l'avait tirée du lit n'était pas transitoire. Quatre sœurs… Pour l'instant, c'était tout ce qu'elle avait vu, mais il était impossible que ces jeunes filles… ces *femmes*… ne soient pas accompagnées. La famille ne s'arrêtait sans doute pas à elles. Elles ne pouvaient pas être seules. Par ailleurs leurs domestiques allaient s'ajouter aux domestiques déjà présents dans la maison.

Tout le monde allait s'installer. Tout le monde allait prendre possession des lieux.

Et il restait le duc. Ah. Oui. C'était à cause de lui que tout ce monde était ici. Il se trouvait au centre et au cœur de tout. Le duc, bien évidemment, allait s'installer là, afin de jouir pleinement de son nouveau statut.

Était-il marié ?

Valencia avait-elle déjà perdu son rôle et son titre de duchesse de Dedham ? Elle déglutit avec peine.

Aux regards désolants que lui adressaient ces jeunes femmes, même la douce Isolde, il devint évident que malgré la taille de la maison et le nombre conséquent de chambres, il n'y en aurait pas une pour elle.

Il n'y avait plus de place dans cette maison pour Valencia.

Il fallait qu'elle parte.

3

« Il n'y a rien de pire qu'une débutante courant après le mariage. Excepté six débutantes courant après le mariage. »

VALENCIA, DUCHESSE DOUAIRIÈRE DE DEDHAM

Rhain arriva à la demeure londonienne des ducs de Dedham en pestant contre sa malchance.

Sa mère et ses sœurs l'y avaient précédé. Sans doute étaient-elles en train d'installer leurs domestiques parmi ceux qui y travaillaient déjà. La porte d'entrée était grand ouverte pour permettre à tous ces gens d'aller et venir avec les bras chargés, et de transporter à l'intérieur l'impressionnante quantité de bagages avec laquelle la famille s'était déplacée. Il salua d'un signe de tête les visages familiers. Sa mère et ses sœurs n'auraient pas pu laisser leurs domestiques chez eux. Non, il avait fallu qu'elles les emmènent tous, sans exception, depuis le majordome chevronné jusqu'à la femme de chambre, en passant par la cuisinière et ses nombreuses aides.

Il ne connaissait aucun des domestiques de la maison – à présent tous à son service – mais il les plaignait sincèrement. Pauvres innocents, s'ils savaient ce qui les attendait. Ils étaient des agneaux sans défense, cernés par les loups qu'étaient sa mère et ses sœurs.

Lui savait.

Il savait pertinemment comment étaient sa mère et ses sœurs.

Il savait, et il aurait dû être là pour s'interposer et refréner leurs élans. Il aurait dû être là pour les présenter en bonne et due forme, lui et sa famille, à ses nouveaux domestiques. Il aurait dû être là pour franchir la porte d'entrée le premier.

Évidemment, il était le seul fautif. Dès le début, il avait fait preuve d'un enthousiasme plus que modéré. Pour *tout*. Venir à Londres. Prétendre à un titre, à des terres, et devoir assumer toutes les responsabilités que cela entraînait. Prendre possession de tous les biens des Dedham. Il ne voulait rien de tout cela. Il avait sa vie. Ses affaires. Il n'avait pas besoin de cela.

Il s'arrêta dans le hall d'entrée et regarda avec attention tout autour de lui. Les sols en marbre. Les plafonds voûtés. Le lustre en cristal, étincelant de centaines de brillants, avait la taille d'une calèche. Tout ceci lui appartenait désormais, et il allait devoir trouver qu'en faire. Que cela lui plaise ou non. Il se raidit. Le lustre, en tout cas, ne lui plaisait guère.

Il laissa échapper une expiration lasse et secoua légèrement la tête.

Rhain n'avait jamais rencontré le précédent duc, et pourtant, par un coup du sort totalement inattendu, il était son héritier. Ils avaient un arrière-grand-père commun. C'était en tout cas ce que lui avaient rapporté les administrateurs du domaine quand ils l'avaient débusqué au pays de Galles.

Son arrière-grand-père était le dernier fils du duc de Dedham. Pour Rhain, le plus terrible dans l'affaire avait été de découvrir qu'il avait du sang anglais dans les veines. C'était une tare qu'il ignorait complètement.

Son aïeul occupait une place à part dans la légende familiale. Tout le monde savait qu'il s'était enfui de chez lui au tendre âge de dix-huit ans, quand sa famille avait insisté pour qu'il épouse une lady de très haut rang qui ne l'intéressait pas. Sauf que personne ne savait que « chez lui », c'était l'Angleterre. Jamais il n'en avait été question dans les récits concernant son arrière-grand-père.

Combien de fois Rhain avait-il entendu l'histoire de la fuite mémorable de son arrière-grand-père, dépeint sous un jour intrépide et fier ! Le jeune homme avait été sommé d'épouser une femme de vingt ans son aînée. Une femme cruellement marquée par la vérole que lui avait transmise son premier époux. Malgré les supplications, son père n'avait pas flanché. Il avait même insisté. Ce mariage devait se faire et il se ferait.

Ces faits appartenaient à l'histoire familiale telle que Rhain l'avait entendue depuis tout petit. Seulement, on ne lui avait jamais dit que son arrière-grand-père était le fils d'un *Anglais*. D'un *duc*. Ce détail croustillant mais doux-amer avait été passé sous silence, par ignorance ou par volonté de garder le secret. N'était-il déjà pas suffisamment déplaisant qu'il soit anglais ? Fallait-il en plus qu'il soit duc ? L'aristocratie anglaise n'était-elle pas ce que les Gallois détestaient le plus au monde ?

Son arrière-grand-père avait tiré un trait définitif sur sa jeunesse. Peut-être n'avait-il pas eu le choix, en réalité. Il avait de son plein gré renoncé à une existence faite de faste et de prestige. À la suite de ce geste, il n'était pas exclu que sa famille l'ait déshérité afin de le punir de l'affront qu'il avait osé commettre. Cela dit, il n'avait jamais essayé de rentrer chez lui pour renouer avec son ancienne vie. Pas à la connaissance de Rhain en tout cas.

Tout le monde s'accordait à le dire : son arrière-grand-père était un homme jovial, épris de sa femme et père comblé de trois enfants. Un duché ne lui aurait rien apporté de plus, à lui qui semblait pleinement satisfait de son existence. Rhain le comprenait très bien. Il ressentait la même chose. Malheureusement, sa famille n'était pas du même avis que lui.

Tous les liens avec l'aïeul de Rhain n'avaient pas dû être rompus. Les administrateurs du duché l'avaient retrouvé. De toute évidence, cela avait pris un certain temps. Il s'était écoulé presque une année depuis le décès de Dedham. Deux employés de la famille avaient frappé à sa porte – ou plutôt à la porte de sa mère et de ses sœurs. Depuis l'âge adulte, il ne résidait plus sous le même toit qu'elles.

Il logeait au-dessus de ses bureaux, à proximité immédiate de la mine. La mine où il avait travaillé dur pendant des années aux côtés de son père et de son grand-père. Ils s'étaient serré la ceinture pour fonder l'entreprise, afin de pouvoir posséder quelque chose à eux, afin de pouvoir être maîtres de leurs vies et de leurs destinées. Et afin de pouvoir offrir à leurs compatriotes gallois, des travailleurs tout comme eux, un salaire qui leur permette de vivre décemment.

Ils avaient commencé avec une seule mine de fer. Depuis, Rhain était passé à l'exploitation de quatre mines, qui n'employaient que des Gallois, touchant tous un pourcentage des revenus.

Malheureusement, son père et son grand-père n'étaient plus à ses côtés pour voir à quel point l'entreprise qu'ils avaient fondée avait prospéré, mais il sentait leurs esprits planer à chaque décision qu'il prenait, à chaque nouveau projet qu'il lançait, à chaque nouveau résultat qu'il obtenait.

Il avait choisi de vivre et dormir sur son lieu de travail en partie pour des raisons pratiques et en partie pour prendre ses distances avec sa mère et ses sœurs et préserver ainsi sa santé mentale.

Il leur avait fait construire une grande maison, avec de nombreuses chambres. Des chambres spacieuses et confortablement meublées. Il y en avait même une pour lui, bien qu'il ne l'occupe jamais. Il avait besoin d'avoir un endroit à lui. Des sols qui ne résonnaient pas de continuelles allées et venues et autres petits pas furtifs. Des murs qui ne vibraient pas au son des cris suraigus, des rires et des disputes.

Il adorait ses sœurs, mais il ne supportait pas leurs chamailleries. Et pour se chamailler, elles se chamaillaient. C'était leur façon à elles de s'adresser la parole. Elles se disputaient à tout bout de champ, à propos de tout et de rien, d'un ruban supposément subtilisé, d'une insulte réelle ou imaginaire, d'une rumeur particulièrement salace.

Les administrateurs du duché de Dedham s'étaient présentés au domicile familial. Naturellement, ces messieurs avaient supposé qu'il vivait dans le grand mausolée qu'il avait fait construire pour sa mère plutôt que dans le modeste logement qu'il avait aménagé à sa convenance au-dessus de ses bureaux.

Il allait et venait à sa guise dans ces quelques pièces confortables, où il n'avait besoin que d'un seul domestique.

Il recevait là, dans ses quartiers de célibataire, sans avoir à quémander l'approbation ni l'autorisation de sa mère. Il organisait des parties de cartes. Il organisait des dîners, composés de ses plats préférés, et arrosait son carré d'agneau de whisky s'il le souhaitait. Et il faisait venir des femmes. Il les invitait à partager son lit aussi souvent qu'il en avait envie, sans jamais avoir à craindre de faire trop de bruit. Là, chez lui, il était libre, comme il était normal que le soit un homme de trente-cinq ans.

Sa mère avait invité les administrateurs à entrer et leur avait offert le thé. Tout en dégustant leur thé et en grignotant des biscuits, ils avaient informé Alwena de son changement soudain de statut, de *leur* changement de statut. Les hurlements de joie de ses sœurs s'étaient presque fait entendre jusqu'à la mine.

Il n'avait pas été possible de refuser quoi que ce soit. Aucune objection. Aucun rejet. Impossible. Il connaissait très bien ses sœurs et sa mère. Quand elles avaient décidé quelque chose, il était impossible de les en dissuader. Même ses sœurs déjà mariées avaient insisté pour qu'il accepte ce soudain « coup de pouce du destin », au prétexte que cela aiderait celles qui n'étaient pas encore mariées à trouver un bon parti. Il aurait fallu quelqu'un de bien plus fort que lui pour résister aux supplications, à l'insistance et aux revendications de douze sœurs et d'une mère redoutable.

Aucune issue ni aucune voie de contournement ne s'étaient présentées à lui. Il n'avait pu refuser cette « aubaine. » Pas avec six sœurs pas encore mariées et n'aspirant qu'à l'être.

À Bryn Bychan, les futurs époux potentiels ne couraient pas les rues. Ses autres sœurs, celles qui étaient déjà mariées, en avaient épuisé toutes les réserves pour elles-mêmes. C'était d'ailleurs un sujet de plaintes fréquent de la part des six restantes. Dans ce contexte, il pouvait comprendre leur enthousiasme à l'idée de trouver une nouvelle source d'approvisionnement. C'était la seule raison pour laquelle il avait accepté, la seule pour laquelle il était ici et avait renoncé au confort de sa vie – sa maison et ses affaires – pour cette horrible ville. C'était pour elles qu'il l'avait fait.

Il n'était pas duc, et pourtant ici il l'était. Duc de Dedham. C'était une imposture. Et il allait vivre en tant qu'imposteur le temps qu'il faudrait pour trouver des maris à ses sœurs.

Avec un peu de chance, il ne serait pas forcé de rester longtemps. Juste le temps qu'il faudrait pour que ses sœurs trouvent ce qu'elles étaient venues chercher, et idéalement qu'elles soient fiancées. Si tout se passait bien, il pourrait rentrer dans des délais assez brefs au pays de Galles pour y reprendre le cours de sa vie et ses affaires.

Il n'abandonnerait pas complètement son duché. Il ne s'en moquait pas à ce point. Il entretiendrait une correspondance soutenue avec Dewey afin de s'assurer que ce dernier gérait le domaine comme il le fallait.

Un homme à l'air dépassé s'avança vers lui. Le majordome, sans doute, qui devait se demander qui était celui qui avait osé entrer sans se donner la peine de frapper à la porte au préalable. Ou peut-être n'était-ce qu'un élément de plus dans une journée déjà très particulière. Rhain n'avait pas besoin de connaître tous les détails pour *savoir* que la journée avait été particulière. Combien de fois, au cours de sa vie de majordome, son employeur était-il mort, pour laisser entrer chez lui un régiment de femmes, escortées d'une armée de domestiques et prétendant qu'elles étaient la famille du nouveau duc ?

Comme pour reprendre contenance, le majordome passa une main sur ses cheveux gris pommadés. Il était vêtu de façon très soignée et élégante : sans doute portait-il la livrée de la famille de Dedham.

— Puis-je vous aider, sir ?

Le vieil homme s'exprimait avec le plus raffiné des accents anglais. La plupart des domestiques de Rhain ne parlaient même pas anglais. Ils étaient nés et avaient grandi au pays de Galles et ne parlaient que leur langue maternelle, le gallois.

Rhain ouvrit la bouche pour répondre, et informer cet homme qu'il était, à son plus grand regret, le nouveau duc de Dedham, mais il n'en eut pas le temps.

— Rhain !

Sa mère, les bras tendus en avant pour écarter les battants de la porte du salon d'où elle sortait, apparut dans le hall.

— Te voilà, mon cher fils ! Enfin !

Elle jeta un coup d'œil dans son dos, puis fit un pas en avant, en refermant la porte derrière elle avec un air qui aurait pu être qualifié de préoccupé, ce qui ne ressemblait pas du tout à sa mère.

Sa mère n'était en effet pas du genre à se sentir gênée par quoi que ce soit. Pas davantage que ses sœurs, de l'aînée à la benjamine. Avant toute chose, elles étaient et se sentaient libres. Libres de faire et de dire ce qu'elles voulaient. Son père – et lui-même à présent – avait travaillé dur afin qu'elles puissent acquérir cette indépendance. Il avait vu ce qu'il advenait des femmes privées de ressources, des femmes qui vivaient sous la coupe d'hommes qui leur refusaient obstinément l'accès à l'autonomie.

Il était regrettable que les hommes tiennent entre leurs mains la liberté des femmes, mais c'était la réalité. Une réalité dont il avait pleinement conscience en tant que fils et frère d'un nombre considérable de sœurs. Il avait pris des mesures afin de les protéger toutes, si par malheur quelque chose devait lui arriver. Il ne les abandonnerait pas sans moyens de subsistance et ne les obligerait pas à dépendre de la générosité, ou du manque de générosité, de la gent masculine.

Le majordome prit la parole :

— Vous êtes...

Il regarda Rhain avec attention, semblant s'étonner de sa taille très élevée. Son père et son grand-père étaient grands, et il avait suivi leur voie. Bêtement, il se demanda s'il s'agissait d'une caractéristique qu'il avait héritée de ses ancêtres anglais.

— ... le duc de Dedham, je suppose.

Rhain hocha la tête rapidement, car il était encore difficile pour lui de l'admettre. Cela deviendrait-il naturel, pour lui, un jour ? Pour l'instant, il en doutait.

Le majordome s'inclina devant lui.

— Je suis Mr Wilkes, votre grâce. Le majordome.

— Wilkes, répondit-il, j'espère que vous survivez sans trop de dommages à cette journée riche en... défis.

Le majordome esquissa un sourire.

— Tout à fait, votre grâce. Tout se passe très bien. Je fais de mon mieux afin que votre mère et vos sœurs puissent s'installer confortablement.

À son air pincé, l'on devinait que tout ne semblait pas se passer aussi bien qu'il le prétendait, mais il se garda bien de le dire.

— Souhaitez-vous que j'appelle et rassemble tous les domestiques, afin que vous puissiez faire votre inspect...

La mère de Rhain agita la main avec impatience.

— Pas maintenant. Il sera bien assez temps plus tard, une fois que tout le monde sera installé.

Dans ses yeux bruns se lisait une réelle préoccupation, décidément. Depuis la nouvelle de son héritage, c'était la première fois que Rhain la voyait dans un tel état. Depuis ce jour-là, elle n'avait au contraire été que joie. Quelque chose l'avait contrariée. Il espérait que ses sœurs n'y étaient pour rien. Comme il venait de le dire à Wilkes, la journée avait comporté son lot de défis et difficultés. Ses sœurs pouvaient se montrer très agaçantes quand elles le voulaient. C'était même dans leur nature, et, donc, il se produisait souvent qu'elles agacent leur mère.

Il espérait qu'elles n'avaient pas exagéré. S'étaient-elles tiré les cheveux ? S'étaient-elles chipé l'une l'autre leurs affaires ? Parfois, elles adoraient cacher Poppet pour faire enrager Isolde.

Le majordome essaya de ne pas paraître vexé de se retrouver congédié sans plus de façons, mais il n'y parvint pas tout à fait. Rhain vit de la contrariété passer sur son visage tendu. Ce fut bref, néanmoins : très vite, le majordome afficha la déférence flegmatique qui était due à la mère d'un duc. Il s'effaça pour laisser son nouveau maître avec sa mère.

Une fois qu'ils furent seuls dans le grand hall, elle approcha.

— Nous avons envoyé des domestiques te chercher. Je suis heureuse qu'ils t'aient trouvé.

Personne ne l'avait *trouvé*. Il avait quitté les bureaux de l'avocat de la famille quelques heures plus tôt, et avait marché longtemps dans un parc, ignorant les nuages noirs qui menaçaient, seul avec ses pensées, avant de se diriger vers sa nouvelle demeure, car il n'avait pas le choix, et vers le rôle qu'il s'apprêtait bien malgré lui à endosser.

— Où étais-tu passé ? murmura-t-elle. Tu as disparu depuis hier. Es-tu resté toute la nuit avec Dewey ?

Elle secoua la tête d'un air réprobateur.

La veille, il avait pris le petit déjeuner à l'hôtel avec sa mère et ses sœurs, et il leur avait conseillé de l'attendre avant d'aller prendre possession de leur nouvelle maison. De toute évidence, elles avaient ignoré sa requête. Sans doute l'avaient-elles prise comme une suggestion. Une suggestion qu'elles avaient choisi de ne pas suivre.

Oh ! elles avaient sans doute attendu aussi longtemps qu'elles l'avaient pu avant de quitter l'hôtel. La retenue n'était pas leur fort. Il aurait dû le savoir. Il les connaissait bien, après tout.

Et, en effet, personne ne l'avait trouvé car il avait passé la nuit chez Dewey. Une maison confortable, mais sans commune mesure avec celle où il se trouvait désormais, en plein cœur de Mayfair. La résidence ducale. *Sa* résidence.

Il préférait la maison de Dewey, néanmoins. Plus modeste,

plus humble. Celle-ci, à côté, lui semblait d'une taille déraisonnable, voire monstrueuse. Son cousin lui avait dit que la demeure londonienne des ducs de Dedham était l'une des plus vastes et fastueuses de Mayfair. Il n'avait pas exagéré.

Dewey et lui étaient cousins par leurs mères. Il avait déménagé à Londres avec sa famille quand il était enfant. Personne n'avait compris pourquoi. La mère de Dewey n'était pas comme le reste de la famille, pas comme sa sœur, la mère de Rhain. Pour une raison mystérieuse, elle avait toujours rêvé d'une vie hors de leur petit village gallois. Dewey semblait plus anglais que gallois, mais la famille était la famille, et, de leur prime jeunesse, Rhain gardait des souvenirs émus. Courses effrénées dans les collines verdoyantes pour tenter d'échapper à leurs trop nombreuses sœurs (Dewey, lui-même, en avait trois), concours de bêtises, pantalons déchirés et visages barbouillés...

Son cousin menait une existence modeste mais respectable. Il gagnait sa vie en tant que comptable et semblait très doué pour les chiffres. De façon discrète, Rhain l'avait jaugé, et il approuvait sa façon de se comporter. Même s'il aimait un peu trop la compagnie et ne pouvait s'empêcher de séduire toutes les femmes qui passaient, il restait un honnête homme. Et la famille était la famille.

Dewey semblait le choix idéal pour devenir son homme de confiance, celui qui gérerait pour lui ses terres et ses biens. Il serait à la hauteur. Et puis, d'ailleurs, quoi de plus fiable que la famille ? Que les liens du sang ?

Rhain pourrait dormir tranquille quand il aurait quitté Londres et serait rentré au pays de Galles. Car la question ne se posait même pas. Il rentrerait au pays de Galles. Si l'une de ses sœurs choisissait d'épouser un Anglais et de rester, alors soit. En ce qui le concernait, il s'en irait, serein de savoir Dewey présent à Londres pour s'occuper de ses sœurs en cas de besoin. De ses sœurs *et* du duché de Dedham.

Ils étaient rentrés tard de Vauxhall, mais Rhain s'était levé tôt, après une nuit courte et peu reposante, afin de se rendre à son rendez-vous. Heureusement, le café préparé en quantité par la cuisinière de Dewey l'avait aidé à tenir.

Il avait tout fait pour s'amuser la nuit précédente. Ne serait-ce que pour Dewey. Son cousin voulait qu'il s'amuse. Il était chez lui à Londres, et il avait très envie que Rhain aime sa ville autant que lui. Il s'était chargé de l'organisation de la soirée et avait invité ses meilleurs amis. Dewey avait insisté sur le côté spectaculaire de Vauxhall Gardens et avait présenté l'endroit comme un lieu de divertissements et de plaisirs incontournable pour quiconque découvrait la ville.

Malheureusement, Vauxhall n'avait pas conquis Rhain, même s'il comprenait pourquoi l'endroit plaisait tant à certains, et même à beaucoup. C'était le temple du divertissement pour adultes. Un festin de plaisirs. Le vice et le péché offerts à tous. Il l'avait tout de suite vu. Dès l'instant où ils avaient embarqué et s'étaient mis à voguer sur les eaux tranquilles de la Tamise de conserve avec tous ces autres bateaux, il avait compris ce dont il s'agissait. Il avait compris que ce qui attirait massivement ces foules, c'était la tentation ultime, la promesse de passer quelques heures dans cette moderne Gomorrhe.

Tout à fait par hasard, la tentation s'était présentée à lui bien avant qu'ils n'accostent. Il n'avait pas eu à attendre bien longtemps. Ce n'étaient pas les jardins des délices qui lui avaient offert le grand frisson. C'était le fleuve lui-même. En la personne d'une femme. D'une femme surgie devant lui d'une manière fort peu orthodoxe.

Elle était tombée à l'eau et ils l'avaient pêchée comme si elle était la plus belle prise de la journée. Une belle prise, elle l'était incontestablement. Même en leur apparaissant sous un jour qui ne devait pas être son meilleur : dégoulinant d'eau saumâtre et malodorante, les cheveux trempés et enchevêtrés, la robe perdue à tout jamais, elle aurait difficilement pu faire pire. Il n'aurait jamais dû la trouver attirante, et pourtant... Elle lui était d'emblée apparue comme un trésor, une sirène parmi les femmes. Malgré son état, ses cheveux noirs comme la nuit et ses yeux charbon l'avaient aspiré tels des sables mouvants.

Cela faisait quelque temps, déjà, qu'il était arrivé à Londres, à cause de cette fâcheuse histoire d'héritage. Et même s'il avait toujours essayé d'éviter la chose, ce n'était pas le premier séjour qu'il faisait dans cette ville.

Jamais une Anglaise ne lui avait tourné la tête, ni ces derniers temps, ni par le passé. Dans la rue, dans les boutiques, à l'hôtel... Toutes les femmes qu'il croisait lui paraissaient fades. Leurs paroles murmurées sur un ton pointu le laissaient de marbre. Elles ne correspondaient pas à ses goûts, lui qui préférait les Galloises à la langue bien pendue, aux yeux vifs et aux boucles brunes. Il reconnaissait volontiers qu'il y avait chez lui un certain parti pris. Il était gallois et n'aimait ni n'admirait les Anglais.

Néanmoins, la femme échevelée qui avait inondé le pont la veille au soir lui avait prouvé le contraire. Quelle amère découverte. Se trouver dans cette ville n'était pas le fait de sa volonté. Pas davantage que tomber sous le charme d'une stupide Anglaise incapable de tenir l'alcool et de rester tranquillement à bord de son bateau. Et pourtant, même en recrachant l'eau du fleuve, elle l'avait subjugué. Il en avait été remué jusqu'au plus profond de son être.

— Où étais-tu passé ? répéta sa mère, avec un déplaisir évident. Je pensais que tu passerais nous prendre à l'hôtel ce matin. Tes sœurs étaient persuadées que tu avais été enlevé par des bandits. Il faut que tu fasses attention. À présent que tu es duc, tu as acquis une certaine valeur.

Il haussa les épaules.

— Donc quand vous ne m'avez pas vu ce matin, vous en avez conclu que j'avais été... enlevé ? Ne serait-ce pas un peu exagéré ?

Sa mère écarquilla les yeux.

— Exagéré ? Non, je ne pense pas. Tu es un homme important,

maintenant, Rhain. Je suis sûre que nombreux seraient les gredins qui rêveraient de pouvoir te capturer pour demander une rançon.

Il aimait penser qu'il était déjà quelqu'un d'important avant… et que sa mère le pensait aussi. Elle était sa mère, après tout. Avant qu'il ne puisse répondre, elle poursuivit :

— Mais assez parlé de cela.

Elle l'attrapa par le coude.

— Nous faisons face à une catastrophe qui requiert ton intervention immédiate.

Elle désigna la porte du salon.

Une catastrophe ?

Le fait d'avoir élevé treize enfants avait rendu Alwena sujette à aux accès d'angoisse et aux débordements théâtraux. Elle avait du mal à faire face aux situations de crise. Il en avait toujours été ainsi. Quand son père était en vie, il réussissait à l'apaiser par un mot, par une caresse, par un petit rien. Rhain n'avait pas ce talent. Cependant, il doutait que la *catastrophe* en question ait quoi que ce soit de réellement catastrophique.

En l'agrippant fermement, elle l'entraîna vers le salon, comme s'il était un enfant de cinq ans.

— Je vais te montrer, et ensuite à toi de me dire si j'en fais trop ou pas.

À présent, on aurait dit qu'elle souhaitait que le pire se produise afin de lui donner raison.

Il avait grandi entouré de femmes. De femmes perpétuellement indignées, même si c'était à tour de rôle. Dans ces conditions, il savait très bien qu'il ne devait pas réagir à chaque démonstration d'émotion ou de mauvaise humeur.

Individuellement, ses sœurs et sa mère étaient des personnes saines d'esprit, rationnelles et raisonnables, mais ensemble, elles devenaient excessives et étaient capables de tout détruire sur leur passage. Il n'y avait pas d'autre terme. Elles avaient semé la dévastation derrière elles toute leur vie.

Dans ce cas particulier, il ne réagit pas à l'indignation de sa mère. Tout au plus se demanda-t-il laquelle de ses sœurs s'était mal conduite cette fois. Il les savait capables de hérisser leur mère comme personne.

Sa mère poussa une des doubles portes et lui fit signe d'entrer d'un geste ample de la main.

Il pénétra dans la pièce et se figea.

La vue de ses sœurs ne le surprit pas. Six visages se tournèrent vers lui avec, dans les yeux, une même attente. Mais qu'attendaient-elles au juste ? Sans doute qu'il réagisse de façon appropriée à la présence de la femme assise parmi elles. Une femme qui ne faisait pas partie de la famille.

Une femme qui n'avait rien à faire ici.

Il déglutit pour essayer de faire passer la boule qui s'était formée dans sa gorge.

Cette femme était celle de la nuit précédente.

Sa belle noyée, sauvée *in extremis* des eaux.

4

« Avoir plusieurs filles à marier est un fardeau bien lourd à porter pour une mère. Et il n'y a absolument rien qui puisse alléger cette charge. »

Mrs Alwena Lloyd

Sa belle noyée.

La sienne.

Rhain se rendit compte avec un frémissement d'horreur de l'énormité de ses pensées. Qui qu'elle soit, elle n'était pas sienne.

Il n'y avait aucun doute possible : il s'agissait bien de la femme que Dewey avait repêchée dans la Tamise et laissé choir sur le pont comme s'il avait sorti de ses filets la prise du jour. Rhain la revoyait, avec sa robe rouge rendue si lourde par l'eau dont elle était trempée qu'elle dénudait ses épaules et laissait deviner la voluptueuse naissance de ses seins. Son corsage avait tellement glissé qu'il avait même été possible pour Rhain – et pour tous les hommes à bord – d'apercevoir le contour sombre d'une aréole.

Ce spectacle l'avait saisi. Et remué. Il n'était pas fait de bois, après tout. Depuis, cette image était restée gravée en lui et sans doute ne s'effacerait-elle jamais, comme s'il avait été marqué au fer rouge.

Tous les hommes à bord l'avaient observée avec désir. Un désir palpable dont elle n'avait pourtant pas semblé avoir conscience. C'était précisément cette naïve ignorance qui avait suscité la colère de Rhain à son égard. Et à l'égard des autres hommes.

Comment avait-elle pu être aussi aveugle ? Et eux, comment avaient-ils pu être aussi odieux ?

Il ne connaissait pas les passagers de la barge, mis à part Dewey. Il avait eu envie de jeter une couverture sur cette femme pour la soustraire à leurs yeux concupiscents.

Il avait détesté ce moment, et avec le recul, il n'avait pas changé d'avis.

Il n'aurait fait confiance à aucun de ces hommes, alors que grossissait la flaque d'eau laissée sur le pont par la femme repêchée. C'était pour cette raison qu'il s'était montré très sec avec elle. Il s'était peut-être comporté de façon injuste, car il avait dirigé son ire contre elle, alors que c'étaient ses compagnons lubriques qui auraient mérité son courroux.

Rhain avait été soulagé quand ils étaient arrivés à quai et qu'elle les avait quittés pour rejoindre ses amis qui l'attendaient. Il avait alors supposé qu'il ne serait plus jamais amené à la revoir.

Sauf qu'en ce moment précis, elle était assise dans son salon. Son salon, à lui.

Son salon. Sa maison. Son titre. Sa vie. Et elle n'était pas censée s'y trouver.

Ses sœurs l'accueillirent chaleureusement. Elles avaient beau être pénibles, il les aimait, et elles l'aimaient.

— Mon cher frère ! s'exclama Isolde. Te voici enfin à la maison.

Elle aurait pu se passer de ce commentaire, mais il conserva son sourire et essaya de ne pas tressaillir à l'idée que cette maison était bien la sienne, ou la leur. Il s'efforça également de ne pas passer sa mauvaise humeur sur ses sœurs. Ce n'était pas leur faute s'il avait hérité de cette satanée existence à laquelle il n'avait jamais aspiré. Ni s'il se retrouvait face à une femme qu'il avait rencontrée dans des circonstances peu agréables.

Elle était très élégamment vêtue, bien loin du chaos de la veille, mais c'était elle, à n'en point douter. Elle était toujours aussi séduisante, à tel point qu'en la regardant, il ressentit comme une plaie béante s'ouvrir en lui.

À dire vrai, ces hommes sur la barge et cette femme n'avaient pas été les seuls objets de sa colère la veille au soir. Il s'en était aussi voulu à lui-même, beaucoup, car il avait très bien compris la concupiscence qu'il avait lue dans leurs yeux. Et pour cause : il l'avait ressentie lui aussi.

Il la ressentait toujours, alors qu'il se trouvait dans son salon, en train de dévisager cette personne qui n'aurait pas dû être là.

Pourquoi était-elle là ?

C'était aussi surprenant que déplacé. Et fort malvenu, c'était le moins qu'on puisse dire.

— Vous, souffla-t-il.

— Vous, dit-elle à son tour.

Son visage blêmit d'un coup, ce qui donna à son teint mat une pâleur maladive, comme si le seul fait de le voir avait causé chez elle abattement et malaise.

Leur échange n'échappa pas à sa mère. Elle les regarda tour à tour avec stupeur.

— Vous vous connaissez ? demanda-t-elle.

Ils ne répondirent ni l'un ni l'autre, se contentant de continuer à se fixer, bouches bées. Enfin, surtout elle. En ce qui le concernait, il espérait afficher un air plus digne.

— Nous nous sommes… croisés, parvint-il à prononcer.

— Vous vous êtes croisés ? répéta sa mère, l'air dubitatif. Mais tu viens à peine d'arriver à Londres. Comment avez-vous pu vous croiser ? C'est la première fois que tu mets les pieds dans cette maison…

Il avait déjà suffisamment de mal à comprendre ce que disait sa mère, alors pour lui répondre…

Une seule question l'obsédait.

Que fait-elle ici ?

Elle pencha la tête sur un côté, ce qui fit glisser une mèche de cheveux noirs sur son épaule, et répondit d'une voix douce et mélodieuse :

— Nous nous sommes croisés hier. À Vauxhall.

L'assemblée marqua un temps d'arrêt, avant de se déchaîner.

— Oh ! non ! Tu es allé à Vauxhall ! s'exclama l'une de ses sœurs sur un ton plaintif. Sans nous ? Comment as-tu osé ?

Il ne se donna pas la peine de tourner la tête pour voir qui avait protesté. Elles étaient toutes du même avis, et ne tardèrent pas à le faire savoir. Bruyamment. Mais Rhain les entendit à peine. Son attention était fixée sur cette voix si différente des vociférations suraiguës qui emplissaient pourtant la pièce. Ces intonations à la fois douces et un peu rauques l'avaient envoûté, au point de remettre en question tout ce qu'il pensait savoir sur lui et la façon dont les gens – les femmes – le fascinaient.

Ah, cette femme. Elle le fascinait autant qu'elle l'intriguait. Elle regardait autour d'elle en écarquillant les yeux. Sans doute se sentait-elle dépassée par ses sœurs. C'était l'effet qu'elles faisaient à tout le monde.

— Qui êtes-vous ? demanda-t-il, sans se préoccuper de son ton abrupt ni du reste de l'assemblée.

Il ne voyait qu'elle, assise au centre de la pièce où elle n'aurait pas dû se trouver, comme si elle était éclairée par un halo de lumière céleste.

Sa mère tenta de prendre la parole.

— Rhain.

— C'est la duchesse, intervint Isolde d'une voix enjouée.

— La duchesse douairière, corrigea sèchement Del, toujours très pointilleuse.

Isolde haussa les épaules, comme si la distinction ne portait pas à conséquence.

Et pourtant si. Cela signifiait qu'elle était veuve. Plus précisément qu'elle était la veuve de l'homme dont il avait hérité le titre et les biens. Et qu'elle était dans sa maison. Enfin, dans ce qui avait été sa maison. Celle où elle avait vécu avec son époux pendant... *Par l'enfer !* Il ne savait même pas pendant combien de temps. Pendant de nombreuses années, sans doute.

Même si elle paraissait plus jeune que lui, il lui donnait plus de trente ans. Elle avait beau être très jolie, avec un teint lisse et lumineux, elle n'était plus dans sa première jeunesse.

Ces maudits administrateurs n'avaient pas précisé qu'elle était si... appétissante. Ils l'avaient à peine évoquée. Juste un petit geste dédaigneux de la main quand ils avaient assuré à Rhain qu'elle libérerait vite les lieux. La maison douairière l'attendait, comme elle avait attendu, avant elle, toutes les veuves Dedham. Une longue succession de femmes qui s'étaient retrouvées seules. Sans mari. Sans homme dans leur lit. Il se raidit. Pas d'homme dans *son* lit. Pas d'homme pour faire obstacle entre elle et lui. Cette idée le fit tressaillir, puis revenir à lui. Il s'égarait. C'était mal. Vraiment mal.

Il secoua la tête, choqué par la bassesse de ses pensées. Ce n'était pas lui. Il n'était pas homme à se laisser guider par ses bas instincts. Il était normalement quelqu'un de réfléchi, de posé. Il avait son travail. Sa famille. Ses amis. Sa vie était bien occupée ainsi. Quand il le choisissait, il s'autorisait une petite distraction, sous la forme d'une femme, qu'il faisait venir chez lui, mais tout restait toujours sous contrôle.

— Oui, dit sa mère. Il semblerait que la duchesse douairière vive ici.

Elle avait parlé sur un ton accusateur, tout en le fixant d'un œil insistant, comme si elle attendait qu'il fasse quelque chose.

Il pencha la tête.

— Oui, les administrateurs du duché me l'avaient dit.

Sa mère lui adressa un sourire crispé où se lisait le déplaisir de ne pas en avoir été informée. Que pouvait-il dire ? Il avait supposé que la duchesse douairière était une vieille dame flétrie et non pas la créature délectable qui était en ce moment assise parmi eux.

Elle ne pouvait pas rester ici. Pas sous le même toit que lui.

Ce serait beaucoup trop perturbant. Il n'était pas ici pour se trouver une femme. Même pas celle-ci. S'il avait accepté de venir s'établir à Londres, ce n'était pas pour lui. C'était pour ses sœurs et pour elles seules.

Il cligna des yeux longuement, avec, peut-être, l'espoir de la faire ainsi disparaître du salon. Cela ne fonctionna pas. Quand il souleva de nouveau les paupières, elle était toujours là. La duchesse douairière de Dedham. Comment était-ce possible ? *Comment ?* Ce ne pouvait pas être elle. Pas une seule fois il n'avait envisagé qu'elle puisse avoir à peu près son âge. Les douairières étaient vieilles. Ce qui n'était pas le cas de la femme qui se trouvait devant lui, avec ce corps trop plantureux pour sa robe. Trop plantureux pour lui.

Presque comme si elle lisait dans ses pensées, elle s'exprima de nouveau, avec cette voix qui troublait Rhain alors qu'elle n'aurait pas dû. Cette attraction irrésistible qu'il ressentait pour elle était tout à fait malvenue, car elle l'empêchait de réfléchir correctement.

— Je suis en effet la duchesse douairière de Dedham.

Il reprit son souffle et tenta de se persuader que ce qu'il venait d'entendre était vrai.

— Dans ce cas, vous devriez vous trouver à la maison douairière, et non ici. Non ?

Il s'interrompit, bien conscient que ses paroles pouvaient être perçues comme impolies. Pourtant, il n'était pas question qu'il le retire, ni même qu'il les regrette. Elles étaient selon lui nécessaires. Il ne fallait surtout pas que cette femme pense qu'elle pouvait rester ici.

Le silence se fit dans la pièce. Ses sœurs le regardèrent, puis se regardèrent, surprises par ce manque de courtoisie.

La veuve du précédent duc n'avait rien à faire ici, ni rien avoir avec lui. Elle avait un endroit où vivre, quelque part à la campagne. Elle avait sa maison. Elle avait sa rente. Elle n'était pas sous sa responsabilité. *Elle n'avait rien à faire ici.* Ni dans cette maison.

Ni même à Londres. Et encore moins sur une barge voguant vers Vauxhall, où son apparition serait susceptible de transformer en satyre ithyphallique tout homme – y compris lui – posant les yeux sur son corps ruisselant. Seigneur, songea-t-il, éploré, et dire que cela s'était déjà produit.

Elle déglutit et il fut subjugué par les petits mouvements de sa gorge. Il eut follement envie d'y poser les lèvres, de goûter à cette peau, de passer la langue sur les délicieuses courbes de son cou.

Enfer. Enfer. Enfer.

Il fallait qu'elle parte. Hors de cette maison qu'il allait partager pour une durée indéterminée avec sa mère et ses sœurs. Qu'elle parte. Immédiatement. Loin d'ici. Loin de lui et des idées lubriques qu'elle faisait naître en lui. Elle lui faisait des choses. Des choses... À lui... *Parbleu.* Il ne parvenait plus qu'à former la moindre pensée cohérente et construite.

— Rhain, murmura Isolde, qui était, de loin, la plus douce et gentille de ses sœurs.

Il ignora le regard implorant qu'elle lui adressa.

La duchesse douairière s'éclaircit la gorge et parla :

— J'étais justement en train de me préparer à partir pour la maison douairière.

— Vraiment ? demanda-t-il en inclinant la tête.

— Oui... vraiment. D'ailleurs, je retourne à mes bagages.

Elle se leva dans un bruissement de soie, l'air digne, le menton haut. Il détailla sa silhouette avant de fixer son regard sur son visage.

Mieux valait qu'il ne regarde pas son corps. Son corps de pécheresse. Tout en courbes. Il imaginait sa chair déborder de ses mains. Il s'imaginait la pétrir comme on pétrit un oreiller, puis, langoureusement, s'y installer. Une onde de désir inonda ses veines, ce qui était fort malvenu vis-à-vis d'une femme qu'il connaissait à peine, et en présence d'une partie de sa famille qui plus est.

— Ma femme de chambre attend sans doute mes instructions.

Ne craignez rien, ajouta-t-elle en désignant d'un petit geste circulaire l'ensemble de la pièce, je vous laisse tout. Je n'emporterai rien de plus que les vêtements que je porte, conclut-elle d'une voix qui claqua comme un coup de fouet.

Elle le regarda dans les yeux. Seul un infime frémissement de ses lèvres laissait voir qu'elle était affectée. Il espérait que la si sensible Isolde n'avait rien remarqué, sinon il en entendrait parler longtemps.

Il eut un bref et sec hochement de tête. *Très bien. Allez-y. Je ne vous retiens pas.*

Elle le contourna et il fut assailli par un effluve de vanille et de bergamote. Il ne se retourna pas. Il ne la regarda pas. C'était une lutte, mais il s'obligea à ne pas la regarder quitter la pièce.

— Seigneur, murmura Del une fois qu'elle fut partie. Comme c'était gênant.

Il étouffa un petit ricanement. Gênant pour Del ? Si elle savait. Et lui ? Et la duchesse douairière ? Qu'auraient-ils dû dire ?

— Ai-je rêvé, ou bien est-ce que tu viens de chasser une duchesse de chez elle ? demanda Isolde d'une voix accusatrice.

— Ce n'est plus chez elle, rappela Del sur un ton pincé.

— Bien sûr que si, rétorqua Isolde. Son mari est mort il y a un an et, avant cela, ils ont vécu ici pendant de nombreuses années. Dieu seul sait depuis combien de temps elle est ici chez elle.

Elle adressa un regard lourd de reproches à Rhain et poursuivit :

— Comment as-tu pu te montrer aussi peu charitable, Rhain ?

Il fut aussitôt assailli par les remords. Il n'était pas insensible au sort d'une femme chassée de chez elle par la mort inopinée de son époux. Et pourtant, il n'était pas envisageable qu'elle vive à proximité de lui.

Sa mère s'éclaircit la gorge et leva sa tasse de thé.

— Jamais je ne pensais voir une chose pareille.

— C'est-à-dire ? demanda Isolde. Jamais vous ne pensiez voir votre fils se comporter de façon aussi discourtoise ?

— Non. Jamais je ne pensais voir mon fils se comporter comme un duc.

À la campagne

Un an plus tôt

Depuis de longues années, la vie de Valencia n'était qu'une succession de cauchemars. Qu'elle soit réveillée ou endormie, ils la poursuivaient et la hantaient.

Elle flottait dans un paysage infernal peuplé par deux seules personnes. Elle et Dedham. La femme et l'homme. L'épouse et l'époux. La proie et le prédateur. C'était toujours pareil. Rien ne changeait, jamais.

Elle savait qu'il était en colère contre elle. C'était toujours le cas, mais ce soir-là, cela l'était particulièrement.

Elle avait senti ses regards, tranchants comme des couteaux, pendant la séance de jeux. Mais en même temps, telle était son existence. Un époux en colère, perpétuellement en train de la fusiller du regard. En colère contre elle. En colère contre la vie. Contre sa vie à lui. Contre sa vie à elle. Contre la vie en général.

Depuis le jour de son accident, le jour de sa transformation, le jour où Dedham était devenu quelqu'un d'autre, un homme qu'elle ne reconnaissait plus, il n'avait été que méchanceté. Des regards haineux, des mots haineux et, parfois, des gestes haineux. Des coups. Et puis, ensuite, le contact du sol dur contre son corps meurtri. Si elle le mettait en colère, si elle s'approchait de trop près, si elle n'était pas assez rapide pour lui échapper. Si elle n'était pas ce qu'il voulait qu'elle soit, ce qui était toujours le cas. Depuis tout ce temps.

Elle ne pourrait jamais être ce qu'il voulait. Il était impossible qu'elle soit la femme qu'il voulait, parce qu'il ne pouvait pas être l'homme qu'il voulait, l'homme qu'il avait été autrefois. Elle le savait. Le comprenait. Bien mieux que lui, car il n'était plus capable de comprendre quoi que ce soit. Il était au-delà de toute pensée logique. Sa vie n'était que souffrance, et cette souffrance était tout. Tout ce qu'il pouvait absorber. Tout ce qu'il pouvait infliger.

C'était absolument incroyable. L'homme qui, jadis, lui avait galamment fait la cour, l'homme qu'elle avait tant apprécié au début de leur mariage, n'était pas le même que celui qu'elle appelait désormais son époux. Elle les considérait comme deux individus distincts. Le Dedham d'avant et le Dedham d'après. Il y avait une ligne de démarcation bien nette entre les deux.

Avant l'accident, il était jeune, avec des yeux rieurs, des doux baisers et des manières séduisantes. C'était un homme qui savait vivre, qui appréciait l'existence et ceux qui l'entouraient.

Après l'accident, il était devenu vieux du jour au lendemain, un homme confit de souffrance et de rancœur. Un homme qui se détestait et détestait ceux qui l'entouraient.

Le Dedham d'avant avait disparu.

Le Dedham d'après aurait peut-être préféré être mort, mais ce n'était pas le cas.

Avec lui, elle était obligée d'être sur ses gardes continuellement. C'était épuisant. Cela l'avait vieillie elle aussi, et elle le vivait comme une injustice. Elle se sentait bien plus vieille que son âge.

Ce soir, elle s'était couchée avec une sensation de malaise, en se demandant s'il allait faire son apparition dans sa chambre pour passer sa mauvaise humeur sur elle. Il n'avait pas aimé qu'elle danse avec Lord Burton. Elle l'avait vu sur son visage. Il s'était mis particulièrement en colère pendant qu'ils jouaient au Baiser du chandelier et que Burton avait posé avec audace sa bouche sur la sienne.

S'ils avaient été chez eux à Londres, Dedham n'aurait pas perdu du temps pour lui administrer ce qu'il aurait jugé être une punition bien méritée. Elle espérait qu'être à la campagne, chez Chatham, lui épargnerait ce châtiment. Et elle espérait que, quand ils seraient de retour chez eux, il aurait oublié ce qui s'était passé ce soir.

Elle n'avait pas réclamé les attentions de Burton. Elle n'en avait jamais voulu. Prendre un amant ne l'intéressait pas. Même s'il était aussi beau que Burton. Elle lui avait fait part de son peu d'intérêt à son égard à de multiples occasions, et pourtant il continuait de la poursuivre de ses assiduités. La présence de son mari ne le freinait même pas. Ce soir, ce devait être parce que Burton avait beaucoup trop bu. Cela ne le dérangeait pas qu'elle soit mariée. Ni que lui soit marié. Ni que l'époux de Valencia soit présent, et le surveille d'un œil noir.

Elle était heureuse de se retrouver seule, enfin, dans sa chambre. Libre de pouvoir respirer à sa guise. Libérée des regards noirs de Dedham. Libérée de tout ce qui la faisait se raidir et se nouer. Libre.

Sauf que, même seule, elle n'était jamais complètement libre.

Elle était rongée par l'inquiétude. La terreur. Le besoin constant de se retourner pour voir ce qui se passait derrière elle.

Elle dormait mal, ses nuits étaient peuplées d'images sombres, et elle se réveillait sans cesse avec le goût métallique de la peur dans la bouche. Dans sa chambre, toutes les lampes étaient éteintes. Seuls les rideaux légèrement écartés laissaient entrer un peu de la clarté nocturne.

Ce fut alors qu'elle le vit.

La silhouette noire d'un homme avançait vers elle dans la pénombre. Dedham. Il allait finalement lui infliger le châtiment auquel elle pensait échapper. Elle s'était trompée : elle allait y avoir droit.

Elle poussa un petit cri et bondit hors du lit. Elle fut rapide. Elle avait appris à l'être. Même entravée par un corset ou une robe, elle avait appris à se mouvoir avec vélocité, à plonger et à esquiver. Présentement, elle était en chemise de nuit, ce qui l'aidait. Elle fut preste. Il ne l'attrapa pas. Quand ils n'étaient pas déjà tout proches, il y parvenait rarement. Il n'était plus aussi athlétique et vigoureux qu'auparavant.

Elle était presque à la porte de sa chambre, presque dans le couloir. Presque libre. Elle le sentait. Elle se voyait déjà en train de courir vers l'escalier, en train de le dévaler, prête à quitter le manoir s'il le fallait. Loin de lui. Loin. Loin. Loin. C'était le rêve qui ne la quittait jamais.

Plus tard, elle se rendrait compte qu'elle devait faire demi-tour. Plus tard, elle se souviendrait qu'elle était mariée et qu'elle ne pourrait jamais fuir. Qu'elle n'avait nulle part où aller.

Sauf qu'elle n'atteignit pas la porte. Finalement, il la rattrapa et s'empara d'elle. Il fut rapide. Et fort. Plus rapide et plus fort qu'il n'aurait dû l'être. Ce fut alors qu'elle comprit.

Ce n'était pas son mari.

L'homme qui s'était saisi d'elle n'était pas Dedham. Elle étouffa un bruit, à mi-chemin entre le sanglot et le cri.

Les choses étaient peut-être pires qu'elle ne les avait imaginées.

5

« J'adore les enfants. Surtout ceux des autres. »

La très honorable Lady Rosalind Shawley

Valencia s'était mariée à dix-neuf ans et avait passé douze ans avec Dedham. Ceci, ajouté à celle qu'elle avait passée sans lui, portait le total des années où elle avait vécu à Dedham House à treize. *Treize*. Treize années de sa vie dans cette maison.

Elle avait redécoré la demeure peu après son mariage et l'avait faite sienne. C'était *son* papier peint qui recouvrait les murs du salon où se trouvaient en ce moment le nouveau duc, ses sœurs et sa mère après l'avoir expulsée de chez elle. C'était *elle* qui avait choisi, avec une grande attention, les rayures crème et violettes et les petits bouquets de coquelicots qui ponctuaient les lés.

L'injustice de la situation la mettait hors d'elle. Car tout ce qui s'était passé entre ces murs, le bon comme le mauvais, avait fait de cet endroit sa maison. Elle n'en connaissait pas d'autre.

Elle adressa un signe de tête à Wilkes en passant devant lui dans le hall. Il s'immobilisa puis s'inclina avec politesse, le regard empli de pitié. Elle savait ce qu'il voyait en la regardant. Une femme qui n'était plus la bienvenue chez elle, une femme jetée dehors. Elle prit une inspiration saccadée. Sa fierté était mise à mal.

C'était la fierté qui l'avait amenée à se taire durant toutes ces années, et à ne pas confier à ses meilleures amies l'enfer qu'elle vivait. Elles s'en doutaient, elle le savait, mais elle n'avait rien dit. La fierté l'en avait empêchée. Elle avait souffert en silence. Elle ne voulait pas de leur pitié. Elle ne voulait de la pitié de personne, et il lui déplaisait au plus haut point d'avoir vu un tel regard dans les yeux de son majordome.

La fierté, s'était-elle rendu compte, était un sentiment curieux. Elle nous faisait faire des choses. Cacher des choses. Nous cacher nous-mêmes. Cacher la vérité. Mentir.

Comme elle venait de le faire, bien sûr.

Elle avait menti au nouveau duc, à ses sœurs et à sa mère. Elle n'était pas en train de préparer ses bagages pour partir. Pas du tout. En aucune façon, elle n'était en train de se préparer à quitter sa maison.

Elle avait eu une année pour se préparer à cette issue funeste, mais, à la place, elle avait vécu comme si ce jour n'arriverait jamais... car, vainement, c'était ce qu'elle avait espéré. Elle reconnaissait désormais à quel point cela avait été stupide de sa part. Les issues funestes finissaient toujours par arriver. C'était le destin.

Tout comme elle n'avait pas prévu de partir, elle n'avait pas prévu de mentir. Pourtant, quand elle avait reconnu l'homme au visage fermé qu'elle avait vu la veille au soir sur la barge, les mots étaient sortis de sa bouche dans une tentative désespérée pour préserver sa dignité.

Il était le nouveau duc de Dedham. Tout lui appartenait, et elle n'allait pas s'abaisser à demander quoi que ce soit à ce scélérat. Elle ne lui demanderait pas de rester. Même si cela signifiait pour elle devoir passer le reste de ses jours dans un cottage isolé, perdu au fin fond du Yorkshire.

Elle avançait à pas lourds et rageurs, tout en ne pensant qu'à lui et à son visage aussi beau que terrible. Pourquoi y avait-il toujours tromperie sur la marchandise ? Elle avait déjà vécu cela avec son mari, un homme séduisant, aussi charmant que charmeur. Mais cela n'avait été qu'une illusion.

Un mensonge.

Elle prit une grande inspiration et emplit ses poumons d'air alors qu'elle arrivait au pied de l'escalier. Un mensonge, car derrière cette belle façade, il était apparu tel qu'il était vraiment. Méchant. Froid. Calculateur.

Elle était plus perspicace désormais. Plus expérimentée. La jeune oie blanche n'était plus depuis longtemps. Sa naïveté s'était envolée avec sa jeunesse. Elle était une femme mûre. Cet homme, le nouveau duc, elle l'avait vu tel qu'il était vraiment.

Après tout, il n'avait pas attendu bien longtemps avant de lui faire savoir que sa place n'était pas ici. Qu'elle n'était pas la bienvenue. Dès que cet homme grossier et horrible l'avait vue, assise parmi ses sœurs, il avait exigé son départ, ou presque. C'était peut-être ainsi que l'on procédait chez lui. De façon brusque et discourtoise.

Une de ses sœurs avait appris à Valencia qu'ils étaient gallois. Qui aurait pu imaginer que Dedham avait de la famille dans un obscur hameau du pays de Galles ? Lui-même ne devait pas le savoir. Ou, s'il l'avait su, il n'avait jamais jugé opportun de le lui dire. En fait, il n'avait jamais fait mention de son héritier potentiel. Il avait toujours supposé qu'ils auraient des enfants. Que son fils serait son héritier. Elle déglutit douloureusement en commençant son ascension. C'était ce qu'elle avait supposé elle aussi.

Juste après son mariage, elle avait pensé qu'elle donnerait rapidement naissance à l'héritier du duché. Et, plus important, qu'elle donnerait naissance à son enfant bien-aimé, qu'elle chérirait autant que sa propre mère l'avait chérie. Elle rêvait d'éprouver cet amour inconditionnel qui liait les mères à leur progéniture. D'autant qu'avec les années, il était apparu de plus en plus clairement que son mariage ne lui apporterait pas son comptant d'amour.

Bien entendu, cela n'avait pas été aussi simple. La vie, avait-elle découvert, était rarement simple.

Après qu'elle eut perdu deux bébés, le médecin de famille assura qu'elle pourrait toujours mettre au monde un enfant. Elle avait voulu le croire. C'était un homme de science qui savait de quoi il parlait, après tout. De toutes ses forces, elle avait voulu qu'il ait raison. Elle était capable de concevoir, semblait-il. C'était garder le bébé qui s'avérait difficile.

Elle ne pouvait pas voir un landau passer sans regarder à l'intérieur. Elle ne pouvait pas voir une autre femme s'arrondir sans sentir les larmes lui monter aux yeux. Pendant la grossesse de Maeve, elle avait tout fait pour l'éviter, cherchant toutes les excuses possibles pour ne pas la voir.

Elle avait prié et espéré. Espéré et prié.

Jusqu'à ce qu'elle cesse.

Jusqu'à ce qu'un jour, elle cesse de vouloir, de prier et d'espérer. Ses prières s'étaient tournées vers d'autres sujets. Comme survivre à chaque jour passé avec son mari.

Elle adressa un sourire forcé à deux femmes de chambre qui firent la révérence à son passage. Elle ne les connaissait pas. Elles portaient un uniforme qu'elle n'avait jamais vu. Son uniforme à *lui*. L'usurpateur.

Elle enfila le couloir et se précipita dans sa chambre, son refuge et sa consolation depuis de nombreuses années. Le dos appuyé contre la porte, elle inspira et expira comme si elle venait de courir.

C'était la fin d'une ère. Sa vie s'achevait. Sa vie sociale en tout cas.

En pensant à ses amies, elle dut cligner des paupières pour chasser ses larmes. Elles pourraient venir lui rendre visite, bien entendu, tout comme elle, mais ce ne serait pas pareil. Aller vivre dans le Yorkshire, c'était comme aller s'installer à l'autre bout du monde.

Elle massa son front pour tenter de dissiper une migraine naissante. Elle devait préparer ses bagages et elle ne savait même pas par où commencer. Comment décider de ce qu'elle allait emmener ? Ses vêtements, bien sûr, mais quoi d'autre ? Qu'avait-elle le droit d'emporter avec elle ? Que devait-elle laisser ? Qu'est-ce qui appartenait à la maison ? Au duché ? Certes, elle avait dû dire qu'elle ne prendrait que ses vêtements, mais vraiment... étaient-ce les seules affaires qu'elle était autorisée à emporter avec elle ?

Ses bijoux lui appartenaient-ils ? Et ses livres ? Et sa couverture tant aimée en cachemire ? Et les tableaux dont elle avait elle-même passé commande, ceux qui étaient accrochés au petit salon, et sous lesquels elle aimait s'installer pour rédiger sa correspondance ? Et le petit secrétaire en bois de merisier où, précisément, elle rédigeait sa correspondance ? C'était elle qui l'avait acheté, un an après son mariage. En soupirant, elle se laissa tomber sur son lit et passa la main sur la courtepointe en soie épaisse. Elle l'avait choisie au printemps et elle en adorait le contact.

Tout resterait là, supposa-t-elle, avec à peu près tout ce qu'elle aimait. Valencia s'adressa d'amers reproches. Ce n'étaient que des objets. Des possessions matérielles. Elle devrait s'en moquer.

Elle regarda autour d'elle en reniflant. Elle ne dormirait sans doute plus jamais ici. Elle ne reviendrait pas. Elle ne serait pas invitée à Noël, ni le prochain, ni les suivants. Vraiment pas. C'en était fini de cette maison pour elle.

Sa gorge se noua. Elle n'avait même jamais visité le cottage qui l'attendait dans le Yorkshire. Elle savait juste qu'il existait. Et qu'il était loin d'ici. Sa belle-mère ne s'y était pas installée après le mariage de Valencia et de Dedham. Elle ne l'avait pas jugé assez bien pour elle. Elle avait passé ses dernières années à Londres, dans une maison que Dedham, qui l'aimait suffisamment pour cela, lui avait achetée. Elle avait terminé son existence en menant grand train, entourée de ses amies. Valencia ne serait pas traitée avec autant de largesse.

Quelqu'un frappa à la porte. C'était Tildie.

Sa femme de chambre semblait avoir une idée assez nette de ce qui était en train de se produire, car elle sortit aussitôt les valises de Valencia de sous son armoire.

— Vous savez que je dois partir ?

Les domestiques avaient-ils écouté à la porte du salon ?

Tildie acquiesça, pendant qu'elle commençait à s'affairer.

— J'ai demandé qu'une malle soit montée dans votre chambre.

Elle agissait avec son efficacité habituelle, sortant les affaires de l'armoire... sauf que ses mouvements étaient peut-être trop brusques, trop heurtés. Il y avait chez elle une raideur, une rigidité du dos qu'elle n'avait pas d'habitude. Valencia l'observa de plus près. Des taches rouges constellaient son visage.

— Tildie ? demanda-t-elle doucement en prenant sa main pour l'obliger à interrompre son travail. Venez vous asseoir une seconde.

Tildie obéit à contrecœur et vint prendre place à côté de Valencia sur le lit.

— Est-ce que vous vous sentez bien ?

Tildie acquiesça, avec un visage qui clamait le contraire.

— Allons, dites-moi tout, demanda Valencia.

Tildie, qui n'avait que quelques années de moins que Valencia, travaillait pour elle depuis presque dix ans et elle semblait jusque-là satisfaite de sa vie, satisfaite de son rôle de femme de chambre d'une duchesse. Elle n'avait jamais quitté Valencia. Sans jamais oser parler du duc, elle avait toujours été présente aux côtés de Valencia quand elle avait besoin d'elle.

— Londres va me manquer, avoua la domestique.

— Bien entendu, acquiesça Valencia. Je comprends.

— Ainsi que ma famille et mes amies.

Les amies et la famille de Tildie vivaient à Londres, comme celles de Valencia. Sauf que Tildie était plus proche de sa famille que Valencia ne l'était de la sienne.

— Tildie, dit-elle lentement, en humectant ses lèvres. Est-ce que vous... voudriez rester ici ?

Il n'avait jamais fait de doute dans son esprit que Tildie l'accompagnerait. Elles vivaient ensemble depuis de longues années, après tout. Tildie n'allait pas disparaître de son existence comme cela. Être la femme de chambre d'une duchesse était une place convoitée. Il n'existait guère mieux. Mais Valencia n'aurait peut-être pas dû supposer que Tildie partirait automatiquement avec elle.

Tildie secoua la tête vigoureusement.

— Oh ! je ne pourrais pas faire une chose pareille. Je vais vous accompagner, bien entendu...

— Parce que je comprendrais si vous préfériez rester à Londres plutôt que vous installer dans un coin perdu du Yorkshire avec moi.

Elle frémit rien que d'y penser.

Tildie mordilla sa lèvre. Elle semblait si petite et perdue.

— Je dois partir avec vous.

— Votre vie est ici. Vos amies. Votre famille. J'en ai tout à fait conscience.

— C'est justement à cause de ma famille que je dois partir. Ma grand-mère et ma sœur comptent sur moi et mes gages. Il n'est pas garanti que je trouve une autre place de femme de chambre auprès d'une lady. Les places de ce type sont rares.

Elle prit une grande inspiration avant de poursuivre.

— Pardonnez-moi ma franchise, mais si je reste, je redeviendrai sans doute une simple domestique, et mes gages ne suffiront pas à nous faire vivre, moi et ma famille.

Valencia hocha la tête, légèrement mal à l'aise. Si elle avait réfléchi un peu plus longuement, elle aurait compris qu'elle n'était pas la seule à ne pas avoir beaucoup de choix. Cela remettait certaines choses à leur juste place. Elle pouvait s'estimer heureuse de son sort, finalement. Il y avait pire. Elle avait connu pire, d'ailleurs.

Malgré les épreuves qu'elle avait traversées, elle n'avait jamais eu à se préoccuper des questions matérielles, n'avait jamais eu à se demander si elle avait suffisamment d'argent pour pouvoir se nourrir, se vêtir et se loger décemment. Et même là, alors qu'elle était chassée de cette maison, elle avait un endroit où aller. Une autre maison. Plus petite, c'était certain. Plus modeste que toutes les maisons où elle avait jusque-là vécu. Loin de toute civilisation. Mais une maison tout de même. Un toit. De la nourriture sur la table. Des domestiques. Tout cela l'attendait.

— Je comprends, murmura-t-elle.

Elle s'en voulait de faire subir cela à Tildie. De ne pas avoir suffisamment anticipé la situation afin qu'elle puisse rester à Londres. Elle s'était montrée irresponsable. Elle le savait et se le reprochait.

En même temps, on ne lui avait jamais inculqué l'indépendance. Elle était la fille d'un marquis devenue la femme d'un duc. La seule façon de pouvoir exercer du contrôle sur sa propre vie aurait été de donner un héritier à son époux. Elle aurait alors eu à œuvrer pour la réussite de son fils. Là, elle aurait acquis sécurité, et pouvoir. La colère s'empara d'elle. Pourquoi la vie était-elle ainsi faite ? Pourquoi le pouvoir d'une femme se nichait-il dans ses entrailles ?

En secouant la tête, elle dit :

— Je m'excuse de ne pas avoir pu faire en sorte que nous restions toutes les deux à Londres.

— Vous n'avez pas à vous excuser, dit Tildie en posant sa main sur la sienne. Vous avez suffisamment souffert, Votre Grâce.

Bien entendu, elle faisait allusion à Dedham.

Elle se força à sourire. Elle ne voulait pas montrer son abattement à Tildie. Elle retira sa main et se leva.

— Venez. Nous avons fort à faire. Je ne pense pas que nous serons prêtes à partir aujourd'hui, mais avec un peu de chance, nous pourrons nous mettre en route demain. Ce soir, il faut que vous rentriez chez vous, afin de faire vos adieux à votre grand-mère et à votre sœur.

Un instant, le visage de Tildie sembla sur le point de se décomposer. Puis elle se reprit. Ayant retrouvé un peu de son flegme, elle lissa ses jupes.

— Je vais essayer, mais nous avons beaucoup de bagages à préparer…

— Tildie, j'insiste. Allez dîner avec votre famille ce soir.

En hochant la tête, elle se remit au travail, et dit, avec une légèreté forcée :

— Merci. Et vous aussi, il faut que vous voyiez vos amies.

Au mot « amies », Valencia ressentit un terrible pincement au cœur. Ce seraient des adieux difficiles, mais elle ne pouvait pas disparaître comme cela sans les voir une dernière fois. En envisageant cette éventualité, elle se prit à sourire. Elle les connaissait, ses amies : si elle partait sans leur dire au revoir, elles seraient capables de la poursuivre jusqu'au lointain Yorkshire.

— Vous avez raison. J'irai leur rendre visite cet après-midi.

C'était quelque chose qu'elle devait faire.

Finalement, Valencia n'eut pas besoin d'aller voir ses amies. Ce furent elles qui vinrent à elle.

Les nouvelles se propageaient vite dans le grand monde, où les rumeurs circulaient plus prestement que les saumons remontant les torrents à contre-courant. Les ducs n'étaient pas si nombreux et quand il en surgissait un nouveau, tout Londres le savait.

Elles étaient venues la soutenir. Wilkes – qui ne quittait plus ce navrant regard compatissant – les fit directement monter dans sa chambre, ce dont elle lui sut gré. C'était le seul endroit de la maison où elle avait encore l'impression d'être chez elle. Tout le reste appartenait désormais au nouveau duc et aux femmes de sa famille. Surtout le salon. Ce n'était plus son domaine, mais le leur. Elle ne pouvait pas espérer y recevoir ses amies avec l'intimité nécessaire.

Tru, Maeve et Rosalind, les mains levées au ciel, poussèrent de grands cris en pénétrant dans sa chambre.

Sa chambre – les appartements de la duchesse de Dedham – était spacieuse. C'était la deuxième, en taille, de la maison, après, bien sûr, la chambre contiguë à la sienne, celle du duc. La chambre où son mari avait dormi pendant toutes ces années, seul dans son grand lit. Toutefois, malgré la taille de la pièce, celle-ci semblait encombrée, car les personnalités exubérantes de ses amies, vêtues de volumineuses robes en soie et velours, occupaient tout l'espace.

— Valencia ! s'exclama Tru, en posant son réticule sur le lit. Que se passe-t-il ?

— Est-ce vrai ? demanda Maeve, toujours pragmatique. Le nouveau duc et sa famille sont arrivés ?

Rosalind se laissa théâtralement tomber sur le lit de Valencia, puis dénoua les rubans de son chapeau pour l'ôter.

— D'abord, hier soir, et maintenant, ceci. Ce n'est pas une très bonne semaine pour toi, ma chère.

Elle prit appui sur ses coudes, pour scruter le visage de Valencia.

Tru adressa un regard courroucé à sa sœur.

— Rosa, Valencia a besoin de soutien. Tu pourrais faire un effort.

Rosa haussa les épaules et fit un vague geste de la main en direction de Valencia.

— Je ne fais que dire la vérité. Est-ce que tu penses qu'elle ne sait pas que sa vie vient de prendre un mauvais tournant ?

— Rosalind, la réprimanda sévèrement Tru, de toute évidence agacée par le manque de délicatesse de sa sœur.

Rien d'inhabituel à cette petite scène. Être sœurs ne les empêchait pas d'avoir des caractères très dissemblables.

Tru était veuve depuis peu, et mère de deux enfants. Sa fille, l'aînée, était en âge de se marier et son fils était en train de terminer ses études à Eton. Rosalind, elle, n'était pas mariée et s'en accommodait très bien. Elle vivait toujours chez ses parents et n'avait nullement l'intention de renoncer à son indépendance pour se marier et fonder une famille. Tru, au contraire, était sur le point de se remarier, avec un homme dont elle était follement amoureuse et qui l'aimait en retour, contrairement à son premier mari.

Maeve observait Valencia d'un œil préoccupé.

— L'homme est-il… mal intentionné à ton égard ?

— Allons droit au but, si vous le voulez bien, intervint Rosa non sans avoir jeté un coup d'œil aux valises et à la malle que Tildie avait commencé à remplir. Il te met à la porte ?

— L'heure est venue pour moi de me retirer dans la maison douairière, se contenta-t-elle de répondre.

— Te retirer dans la maison douairière ? répéta Rosa avec un petit ricanement incrédule. Tu n'es pas une vieille douairière de quatre-vingts ans !

Valencia soupira, refusant d'abonder dans le sens de Rosa.

— Je savais que ce jour allait arriver. Tout le monde le savait. Je dois m'estimer heureuse d'avoir eu la maison à moi toute seule pendant tout ce temps.

— L'impudent !

Rosa secoua la tête, les yeux lançant des éclairs.

— Je propose que nous allions le trouver pour lui expliquer qui tu es et lui faire comprendre qu'il n'a pas le droit de te traiter de cette façon.

— Oh ! il en a le droit.

C'était ce qu'il faisait, d'ailleurs. Tout à coup, elle vit son beau visage. Ses yeux sombres et déterminés. Ses sourcils froncés, alors qu'il la chassait hors de chez elle.

Ce n'est pas ma maison. Cela n'a jamais été ma maison.

Rosa poursuivit comme si Valencia n'avait rien dit.

— Pour qui se prend-il ?

— Pour un duc, murmura-t-elle. Pour le duc de Dedham.

Rosa grommela d'une manière qui aurait pu la faire passer elle-même pour une vieille douairière.

— Ce n'est pas une excuse.

— Oh ! mais tu ne peux pas partir. Une petite conversation avec lui n'est peut-être pas une si mauvaise idée, suggéra Tru en s'asseyant sur le lit, les mains croisées sur les genoux, d'une manière beaucoup plus distinguée que sa sœur. C'est certainement quelqu'un de sensé.

Vraiment ?

Valencia ne partageait pas la confiance de Tru. Il ne lui avait pas paru très sensé quand elle l'avait vu au salon avec ses sœurs. Il s'était montré discourtois, voire grossier, et, de toute évidence, il avait été soulagé d'apprendre qu'elle était sur le point de s'en aller.

Tru poursuivit, d'une façon plus posée que sa sœur, ce qui n'était pas, en soi, un exploit.

— Il se rendra forcément compte que tu serais bien plus à ta place dans une maison ici, à Londres, que dans le Yorkshire. Même ton mari avait eu la délicatesse de trouver une résidence londonienne à sa mère.

Maeve acquiesça.

— Une très belle maison, sur Fletcher Street, précisa-t-elle.

— C'est une excellente idée. Étant novice dans son rôle de duc, il doit ignorer tout cela.

Rosa frappa théâtralement dans ses mains comme si elle tenait la solution.

— *Je* vais aller lui parler. *Je* vais lui expliquer ce qu'il faut faire. Si ton mari a bien voulu loger cette espèce de vieille harpie dans une belle maison à Londres, dans ce cas, cet homme peut bien, lui aussi…

Tru lui adressa un regard réprobateur et tendit un doigt vers elle.

Rosa. Pas toi, Rosalind. Ce n'est pas toi qui iras lui parler.

Rosa fronça les sourcils.

— Et pourquoi donc ?

— Parce que tu fais peur aux hommes, rétorqua Tru. Moi, j'irai lui parler.

Elle adressa à Valencia un regard chaleureux.

— Avec toi, bien sûr, Valencia. Nous irons ensemble.

Elle aiguisa son regard et regarda Valencia de bas en haut.

— Est-ce que tu as toujours ta robe jaune doré ? Tu fais forte impression quand tu la portes.

— Cela ne servira à rien, répondit Valencia en secouant la tête d'un air sombre. Il veut que je m'en aille, et c'est son droit. Vous le savez très bien.

Elle regarda tour à tour chacune de ses amies. Elle appréciait ce qu'elles essayaient de faire, mais le duc avait les pleins pouvoirs. Et elle n'en avait aucun.

— C'est peut-être son droit… mais cela ne se fait pas pour autant, dit Maeve, plus grave qu'à son habitude. Tout gentleman qui se respecte doit pouvoir le comprendre.

— Néanmoins, ce ne sera pas à moi de le lui faire comprendre. Ni à aucune de vous.

L'idée de devoir demander à cet homme, à cet étranger, quelque chose allant au-delà de ses obligations légales la remplissait d'horreur. Les administrateurs du duché s'étaient montrés très clairs sur ce point. Elle avait sa rente et la maison douairière. Tout le reste ne serait que charité. Pitié. Et constituerait une dette qu'elle ne pourrait jamais rembourser.

Rien. Elle ne demanderait rien.

Rosa poussa un soupir dépité.

Tru hocha la tête avec détermination.

— Très bien. Dans ce cas, tu n'as qu'à venir vivre chez moi.

— Oh non, je…

— Je te proposerais volontiers la même chose, mais je doute que tu aies envie de vivre avec mes parents. Le perroquet de ma mère occupe une place d'honneur à table, dit Rosa avec une grimace.

— Cela ne me paraît pas très hygiénique, commenta Maeve.

Rosa haussa les épaules.

Tru poursuivit :

— La maison est très grande, et Cordelia et moi-même serions ravies de t'accueillir.

— Oh ! non, je ne peux pas faire une chose pareille, dit Valencia en secouant fermement la tête.

Elle voulait rester à Londres, mais pas à un tel prix.

— Jasper et toi allez bientôt vous marier, et ce serait très déplacé de ma part de vous imposer ma présence alors même que vous commencez votre nouvelle vie à deux. Je serai très bien dans le Yorkshire, mentit-elle. J'aurai ma propre maison, avec des domestiques dévoués. J'ai beaucoup de chance.

Tru ouvrit la bouche pour répondre, mais un bruit attira l'attention de tout le monde. Elles se tournèrent vers la porte au moment où entra un troupeau de jeunes femmes. Sans s'être fait annoncer. Sans avoir frappé. Et sans y avoir été invitées, bien sûr.

6

« Il n'y a rien de plus dangereux qu'une débutante mal élevée. À part, peut-être, plusieurs débutantes mal élevées. »

GERTRUDE, COMTESSE DOUAIRIÈRE DE CHATHAM

Les sœurs du duc firent irruption dans la chambre telle une horde de chiots frétillants.

Les amies de Valencia se tournèrent ensemble vers elle, avec la même question dans les yeux.

— Qui êtes-vous ? demanda, fort impoliment, l'une des jeunes filles.

Sans en être sûre, Valencia pensait qu'il s'agissait de Del.

Tru cligna des yeux, choquée par tant de mauvaises manières.

La bouche de Maeve dessina un petit « oh » de surprise quand approcha la jeune Isolde avec, dans les bras, son chien empaillé. *Poppet*. Vraiment, le promenait-elle avec elle absolument partout ?

— Seigneur, vous êtes toutes si belles et si bien habillées ! s'exclama la gentille fille, en effleurant du bout des doigts la manche richement brodée de la robe de Maeve.

Cette dernière ne réagit pas, se contentant de continuer de cligner des yeux d'un air stupéfait.

Elles étaient là toutes les six. Valencia les compta rapidement pour s'en assurer. Oui. Six. Aucune ne se taisait. Elles discutaient ensemble tout en assaillant Valencia et ses invitées de questions.

Ses amies les regardaient avec les yeux écarquillés.

— Qui… sont… ces jeunes personnes ? murmura Maeve.

— Et qu'est-ce que c'est que cette… chose ? demanda Rosa, qui fixait Poppet d'un air horrifié.

— Ladies, dit Valencia d'une voix qu'elle espérait suffisamment forte pour couvrir les bavardages des jeunes femmes. Permettez-moi de vous présenter les sœurs du duc.

— Six ? demanda Rosa d'une voix incrédule. Il en a six ?

Une des sœurs se fit une joie de préciser :

— Nous sommes les six sœurs qu'il a amenées avec lui. Les six qui ne sont pas encore mariées.

Les six qui ne sont pas encore mariées.

Cela jeta un pavé dans la mare.

Tru se pencha légèrement en arrière et poussa un soupir, comme si elle venait de comprendre quelque chose. Puis elle échangea un regard entendu avec ses amies. *Toutes* avaient compris.

Leur présence ici n'était pas une coïncidence. Le nouveau duc avait amené ses sœurs pas encore mariées à Londres… pour les marier, précisément. C'était typique des hommes, après tout. Les hommes qui utilisaient, manipulaient et arrangeaient à leur guise la vie des femmes dont ils avaient la charge.

Ces jeunes provinciales étaient sur le point de faire leur apparition sur le grand marché du mariage, cette jungle où tous les coups étaient permis. Ce ne serait ni facile ni joli à voir. Elles allaient se faire dévorer.

Une des jeunes filles donna un coup de coude à une autre.

— Les six meilleures.

Les sœurs rirent en chœur comme si c'était une plaisanterie récurrente au sein de leur famille.

— Oh mon Dieu. Combien êtes-vous donc ? murmura Maeve.

— Treize en tout. Douze sœurs et un frère. Six sont mariées. Mon frère et nous six ne le sommes pas.

Il était le seul frère au milieu de toutes ces femmes. Cela avait dû être… quelque chose. Grandir dans ces conditions avait dû être une épreuve. Une épreuve qui devait se prolonger encore aujourd'hui.

— Oh mon Dieu. Treize, souffla Tru. Quelle grande famille.

— Je n'identifie pas votre accent, chuchota Rosa.

Elle était parvenue à rester d'une curiosité polie, loin de son regard critique habituel. Un exploit !

— Nous sommes originaires de Bryn Bychan, au pays de Galles.

— Pays de Galles, acquiesça Tru, comme si cela faisait sens.

Rosa pencha la tête et murmura à l'attention de ses seules amies :

— Apparemment, au pays de Galles, on ne fait pas des enfants, mais des portées.

Tru lui jeta un regard désapprobateur. Maeve lui fit signe de se taire.

Après avoir étouffé un rire, Valencia désigna une à une ses amies, bien décidée, elle, à respecter les usages et à ne pas oublier ses bonnes manières.

— Permettez-moi de vous présenter Mrs Bernard-Hill, la comtesse douairière de Chatham, et Lady Shawley.

Les jeunes filles se regardèrent et, l'une après l'autre, exécutèrent des révérences gauches et exagérées qui auraient déclenché moqueries et vives désapprobations dans les salons du grand monde. Qu'elles soient ou non les sœurs du frais émoulu duc de Dedham, elles allaient en effet se faire dévorer par les grandes dames de la haute société. Les nouveaux venus étaient toujours traités avec circonspection et suscitaient rarement l'approbation. Valencia voyait bien que ses amies étaient du même avis qu'elle. Ces jeunes filles ne seraient pas les bienvenues dans le grand monde. Pas sans un gros travail de polissage et de vernissage préalable.

Ce fut alors qu'une ombre large et menaçante vint occuper l'embrasure de la porte, et Valencia sut à qui elle appartenait avant même de voir son visage. Ses amies ne l'avaient pas encore remarqué. Elles étaient trop accaparées par le tableau étrange formé par ses sœurs. Elle, pourtant, l'avait remarqué. Tout son être semblait se contracter en sa présence, comme un signal d'alarme.

Isolde, la seule des sœurs dont elle parvenait à retenir le nom, parla la première.

— Je suis Isolde.

Elle regarda tout à coup ses sœurs comme si elle avait besoin de leur approbation.

— Euh. Plutôt, je suis Miss Lloyd.

Elle leur demanda tout bas :

— C'est comme cela qu'on doit m'appeler ?

Son ignorance en la matière aurait été risible si elle n'avait pas été aussi consternante. Toutes crues, elles allaient se faire dévorer. Toutes crues.

— C'est un plaisir de faire la connaissance de vraies aristocrates.

— Isolde, notre frère est désormais duc.

— Et alors, répliqua-t-elle, sur la défensive. Il est duc depuis combien de temps ? Une semaine ? Deux jours ? Tandis que nous avons devant nous de vieilles aristocrates.

Rosa afficha un air dédaigneux et marmonna :

— Au secours. La fraîcheur a ses charmes, mais elle a aussi ses limites.

Isolde tendit son chien empaillé devant elle et ajouta :

— Et voici Poppet.

Maeve blêmit et passa une main nerveuse dans ses cheveux noirs impeccablement coiffés.

— Cette chose est-elle… réelle ?

— Vous voulez dire, a-t-elle été vivante un jour ? Oui, répondit une des sœurs avec un petit rire. Ne vous inquiétez pas, vous vous habituerez à sa vue. Elle l'emmène absolument partout avec elle.

Partout ?

Valencia jeta un nouveau coup d'œil en direction de l'endroit où se trouvait le duc. Elle était toujours la seule à l'avoir remarqué. Comment était-ce possible ? Comment pouvait-on ne pas s'apercevoir de la présence de cet homme ? Il irradiait de vitalité. Depuis qu'il était là, l'air vibrait d'une énergie crépitante qu'elle sentait sur sa peau.

Il ferma les yeux, comme s'il était gêné par le comportement de ses sœurs. Un muscle tressaillit sur sa joue contractée, ce qui tendait à indiquer qu'il n'était pas aussi impassible que ce qu'on aurait pu le penser.

— Vous emmenez ce… chien… partout ? demanda Tru, qui était sans doute en train déjà d'imaginer l'animal empaillé suivre sa maîtresse à tous les dîners où elle serait invitée.

Une autre sœur acquiesça :

— Vous vous habituerez à sa vue.

Rosa secoua la tête, sans doute pour signifier que, non, jamais elle ne pourrait s'habituer à cela.

Et Valencia ne s'y habituerait pas non plus, puisqu'elle s'en allait. La maison douairière et la campagne fangeuse l'attendaient. Malgré la gentille proposition de Tru, elle allait partir. Tel était son destin.

Cela ne pourrait pas être pire que ce qu'elle avait déjà enduré. La solitude extrême ressentie après la mort de sa chère maman. La lente succession des années durant son mariage avec Dedham. Les longues journées. Les heures interminables. Les moments pesants.

C'était un parfait résumé de ce qu'avait été son existence.

Et pourtant elle espérait encore. Bêtement.

Elle aurait dû savoir, pourtant, que l'espoir était toujours vain.

Elle allait laisser le nouveau duc et ses sœurs à leur vie londonienne.

Place aux jeunes.

Elle esquissa un petit sourire triste en pensant à ces six jeunes femmes, inexpérimentées, sans repère et sans guide, en train de pénétrer dans la grande arène des mariages. Elles n'avaient aucune idée de ce qui les attendait. Aucune idée de la façon dont il fallait naviguer dans ce monde clos si complexe, hiérarchisé et codifié. Le spectacle promettait d'être grandiose...

Les jeunes débutantes passaient tout le temps à étudier les bonnes manières, à s'entraîner à maîtriser l'art de la danse, de la conversation, du piano, de l'aiguille, à apprendre à devenir de parfaites maîtresses de maison, afin de préparer leur entrée dans le grand monde. Les révérences qu'elles exécuteraient lors de leur premier bal, à l'Almack, seraient la clé qui leur ouvrirait les portes de la gloire... ou de l'enfer.

Valencia se retint de rire en imaginant Isolde s'incliner en tenant Poppet dans ses bras. Ces jeunes femmes couraient au désastre, et elle était plutôt triste pour elles. Toutefois, assez égoïstement, elle regrettait de manquer cela. Le spectacle promettait d'être très drôle.

Le duc s'éclaircit la gorge, annonçant ainsi sa présence à tout le monde.

— Mes chères sœurs, j'espère que vous ne dérangez pas ces dames.

En effet. Il ne faudrait pas qu'elles m'empêchent de faire ce que j'ai à faire pour pouvoir quitter les lieux le plus vite possible.

Ses amies portèrent leur regard vers l'homme qui se tenait toujours dans l'embrasure de la porte. Il n'échappa pas à Valencia que toutes retinrent leur souffle.

— Qui est-ce ? murmura Rosa avec une discrétion toute relative.

Elle avait beau revendiquer fièrement son statut de femme non mariée, elle n'en était pas pour autant insensible à la beauté masculine.

Il inclina légèrement la tête, dans une attitude que Valencia jugea très altière.

— *Ladies.*

Il jouerait son rôle de duc à merveille, c'était certain. Il n'y avait qu'à voir la façon dont il la regardait en ce moment même. Ses yeux semblaient vouloir dire : « *Est-ce bien le moment de recevoir vos amies, alors que vous devriez être en train de vous préparer à partir ?* » Comme si c'était son rôle de lui dire ce qu'elle devait faire.

Tant d'arrogance était insupportable.

Valencia leva légèrement le menton et s'acquitta de son devoir, à savoir présenter ses amies au nouveau duc de Dedham. *Le nouveau duc de Dedham.* Elle tressaillit en le regardant. Cela n'allait pas. Il ne pouvait pas porter le même nom que son mari.

Le duc, le Dedham qu'elle avait connu, était mort. Disparu à jamais. Cet homme était un autre.

Ses amies exécutèrent toutes de parfaites révérences, et déclarèrent avec une déférence doucereuse :

— Votre Grâce, c'est un plaisir et un honneur de vous rencontrer. Bienvenue à Londres.

Ses sœurs regardèrent la scène bouches bées. Quelques-unes rirent nerveusement. Celle qui adorait donner des coups de coude en adressa un à sa voisine.

Isolde, tout en caressant le pelage bouclé de Poppet, dit d'une voix teintée d'admiration :

— Oh ! Comme vous faites cela bien, par rapport à nous.

En souriant, elle regarda ses sœurs, comme si elle attendait qu'elles approuvent. Au contraire, elles la fixèrent sombrement, sans répondre.

— Nous devrions peut-être prendre des leçons auprès d'elles, non ?

Elle avait dit cela pour plaisanter, mais Valencia ne put s'empêcher de lui donner raison. Oui. Oui. Oui. Mille fois oui. Elles avaient besoin de prendre des leçons avant de faire leurs débuts en société. Apprendre. S'entraîner. Se préparer.

C'était naturellement ce que faisaient les jeunes filles issues de la haute société, pendant de longues années. Leur frère l'ignorait peut-être, cependant. Il n'était pas duc depuis longtemps. Ni londonien non plus. Valencia ne savait rien de lui, en vérité, mais de cela, elle était certaine.

Elle ignorait qui il était et ce qu'il faisait avant d'hériter de ce titre, mais il était évident que ce nouveau monde dans lequel il venait de pénétrer n'était pas quelque chose qu'il maîtrisait. Il n'avait pas la moindre idée de la façon dont fonctionnait la haute société londonienne. Il en découvrirait les dures réalités bien assez tôt, cependant. Malheureusement, cela se ferait aux dépens de ses sœurs.

Rosa regarda avec curiosité la jeune fille qui caressait son chien empaillé comme s'il était vivant. Ses yeux brillaient. Elle s'amusait beaucoup trop, c'était visible.

Tru adressa un regard réprobateur à sa sœur.

Rien n'échappa au duc non plus. Son regard attentif et scrutateur ne perdrait rien de ce qui se passait dans la pièce. Son visage était sévère, ses lèvres, quoique pleines et sensuelles, étaient fermement serrées.

Il avait évidemment conscience que ses sœurs n'étaient pas prêtes à affronter le grand monde. Il les regarda tour à tour d'un air exaspéré, ce qui confirma qu'il était moins étranger à la nuance et au sous-entendu qu'elles ne semblaient l'être. Tant mieux pour lui. Dommage pour elles. Mais peut-être allait-il faire quelque chose pour qu'elles ne se retrouvent pas jetées en pâture aux requins.

Même si elles la chassaient de chez elle, Valencia ne voulait pas de mal à ces jeunes filles. La haute société pouvait être une maîtresse bien dure et cruelle. Elle ne souhaitait à personne d'être victime de cette cruauté.

— Mes sœurs, dit-il, et si vous laissiez ces dames entre elles, afin qu'elles puissent discuter tranquillement ?

Une des jeunes filles poussa un petit gémissement mécontent. Une autre marmonna quelque chose pour exprimer sa protestation. Une troisième tapa du pied. De toute évidence, ces jeunes femmes n'aimaient pas les contraintes ni les interdits. Leur première Saison londonienne serait une prise de conscience douloureuse, car interdits et contraintes y étaient monnaie courante.

Elles s'en allèrent les unes derrière les autres. Isolde marchait particulièrement lentement, en se retournant pour adresser de longs regards envieux à Valencia et ses amies.

Le duc s'attarda un instant à la porte après leur départ, puis il inclina légèrement la tête.

— *Ladies.*

La main sur la poignée, il regarda longuement Valencia avant de finir par fermer la porte derrière lui.

— Voici donc à quoi ressemble le nouveau Dedham, murmura Maeve, qui était clairement impressionnée.

Valencia essaya de cacher son déplaisir. Elle ne voulait pas que Maeve ni qu'aucune de ses amies ne soient impressionnées par le duc. Elle voulait qu'elles le détestent autant qu'elle. Car elle le détestait, cet homme qui s'était montré si mal élevé depuis l'instant de leur rencontre. Cet homme qui l'arrachait à sa vie, et qui l'empêchait de jouir de la liberté nouvelle qu'elle avait conquise.

Bien entendu, elle savait qu'il n'était pas personnellement responsable de ces changements regrettables. Si cela n'avait pas été lui, cela aurait été un autre. Et pourtant c'était lui, ce grossier malappris, qui ne semblait pas un seul instant désolé pour elle.

À quoi cela servait-il qu'il soit jeune, et fort, et beau et en possession d'une voix délicieuse s'il la faisait souffrir ? À quoi cela servait-il qu'il fasse preuve d'un dévouement admirable envers ses sœurs ?

Comme sa vie aurait été différente si elle avait eu un frère comme lui pour veiller sur elle… ou, au moins, pour l'accepter telle qu'elle était avec autant de bienveillance. C'était un peu comme s'il était une version améliorée du précédent duc, et cela faisait naître en elle des pensées qui la perturbaient. Des pensées sur lesquelles elle n'avait pas envie de s'attarder. Elle ne voulait pas l'admirer. Elle ne voulait pas ressentir sa puissance d'attraction.

— Aussi beau que le précédent, ajouta Rosa.

— Rosalind ! protesta sa sœur, en adressant un regard gêné à Valencia.

— Qu'ai-je dit de mal ? demanda Rosa en haussant les épaules.

Ce sont tous les deux des hommes séduisants. Enfin, surtout l'un d'eux, l'autre étant... mort.

Elle sembla perplexe un instant, avant de hausser de nouveau les épaules, comme si cela n'était pas important.

C'était une histoire de fou. L'ancien duc était mort, mais à peine avait-il expiré qu'un nouveau duc avait surgi du néant pour prendre sa place.

Cela rappela à Valencia ce qu'elle avait lu un jour dans un livre de sciences naturelles à propos des étoiles de mer. Elle y avait appris que ces animaux marins avaient la capacité de se régénérer. Elles pouvaient perdre une branche et en faire pousser une autre. C'était la même chose avec les ducs. Quand l'un d'eux disparaît, un autre apparaissait à sa place.

— Ils ne se ressemblent pas du tout, insista Valencia.

Ce n'étaient pas du tout les mêmes hommes, mais, plus important, elle n'était plus la même femme. Elle n'était pas cette jeune femme naïve prête à succomber à un beau visage et à une voix de velours. Elle ne l'était plus et elle ne le serait plus jamais.

Elle refusait de voir son ancien mari en la personne du nouveau duc. Extérieurement, son mari était quelqu'un de très séduisant, au moins au début, quand il était encore en pleine possession de ses moyens. Elle avait été très sensible à son charme. Suffisamment pour être transportée de joie quand il avait déclaré après leur première valse, lors de leur deuxième rencontre, qu'il ne cherchait plus de fiancée, et qu'il allait l'épouser.

— *Ne devriez-vous pas me faire votre demande en mariage en bonne et due forme, Votre Grâce ? Et, surtout, vous adresser à mon père ? avait-elle demandé, le souffle court, alors qu'il la faisait tournoyer entre ses bras.*

— *Une formalité, avait-il répondu avec un sourire plein d'assurance. Je vous veux. Vous serez à moi.*

Son cœur jeune et stupide s'était mis à cogner dans sa poitrine, emporté par cette audacieuse confiance qui semblait si romantique. Aujourd'hui, elle percevait à quel point il s'était montré arrogant... et égoïste. Il n'avait été question que de lui. Lui et ses caprices. Lui et son plaisir. Dès le départ, elle n'avait été que sa chose.

— Bien sûr qu'ils ne se ressemblent pas, reconnut Tru.

On aurait dit que son amie voulait la consoler. Comme si Valencia avait besoin d'être consolée ! C'était encore de la pitié, et, vraiment, Valencia détestait cela.

— Ils ne se ressemblent en rien, insista Tru en adressant un regard lourd de reproches à sa sœur.

Rosa cligna des yeux, comme si quelque chose lui revenait en mémoire. Elle regarda Valencia et dit sur un ton qui manquait de conviction :

— Bien sûr. Ils n'ont rien en commun. Mis à part la beauté, la richesse et un titre qui leur assure la plus facile des existences même s'ils ne la méritent pas.

Tru secoua la tête en poussant un soupir exaspéré.

— N'est-ce pas le cas de tout aristocrate ?

Elles restèrent encore une heure, durant laquelle elles se forcèrent à paraître gaies et tentèrent de profiter jusqu'au bout du temps qu'il leur restait à passer ensemble. Elles se firent des promesses. De venir toutes ensemble dans le Yorkshire. De ne jamais perdre contact. Pour Valencia, de venir les voir à Londres ou dans leur manoir de campagne. Personne ne put dire quand, précisément. Un jour. Elles y veilleraient... Elles voulaient y croire.

Valencia sentit sa gorge se serrer. Elles avaient tant partagé au cours des années. Des bons moments. Des moments difficiles, ceux où Valencia avait eu besoin de ses amies et où ses amies avaient été là pour elle, pour la soutenir, l'aimer et la faire rire quand il n'y avait rien de drôle dans sa vie. Réussirait-elle à rire dans le Yorkshire sans elles ?

Pourtant, elle leur avait caché le pire. Elles savaient qu'elle avait perdu ses deux enfants, mais elles ignoraient sa pire honte. Cela, elle le gardait pour elle. Elle n'avait jamais révélé l'ampleur de ce que son mari lui faisait subir. Elle n'avait pas mis les mots sur ces mauvais traitements, mais elles n'étaient pas idiotes. Elles avaient des yeux et des oreilles. Elles en savaient suffisamment, et elle n'aurait jamais survécu toutes ces années sans elles. Elle n'aurait pas pu.

Ce terrible et funeste séjour à la campagne lui revint en mémoire... Le corps tordu et brisé de Dedham au pied de l'escalier, les hurlements qui emplissaient ses oreilles. *Ses* hurlements. Elle eut la nausée en repensant à cette nuit-là. Comment y aurait-elle survécu sans ses amies ?

Elle les raccompagna jusqu'à la porte, où elles s'étreignirent et échangèrent de déchirants adieux. Rosa et Maeve se montrèrent particulièrement émues. Elles la serrèrent plus fort. Plus longtemps. On aurait dit qu'elles ne voulaient pas la lâcher, pas la laisser. Leurs regards étaient emplis de paroles tacites, de paroles qui n'avaient pas besoin d'être dites car elles avaient été déjà beaucoup répétées.

Tru avait eu son lot de malheurs au cours sa vie. Tout comme Valencia, elle avait été l'épouse d'un homme mauvais. Et vivre avec un homme mauvais était une occupation à plein temps : il fallait lui survivre.

Valencia n'en voulait pas à son amie de ne pas avoir mesuré l'étendue de ses problèmes pendant que leurs maris respectifs étaient encore en vie. Chacune avait eu sa croix à porter.

Chatham était mort peu après Dedham. Un autre tragique accident. C'était étrange, ces accidents qui frappaient les hommes mauvais. Étrange et presque providentiel. Comme si une force supérieure avait voulu se porter au secours de Valencia et Tru.

Les souffrances que lui avait infligées son mari avaient occupé Tru, c'était compréhensible. Ensuite, c'était la mort de son époux qui l'avait occupée. Puis Jasper Thorne. Mais cet homme faisait plus qu'occuper Tru. Il l'obsédait, comme elle l'obsédait lui, de la plus belle des façons. Ils étaient fous l'un de l'autre, et s'aimaient d'un amour profond et sincère, comme le prouvait leur mariage dont la date approchait.

Comme si elle avait lu dans ses pensées, Tru, en partant, lança :

— Tu viendras à mon mariage. Il le faut. Promets-moi que tu seras là.

— Je serai là, promit Valencia, sincère.

Elle réfléchirait en temps voulu à la façon dont elle pourrait honorer sa promesse. Où logerait-elle, par exemple ? Sans doute chez Maeve. Rosa n'avait pas exagéré. Ses parents étaient un peu particuliers. Sa mère possédait un oiseau qui adorait insulter les invités de sa maîtresse pendant qu'ils prenaient le thé.

Et pourtant, séjourner chez Rosa et ses parents vaudrait mieux que de frapper à la porte de son père et de sa belle-mère. Valencia n'avait toujours pas accepté cette union, à tel point que vivre sous le même toit que son père et sa belle-mère, même pendant un temps très bref, était absolument inenvisageable. Elle aurait eu beaucoup de reproches à adresser à son père. Par exemple, il avait brillé par son absence durant toutes ces années. Il ne s'était pas non plus posé de questions quand le duc de Dedham avait demandé sa main alors qu'ils venaient à peine de se rencontrer. Et il n'avait pas semblé remarquer à quel point son mariage l'avait changée, à quel point elle s'était effacée et assombrie, jusqu'à disparaître totalement, avalée par les ombres.

Ses amies, au contraire, s'étaient inquiétées de ce changement. Même si Valencia avait gardé ses secrets pour elle, elles l'avaient entourée de leur affection sans faille.

Elle referma la porte derrière elles, et demeura un moment le front appuyé contre le bois froid. Elle ferma les yeux pour tenter de lutter contre cette douleur au creux de sa poitrine et chasser la boule qui s'était formée dans sa gorge autrement qu'en éclatant en sanglots.

Comme elles allaient lui manquer.

Elle s'était dit qu'elle avait envie de rester à Londres pour vivre enfin sa vie, pour goûter à l'indépendance et peut-être, à présent qu'elle en avait le droit, pour prendre un amant. Ce n'était pas faux, mais ce n'était pas l'essentiel. Si elle voulait rester à Londres, c'était avant tout pour elles.

C'était là qu'habitaient ses amies, sa famille de cœur. Rien ni personne ne l'attendait dans le Yorkshire. Là-bas, il y avait seulement du vent, des landes et du silence. Très peu de gens, et uniquement des inconnus. Elle se résoudrait à aller s'installer dans cet endroit perdu, mais son cœur resterait à Londres.

Elle soupira, puis se tourna, prête à aller se réfugier dans sa chambre pour terminer ses bagages, afin de pouvoir, dès l'aube, entreprendre son grand voyage vers le nord.

Il y eut un bruit ténu. Un léger claquement de talons.

Elle regarda autour d'elle et finit par voir le duc, qui se trouvait à l'autre extrémité du vestibule d'entrée. Il était appuyé contre la porte de communication avec le salon, avec une nonchalance qu'elle était loin d'éprouver. Chez elle, la tension était au contraire à son apogée, surtout depuis qu'elle se sentait scrutée.

Il croisait les bras sur son large torse et l'observait, comme il le faisait très certainement depuis un certain temps. Il la regardait de ses yeux marron qui brillaient comme s'ils étaient éclairés de l'intérieur. Il l'avait vue dire adieu à ses amies, l'avait vue pendant qu'elle tentait de se ressaisir, la tête appuyée conte la porte. Alors qu'elle se pensait seule, il était là et l'observait.

Et il l'observait encore.

Elle leva le menton d'un air indigné, en se répétant que ce qu'il pouvait penser d'elle n'avait pas la moindre importance.

Il continuait de la fixer. Elle-même le regardait droit dans les yeux, sans ciller.

Enfin il parla, de sa voix grave et âpre qui lui donnait la chair de poule.

— Le dîner est dans une heure.

Puis, après une pause qui ne fit qu'alourdir l'atmosphère :

— Joignez-vous à nous.

Il n'attendit pas sa réponse.

Il tourna les talons et disparut dans le couloir, en direction du bureau – son bureau à présent –, la laissant en proie à ses interrogations. Pourquoi voulait-il qu'elle vienne prendre place à table avec lui et sa famille ? Cela semblait étrange de la part d'un homme qui l'avait chassée si facilement, si froidement et si *définitivement* de chez elle. Elle grimaça. De chez *lui.*

Joignez-vous à nous.

Elle frémit. Ce n'était pas tant une proposition qu'un ordre. Il se comportait déjà en duc. À moins qu'il n'ait toujours été autoritaire. C'était un homme, après tout. L'expérience lui avait enseigné que les hommes aimaient exercer leur domination sur leur entourage, comme s'il s'agissait d'un droit divin.

Il voulait la voir partie. Dans ce cas, pourquoi l'inviter à dîner avec eux ?

Elle ressentit des picotements dans la nuque et interpréta cela comme un avertissement. Il fallait qu'elle se méfie. Quelque chose se cachait derrière ce dîner. Elle en avait l'intime conviction. Elle ne savait pas quoi, mais elle finirait par le découvrir.

Elle allait accepter l'invitation. Elle se joindrait à lui et à sa famille et partagerait avec eux ce repas, quoi qu'il puisse signifier.

La duchesse douairière de Dedham se présenterait à table dans toute sa splendeur, avec toute la dignité, l'aplomb et la hauteur qui lui avaient été inculquées depuis qu'elle avait exécuté sa première révérence.

Il serait subjugué au point de ne pas s'en remettre.

Et là il comprendrait qui il était en train de chasser de chez lui.

7

« Ce qui prend le plus de place dans une pièce, c'est l'ego d'un duc. »

Valencia, duchesse douairière de Dedham

Ils étaient tous réunis au salon, attendant que la duchesse douairière les y rejoigne. Rhain était assis auprès du feu qui crépitait doucement et sirotait un verre de brandy en essayant de masquer sa nervosité. Ses sœurs ne faisaient pas autant d'efforts.

— Mais que fait-elle ? demanda Isolde, qui semblait trépigner.

C'était celle qui avait été le plus excitée d'apprendre que l'ancienne maîtresse des lieux allait partager leur repas. Ses autres sœurs avaient eu des réactions différentes, entre l'indifférence et l'agacement.

— Sait-elle que nous avons faim ? grommela Del, en passant la main dans ses cheveux auburn puis en pianotant du bout des doigts sur sa nuque.

— Comment pourrait-elle le savoir ? demanda Isolde en caressant Poppet qu'elle avait posée sur ses genoux.

Cela faisait longtemps que Rhain s'était habitué à ce spectacle, mais il avait bien remarqué la réaction des ladies un peu plus tôt. Il avait vu leur regard empli de répugnance. Elles avaient trouvé cela bizarre. Elles avaient trouvé Isolde bizarre, et cela le peinait au plus haut point. Isolde était d'une grande gentillesse, et il ne lui souhaitait que du bien. Elle ne méritait pas autre chose.

Il imaginait très bien, cependant, comment réagiraient les membres de la haute société. Il soupira. Il ne laisserait pas Isolde devenir la risée du tout-Londres. Mais pour cela, il fallait que Poppet disparaisse.

Sa mère et ses sœurs ne voyaient que les bons côtés de ce changement de statut. Les soirées, les galas fastueux, les bals à n'en plus finir. Les prétendants faisant la queue devant la porte, un bouquet de fleurs et une boîte de bonbons à la main.

Elles pensaient que cet héritage ne comportait que des avantages. Elles ne voyaient pas les obstacles ni les difficultés.

Il avait accepté de les emmener à Londres avec lui pour leur faire plaisir et parce que tout ce qu'il voulait, c'était leur bonheur. Néanmoins, ce n'était pas le bonheur qui les attendait ici, il en était persuadé. C'étaient plutôt la déception et la tristesse. L'humiliation. Rien ne garantissait qu'elles seraient respectées, ni même traitées avec un minimum de courtoisie. Ces maudits aristos allaient les broyer et y prendre beaucoup de plaisir. Même si cet après-midi, les ladies étaient restées polies, l'étrangeté de ses sœurs ne leur avait pas échappé.

Il aurait aimé pouvoir les protéger de la laideur et de la bassesse, mais ce n'était pas en son pouvoir. Ici, ce n'était pas Bryn Bychan. Il savait beaucoup de choses et se considérait comme un homme d'expérience, mais il était capable de reconnaître ses limites. Il ne pouvait pas les aider dans ce cas particulier, alors même qu'elles avaient désespérément besoin d'aide.

Ces ladies savaient. *Elle* savait. La duchesse douairière. Valencia, comme il avait entendu ses amies l'appeler. Valencia. C'était un prénom qui lui allait très bien. Beau et unique, tout comme elle.

Rhain la soupçonnait de se faire délibérément attendre. C'était une façon pour elle de prouver son pouvoir. Comme si elle avait toujours les cartes en main. Comme si cette maison restait son domaine, son royaume où elle régnait en maîtresse.

En tant qu'homme d'affaires avisé, il connaissait cette tactique. C'était courageux de sa part, mais elle faisait tout cela pour rien. Le pouvoir, c'était lui et lui seul qui le possédait. Ce n'était pas lui qui avait édicté les règles, mais elles existaient. Elles étaient ce qu'elles étaient, et c'étaient elles qui l'avaient privée de son pouvoir.

Elle pouvait arriver en retard à table si cela lui chantait, mais elle n'avait plus aucun pouvoir.

Un laquais entra et tint la porte ouverte.

Rhain porta son verre à ses lèvres tout en attendant qu'elle fasse son entrée. Il prit garde à conserver une expression neutre et impassible.

Elle apparut et il retint son souffle, perdant sur-le-champ toute illusion de rester impassible. Tout à coup il ne se sentait plus si sûr de lui et de son pouvoir.

La vision qui s'offrait à lui était stupéfiante.

Ses sœurs set sa mère cessèrent aussitôt leurs bavardages et restèrent bouche bée. Pour une bonne raison.

Il savait déjà qu'elle était belle. Même dégoulinant d'une eau saumâtre, même dégageant une odeur nauséabonde, elle l'avait frappé par sa beauté. Dès le début il avait ressenti pour elle une attirance aussi déplacée que malvenue. Une attirance condamnable, mais incontrôlable. Il pouvait, en revanche, décider de résister à cette attirance.

Il résisterait.

Il se leva, en faisant attention à ne pas la regarder avec trop d'insistance. Il ne voulait pas être ce type d'hommes. Il détestait les prédateurs qui regardaient les femmes et salivaient devant elles comme si elles étaient une pièce de viande.

— Votre Grâce, la salua-t-il, en fixant son attention sur son visage et sa magnifique chevelure tressée dans laquelle il mourait d'envie d'enfouir les doigts.

Malgré tous ses efforts, il ne parvint pas à ne pas remarquer son corps voluptueux mis en valeur par sa robe dorée qui lui donnait l'éclat du soleil levant. Même sans baisser les yeux, il la voyait. Il la verrait toujours, quoi qu'il se produise. La vision qu'elle offrait était déjà imprimée dans son esprit. Elle irait bientôt rejoindre ces images qu'il conservait en lui, dans un endroit secret, et qu'il s'autorisait à contempler de temps en temps.

Elle exécuta une révérence rapide et parfaite.

— Votre Grâce. Ladies. J'espère que je ne vous ai pas fait attendre.

Malgré ses mots et son apparente prévenance, elle ne semblait pas sincère. Il aurait parié qu'elle avait au contraire tout fait pour les faire attendre.

Deux de ses sœurs marmonnèrent quelque chose d'inaudible. Il ne regarda pas dans leur direction et rassura la femme resplendissante qui se trouvait face à lui.

— Pas du tout.

Il offrit un bras à sa mère et l'autre à la duchesse douairière. Elles acceptèrent et se laissèrent conduire vers la salle à manger. Ses sœurs les suivirent, tels des canetons bien disciplinés.

Le dîner se passa agréablement. Même les taciturnes Del et Elin se détendirent et participèrent à la conversation, posant des questions sur Londres et toutes les choses qu'elles voulaient voir et faire et dont elles avaient entendu parler dans les livres et les journaux.

Isolde et Bronwen se montrèrent plus intéressées par ce qui concernait la sociabilité – les soirées, les bals – et, de toute évidence, par les hommes.

Il était difficile de ne pas admirer la duchesse, resplendissante dans sa robe dorée, avec son teint lumineux et ses manières élégantes, avec ses mouvements aussi gracieux que ceux d'un oiseau.

Il fut tiré de sa contemplation par une de ses sœurs :

— Selon toi, quand pourrons-nous assister à notre premier bal ? demanda Bronwen, le regard empli d'espoir.

La question dépassait ses compétences. Il marqua un temps

d'hésitation, regardant d'abord sa mère, et ensuite la duchesse douairière. Celle-ci lui rendit son regard sans faire aucun commentaire. Pourquoi en aurait-elle fait ? Cela ne la concernait en rien. Elle s'en allait.

Il regrettait de l'avoir sollicitée du regard. Cela trahissait son ignorance de ce monde. De ce monde où il voulait que ses sœurs pénètrent, parce que c'était ce qu'*elles* voulaient. C'était la vérité, il n'en savait rien, contrairement à elle. La duchesse douairière de Dedham. C'était son monde.

Sa mère répondit quelque chose. La duchesse douairière la regarda à peine. Écouta. Sourit poliment, comme si, au fond d'elle, elle était affligée par leur ignorance. Il changea de position sur sa chaise, gêné par cette idée. Il détestait se sentir si ignare et impuissant alors même qu'il se targuait d'être un homme plein de ressources.

Le dîner se poursuivit. Ils mangèrent une délicieuse terrine d'agneau accompagnée de gelée à la menthe, de la sole au citron et à l'aneth, des navets sautés au beurre, et une excellente salade de concombre.

Après le dîner, ils passèrent au petit salon, où sa mère pressa la duchesse de jouer du piano, ce qu'elle fit. Très bien. Il apprécia la performance, et applaudit en même temps que ses sœurs subjuguées. On ne pouvait pas le nier. Elle était aussi belle que talentueuse.

Il n'était pas tard lorsqu'elle se leva pour prendre congé, arguant qu'un long voyage l'attendait le lendemain.

Il se leva diligemment et sentit une contraction douloureuse à la poitrine quand elle quitta la pièce. Il se rassit après son départ, et écouta d'une oreille distraite les bavardages autour de lui.

Il se surprit en train de fixer la porte par laquelle elle avait disparu, l'imagina en train de monter jusqu'à sa chambre, de terminer ses bagages et de se préparer à se coucher. Ce serait sa dernière nuit dans son lit, dans sa chambre, dans ce qui était sa maison. Du bout des doigts, il se mit à pianoter nerveusement sur l'accoudoir de son siège. Sans trop savoir pourquoi, l'idée le dérangeait.

Pourquoi devrait-il forcément en être ainsi, après tout ? Elle était la seule personne dans cette maison qui comprenait le mode de fonctionnement de la haute société. Et il la chassait. Il grimaça. Il s'était précipité et il était stupide. Il avait ouvert la bouche dès le moment où il l'avait découverte dans son salon, avant de prendre le temps de juger de son utilité. Il s'était comporté comme un mufle et maintenant il devait faire face aux conséquences de son départ imminent.

— Rhain ? Rhain ? Est-ce que tu m'as entendue ?

Il regarda sa mère. Alwena, quant à elle, le fixait comme si elle attendait sa réponse avec impatience.

— Sais-tu quand nous serons susceptibles de paraître publiquement, maintenant que nous avons emménagé ici ? Ces demoiselles ont hâte de se faire des connaissances.

C'était une question pertinente, à laquelle il n'avait pas de réponse. De toute évidence, il fallait qu'ils commencent par être invités quelque part, et pour l'instant, ils n'avaient à sa connaissance reçu aucune invitation. Rien n'était parvenu jusqu'à son bureau en tout cas. Était-ce normal ? Comment faire pour que cela change ?

Il haussa une épaule avec une légèreté et un détachement qu'il était loin d'éprouver. Les mots lui manquaient. Il n'avait pas réfléchi plus que cela lorsqu'il avait décidé de venir s'installer à Londres avec la moitié de sa famille. Il s'était sans doute dit que tout s'enchaînerait naturellement. Ils emménageraient à Londres. Ses sœurs rencontreraient du monde et feraient leur choix parmi une liste de bons partis. Il n'avait pas réfléchi à la façon dont ces rencontres pourraient se faire.

Sa mère et ses sœurs le fixaient, les yeux emplis d'attente et d'espérances.

Elles voulaient qu'il règle le problème, comme il l'avait toujours fait.

— Je vais voir ce que l'on peut faire.

Elles sourirent toutes et acquiescèrent. Elles se rassirent en soupirant de soulagement. Elles lui faisaient confiance : il tiendrait ses promesses et s'occuperait de tout.

8

« Le devoir conjugal et l'accouchement… deux conséquences du statut d'épouse dont l'on se passerait bien. Dans ces conditions, est-il surprenant que bon nombre de femmes aspirent au veuvage ? »

GERTRUDE, COMTESSE DOUAIRIÈRE DE CHATHAM

Valencia ne s'attarda pas après le dîner. C'était sa dernière nuit dans sa chambre. Dans sa maison. Il lui était pénible de jouer les parfaites hôtesses vis-à-vis des personnes mêmes qui la jetaient dehors et s'appropriaient sa vie.

Elle se prépara à se coucher : elle se déshabilla et, avec précaution, rangea sa robe dans l'une des malles prévues à cet effet, afin que Tildie n'ait pas à le faire le lendemain matin. Elle caressa la riche étoffe couleur or. Aurait-elle l'occasion de porter cette magnifique robe dans le désert du Yorkshire ? Aurait-elle une vie sociale, là-bas ? Parviendrait-elle à se faire des amies ? Des amies comme celles qu'elle avait ici ? Ce ne serait sans doute pas facile. Ce serait peut-être même impossible.

En secouant la tête, elle bannit ses pensées moroses. Elle reviendrait rendre visite à ses amies. Pour commencer, elle assisterait au mariage de Tru. Et puis, ses amies, elle pourrait les inviter chez elle, pour un séjour à la campagne, en supposant que la maison douairière soit suffisamment grande pour accueillir des hôtes, ce dont elle doutait.

Un séjour à la campagne. L'idée la fit frémir d'horreur. Son dernier séjour chez des connaissances à la campagne remontait à une année auparavant. C'était là qu'elle avait perdu son mari. Et, depuis, elle faisait toujours des cauchemars.

Elle prit place à sa coiffeuse et retira les épingles de ses cheveux. Elle les plaça une à une dans la petite coupelle posée devant elle. Quand sa lourde chevelure retomba sur ses épaules, elle poussa un soupir de soulagement et massa son cuir chevelu, les coudes appuyés sur la coiffeuse. Elle resta dans cette position un long moment, avant d'attraper sa brosse à cheveux.

Elle brossa ses mèches très longuement, insistant bien sur chacune, tout en se demandant où elle se trouverait le lendemain quand elle répéterait ces gestes. Sans doute dans une chambre d'auberge, où lui parviendraient les bruits assourdis mais néanmoins bien présents de la salle à manger. Et le soir suivant... dans une chambre à coucher où une longue liste de veuves s'était trouvée reléguée avant elle, condamnées à la réclusion et à l'oubli jusqu'à leur mort solitaire.

Elle s'immobilisa, la brosse dans les cheveux, lorsqu'elle entendit un coup. Un coup porté à la porte de communication séparant sa chambre de celle de Dedham.

Elle se crispa. Personne ne frappait jamais à cette porte. La chambre était inhabitée depuis plus d'un an, et avant cela Dedham ne franchissait plus son seuil depuis bien longtemps.

La chambre était de nouveau occupée, néanmoins.

Valencia fixa le long panneau de bois dont la poignée était immobile comme si elle voyait à travers, comme s'il s'agissait d'une créature vivante prête à se jeter sur elle et à la mordre.

Elle secoua la tête. Le nouveau duc n'aurait jamais l'audace de frapper à sa porte comme s'ils étaient intimes... comme s'il y avait la moindre chance qu'elle puisse lui ouvrir. C'était peut-être un domestique fraîchement arrivé du pays de Galles qui, pour une raison ou une autre, avait frappé. Peut-être… Cela n'avait pas beaucoup de sens, mais il était encore plus inenvisageable que ce soit le duc qui ait frappé à la porte de communication séparant leurs deux chambres.

Le fait de fixer la porte fermée la ramena dans le passé. Vers des jours plus heureux. Quand elle était encore jeune, pleine d'espoirs, follement éperdue de l'homme qu'elle avait épousé et persuadée de vivre une belle et grande idylle. Des jours plus heureux, en effet. Quand son mari s'intéressait encore aux plaisirs amoureux. Il frappait alors à cette porte avant de venir la rejoindre dans son lit. Moments précieux, mais trop brefs. Déjà, à l'époque, ils laissaient à Valencia un goût d'inachevé. En effet, Dedham était adepte de la rapidité et ne s'attardait jamais à ses côtés, pour son plus grand dépit.

Elle bougea les lèvres, mais aucun son ne sortit de sa bouche. Elle ne savait quoi dire. Elle avait encore trop de mal à se persuader que c'était lui qui se trouvait de l'autre côté de cette porte. Cela ne pouvait pourtant être que lui.

C'était *lui* et il voulait entrer.

La poignée tourna. Le temps ralentit alors que la porte commençait à s'ouvrir.

Puis il entra. Et s'arrêta juste à l'entrée de la chambre de Valencia.

Elle lui adressa un regard noir depuis le miroir de sa coiffeuse.

Ce n'était pas la première fois qu'il mettait les pieds dans sa chambre, mais, là, c'était différent. Dans la journée, ses sœurs et les amies de Valencia étaient présentes avec elle. À présent, ils étaient seuls, tous les deux.

— Oui ? demanda-t-elle sur un ton outré, en se tournant lentement vers lui.

Il regarda autour de lui avec une nonchalance qu'elle ne partageait pas. Il prit son temps, comme si ce n'était pas osé ou inattendu de sa part d'être entré dans sa chambre sans y avoir été invité.

— Votre chambre est très différente de la mienne.

Elle ne l'ignorait pas. Elle avait aménagé et décoré la pièce quand elle s'y était installée. Dans les années qui avaient suivi, elle l'avait modifiée plusieurs fois, veillant toujours à ce qu'elle lui ressemble. Présentement dominaient les tons crème et lavande, auxquels se mêlaient quelques touches de doré. Le décor n'avait pas bougé depuis plusieurs années. Ces derniers temps, elle envisageait de procéder à de nouveaux réaménagements, mais, puisqu'elle était chassée de chez elle, ils n'auraient jamais lieu.

— C'est votre chambre désormais, dit-elle en désignant d'un signe raide de la tête les appartements du duc. Vous pouvez en faire ce que vous souhaitez.

Elle réussit l'exploit de parler sur un ton neutre. Pourtant, l'indignation qu'elle ressentait était réelle. Tout autant que l'étaient l'amertume et la colère nées d'une situation qu'elle jugeait profondément injuste.

Bien entendu qu'il pouvait faire irruption dans sa chambre. Elle lui appartenait maintenant. Tout, dans cette maison, lui appartenait.

Il hocha lentement la tête.

— Oui, j'imagine.

Tout, sauf moi. Moi, je ne lui appartiens pas.

Il n'avait pas le droit de se comporter comme si elle lui était assujettie.

Forte de ce constat, elle lança :

— Ce n'est pas parce que vous êtes maître et seigneur ici que vous avez le droit d'entrer dans ma chambre sans y avoir été invité. Votre autorité ne s'étend pas jusqu'à moi. Vous n'êtes pas *mon* maître et seigneur.

Il la regarda un long moment sans rien dire. Ses yeux sombres étaient indéchiffrables. Que pouvait-il penser d'elle ? se demanda-t-elle bien malgré elle.

Il finit par répondre, d'une voix si calme qu'elle en était agaçante :

— Il fallait absolument que je vous parle, et comme vous avez prévu de partir demain matin très tôt...

Il haussa les épaules sans terminer sa phrase.

— Vous avez pensé que cela vous donnait le droit d'utiliser la porte de communication entre nos deux chambres ?

Il jeta un regard vers la porte, derrière lui.

— Très commode, cette porte.

Elle se raidit, indignée.

— Commode, en effet, mais réservée à l'usage exclusif du duc et de la duchesse de Dedham.

Il esquissa un demi-sourire malicieux.

— Ne sommes-nous pas le duc et la duchesse de Dedham, précisément ?

Oh ! Elle sentit ses joues s'embraser. *Comment ose-t-il ?*

— Vous avez très bien compris ce que je voulais dire.

Il acquiesça, sans se départir de ce petit sourire exaspérant.

— Oui, en effet.

Il plaisantait, alors ? Elle cligna des yeux, un peu étonnée. Depuis qu'elle l'avait rencontré, elle ne l'avait pas vu une seule fois faire preuve d'humour.

Il regarda de nouveau la porte, comme s'il réfléchissait.

— Une porte de communication est peut-être commode, mais il n'y a rien de plus commode que partager le même lit. Il n'y a rien d'aussi commode qu'un corps chaud et offert à portée de mains. C'est l'un des rares avantages du mariage, selon moi. Dans ces conditions, pourquoi les couples mariés ou les amants auraient-ils besoin de chambres séparées ? De lits séparés ? Ou d'une porte de communication ? Cela me paraît tout sauf commode, et même… *incommodant*. N'êtes-vous pas d'accord ?

Elle eut encore plus chaud au visage. Il était obscène… et pourtant, les mots qu'ils prononçaient faisaient naître dans son esprit des images torrides qui envoyaient des petites décharges dans tout son corps et la firent serrer les cuisses l'une contre l'autre pour tenter de contenir cette pulsation soudaine qu'elle sentait entre ses jambes.

Grâce à un effort surhumain, elle parvint à répondre :

— Les choses sont différentes ici… à Londres, dans le grand monde. Les maris et les femmes font chambre à part.

— Telles sont les règles en vigueur dans votre monde, alors ?

— Oui, acquiesça-t-elle.

— Une joyeuse compagnie de constipés et de pisse-vinaigre, si vous voulez mon avis.

Elle cessa d'acquiescer. Non, elle ne voulait pas son avis, surtout s'il se montrait de plus en plus vulgaire et désobligeant.

— Vous vous trompez, rétorqua-t-elle du bout des lèvres.

Il grommela et haussa les épaules.

— Si j'étais marié, en tout cas, cela m'incommoderait au plus haut point.

Elle demanda sur un ton sec :

— Êtes-vous seulement content d'être ici, Votre Grâce ?

Rien dans son attitude ne témoignait du moindre enthousiasme à l'idée d'être devenu duc ou de résider à Londres et dans cette maison. La seule chose qu'il semblait éprouver était un mépris total.

Sa question le fit sourire, et même rire. D'un rire absolument irrésistible.

— Non, dit-il seulement. Pas du tout.

Elle cligna des yeux, surprise par cette réponse. Elle avait pensé qu'il insisterait au contraire sur le fait qu'il avait très envie d'être ici, qu'il lui assurerait que sa place était ici.

— Vous ne voulez pas de tout cela ? demanda-t-elle en dessinant un cercle de la main. Vous ne voulez pas du duché ?

Quel homme sain d'esprit ne voudrait pas de la richesse, du prestige et de la célébrité instantanée dont s'accompagnait le titre de duc ?

Il rejeta la tête en arrière et partit dans un grand éclat de rire rauque.

— Vous ne pouvez pas vous imaginer à quel point je m'en fous !

Elle sursauta, surprise par son langage relâché. Jamais un gentleman ne s'était permis de parler ainsi en sa présence. Pas même son mari. *Non, il m'a juste tyrannisée et frappée.* Des actes évidemment bien pires que des paroles un peu trop relâchées.

— Mais vous, ajouta-t-il, vous voulez être ici.

Elle se raidit. Était-elle à ce point transparente, alors ? S'il connaissait ses désirs, cela signifiait qu'il mesurait sa déception, également. Il savait que partir de chez elle était un déchirement. Elle se sentit tout à coup extrêmement vulnérable. Et c'était un problème, car la vulnérabilité ne menait qu'à la souffrance.

Prenait-il du plaisir à cela ? Se délectait-il de la voir brisée, alors qu'elle se préparait à partir pour son exil forcé de douairière ?

Elle n'allait pas le détromper, mais il était hors de question qu'elle lui demande quoi que ce soit.

Elle leva le menton.

— Je sais quel est mon devoir, et je sais quelle est ma place.

Il émit un petit son inarticulé et pencha la tête d'un air pensif.

— Et si votre place était ici ?

Elle sursauta légèrement, certaine d'avoir mal compris.

— Je ne...

— Et si vous restiez ici ?

Était-il en train de s'amuser à ses dépens ? Elle marqua un temps d'arrêt, se demandant à quel jeu il jouait.

— Et pourquoi ferais-je une chose pareille ?

Quelle raison aurait pu justifier qu'elle reste ici ? Elle était une vieille relique. Elle ne servait à rien. Sa place était celle qu'avaient occupée les autres douairières avant elle.

— Vous pourriez vous révéler utile pour moi et ma famille.

Elle prit le temps de digérer ce qu'elle venait d'entendre. *Utile.* Ce qui voulait dire qu'il voulait... l'utiliser. Ah, c'était donc cela. Il n'était pas motivé par un quelconque altruisme.

— Vos sœurs, dit-elle sur un ton très terre à terre.

Il acquiesça d'un air sombre.

— Elles pourraient tirer profit de vos... conseils éclairés.

Elle croisa les bras sur sa poitrine. En effet, il se pourrait que ses sœurs aient besoin d'aide dans plusieurs domaines.

— Vous ne démentez pas, à ce que je vois, ajouta-t-il.

— Un peu d'aide pourrait leur être bénéfique, concéda-t-elle en haussant une épaule.

— Qui mieux que vous, une duchesse douairière, serait susceptible de les guider dans le grand monde ?

C'était un plan qui ne manquait pas d'attrait. Rester ici. Aider ses sœurs. Sauf que…

— Et que se passera-t-il quand vous en aurez terminé avec moi ? Quand vous n'aurez plus besoin de mes conseils ? Que se passera-t-il ? Qu'adviendra-t-il de moi ? Serai-je obligée de revivre ce moment ? De refaire mes bagages pour aller vivre dans la maison douairière ?

À dire vrai, ce moment était si horrible pour elle qu'elle n'avait pas envie de le vivre une deuxième fois.

— Si vous acceptez, vous serez libre de fixer votre prix.

— Mon prix ?

— Oui. Vous souhaitez rester à Londres. Nous pouvons arranger cela. Vous aurez votre maison… et je peux aussi augmenter votre pension.

Elle lui adressa un regard sceptique, auquel il répondit en clignant des yeux d'un air innocent.

— J'ai rencontré les administrateurs du duché, vous souvenez-vous ? Je sais quelle rente ridicule vous échoit. Avec une somme pareille, vous ne pourriez même pas vivre une année entière à Londres. Je ferai en sorte que vous ne manquiez de rien jusqu'à la fin de vos jours.

Il hocha la tête une fois, en la regardant dans les yeux.

Elle parvint à conserver un air calme, alors qu'elle bouillonnait intérieurement d'excitation. D'excitation et d'irritation.

Je sais quelle rente ridicule vous échoit. Voilà qui était humiliant. La blessure d'orgueil était cuisante. Ce n'était pas elle qui aurait dû avoir honte. C'étaient les autres. Pourtant, sa honte était bien réelle.

Elle ne voulait pas être dépendante de lui. Elle ne voulait pas de son aide.

Pourtant elle avait désespérément envie de rester ici.

Était-ce de l'aide s'il lui demandait quelque chose en échange ?

— Je ferai mettre cela par écrit, ajouta-t-il, ce qui eut pour effet de rendre sa proposition encore plus tentante.

— Ce n'est pas nécessaire…

— Si, répliqua-t-il d'une voix tranchante, avec une détermination qu'elle avait déjà observée chez lui. Je veillerai à ce que cela soit fait. C'est la moindre des choses.

Elle ouvrit la bouche, puis la referma sans avoir rien dit. *Pourquoi pas ?* Cela semblait normal et légitime de mettre cet accord par écrit. Elle méritait bien cette garantie. C'était une protection qu'aucun homme ne lui avait jamais offerte. Ni son père. Ni son mari. Elle ne s'était jamais sentie en sécurité et grâce à lui, cela allait peut-être enfin changer.

Elle déglutit péniblement. En échange de services rendus. Cela aussi paraissait légitime. Elle préférait même cela. De cette façon, elle n'avait pas l'impression qu'il lui faisait la charité, ni qu'il agissait par pitié. Elle ne lui devrait rien.

Cet argent et cette maison, elle les gagnerait et les mériterait, grâce à son travail.

Elle avait des compétences à faire valoir, c'était certain. Elle était tout à fait capable de faire ce qu'il lui demandait, et de bien le faire. Elle connaissait cette vie, ce monde. Elle était une grande dame de la haute société. Elle en connaissait tous les us et coutumes. Elle pouvait y évoluer les yeux bandés.

Elle se leva et se mit à marcher vers lui, en feignant l'assurance, en faisant semblant de ne pas se sentir vulnérable en chemise de nuit. À quoi qu'elle puisse ressembler, elle était de toute façon plus présentable que lors de leur première rencontre.

Elle s'arrêta devant lui.

— Très bien. Affaire conclue, Votre Grâce.

Elle tendit une main un peu raide, bien décidée à se comporter comme s'il s'agissait d'un accord passé entre deux individus raisonnables.

Il regarda sa main tendue un long moment avant de la saisir. Ses doigts chauds s'enroulèrent autour des siens et son regard brûlant la transperça. Elle inspira profondément.

À son contact, elle ressentit une onde de choc se propager en elle. C'était peut-être son charme indiscutable. C'étaient peut-être ses yeux si captivants et troublants qu'elle avait l'impression de s'y noyer. Elle inspira encore plus profondément.

Ou bien c'était le fait qu'ils soient seuls. C'était la nuit. La nuit qui vibrait autour d'eux, charriant les bruits lointains et étouffés du monde extérieur. C'était la lumière tamisée des lampes qui les baignait tous deux d'une lueur quasi irréelle.

Au contact de leurs paumes, leurs pouls se rencontrèrent. Le cœur de Valencia se mit à battre un peu plus vite et un peu plus fort et elle se demanda s'il éprouvait la même chose. À cette idée, un léger vertige s'empara d'elle.

Elle déglutit à grand-peine.

Elle aurait voulu détourner le regard, mais elle en fut incapable. Elle ne pouvait se libérer de l'emprise de ses yeux.

Elle eut tout à coup âprement conscience d'être seule dans sa chambre avec lui, en pleine nuit, et de n'avoir que quelques pas à faire pour atteindre le lit.

Sa gorge se serra. Seigneur. Cette intimité était à la fois torture et délice. Et dire qu'il avait fallu que ce soit avec cet homme-là qu'elle vive cette expérience troublante. Avec le nouveau duc. Le remplaçant. L'ironie de la chose ne lui échappait pas.

Mais cela faisait trop longtemps.

Il était trop beau et le corps de Valencia avait été trop longtemps négligé. Il se rappelait à son bon souvenir avec force. Devait-elle lutter pour résister ? Était-ce bien nécessaire ? En effet, elle était veuve et rien, au fond, ne l'empêchait de ressentir de l'attirance pour un autre homme. Même si l'homme en question était un scélérat.

Pendant des années elle n'avait compté que sur elle seule pour se satisfaire, que sur ses mains qui, dans l'obscurité de sa chambre, faisaient de leur mieux pour lui procurer le plaisir que son mari ne lui donnait plus. Même quand Dedham la rejoignait encore dans son lit, d'ailleurs, elle n'était jamais tout à fait comblée. Ses manières expéditives et le peu d'intérêt qu'il portait à ce qu'elle ressentait la laissaient souvent frustrée, et elle avait toujours pensé qu'avec un amant plus attentionné, les choses auraient pu être infiniment plus agréables.

C'était ce qu'elle voulait, avec plus de force que jamais. Un amant attentionné. Ce qu'elle recherchait, ce n'était pas l'amour. Jamais plus elle ne commettrait cette erreur, l'erreur de penser qu'elle courait après cette chose si fuyante et éphémère. Non. Ce n'était pas ce qu'elle recherchait. Ni l'amour. Ni le remariage. Surtout pas. Elle ne voulait plus jamais entendre parler de mari.

Elle voulait un amant attentionné, c'est-à-dire un amant qui fasse attention à bien lui faire l'amour. Elle voulait connaître la jouissance, la vraie, celle qui fait tout oublier et tout voler en éclats. Elle voulait un homme qui sache se servir de son corps pour la conduire au plaisir.

Avant l'arrivée de cet homme, elle avait envisagé de se mettre en quête d'un tel amant. Si elle restait à Londres, elle n'avait aucune raison de renoncer à son projet. Elle pouvait très bien à la fois cornaquer les sœurs du duc dans la haute société et obtenir ce qu'elle voulait et ce dont elle avait besoin pour elle-même.

Avec ses relations, elle n'aurait aucune difficulté à trouver à ces jeunes femmes des époux tout à fait convenables, d'autant plus que le fait qu'elles soient devenues les sœurs d'un duc allait les rendre tout à coup très attirantes. Elle n'aurait qu'à gommer deux ou trois défauts, qu'à leur apprendre deux ou trois choses et le tour serait joué. Cela lui laisserait le temps de s'amuser avec l'amant attentionné qu'elle comptait bien mettre dans son lit. Quel qu'il soit.

À la campagne

Un an plus tôt

Dans la haute société, il existait certains gentlemen dont le passe-temps favori était de poursuivre les femmes mariées de leurs assiduités. Pour beaucoup, c'était leur occupation principale, une passion à laquelle ils se consacraient corps et âme. À leurs yeux, cela passait avant le jeu, la chasse ou les carricks. Pour eux, le gibier, c'étaient les femmes. Après l'accident de cheval de Dedham, ces hommes s'étaient pressés, de plus en plus nombreux, autour de Valencia.

Elle ne s'était pas préparée à cela, ne s'était pas préparée à eux.

Tels des vautours, ils tournaient autour d'elle et de sa vie. Cela avait été très pénible. Une semaine à peine après l'accident, ils avaient fait leur apparition. Elle et Dedham n'étaient pas encore remis du choc, du traumatisme, qu'elle avait eu à repousser les avances de ces débauchés et autres libertins. Dès qu'avait été évoquée la possibilité que Dedham ne remarche peut-être plus jamais, elle avait été assaillie de propositions malhonnêtes de la part d'hommes supposant qu'elle devait se languir dans son lit devenu trop grand et trop froid. Comme si elle n'était régie que par ses désirs.

Lord Burton avait été l'un d'eux. Il avait eu l'audace de se présenter dans son salon sous prétexte de prendre des nouvelles de Dedham, mais il n'avait pas éprouvé la moindre honte à faire savoir à Valencia qu'il était là pour elle en cas de besoin, de n'importe quel besoin.

Depuis lors, ce scélérat était toujours dans les parages. À lui tourner autour. À tous les bals, à tous les concerts, à tous les opéras. À toutes les réceptions, à toutes les soirées, à tous les séjours à la campagne. Peu importait qu'il soit marié et qu'elle soit mariée. Elle devait sans cesse repousser ses avances.

Depuis qu'elle était mariée à Dedham, elle ne lui avait jamais été infidèle. Elle n'avait jamais eu d'aventure, contrairement à bien d'autres ladies. Cette pratique était tellement entrée dans les mœurs que personne ne lui en aurait voulu, à condition qu'elle ait pris garde de rester discrète.

Cela faisait plusieurs années que l'accident avait eu lieu, après tout. Plusieurs années sans un homme dans son lit, et pourtant elle n'osait pas. Si Dedham l'avait appris, elle n'aurait pas donné cher de sa vie. Cela aurait été plus qu'il ne puisse tolérer – il était vrai que son seuil de tolérance était très bas – et, cette infamie, il ne la lui aurait bien entendu pas pardonnée.

Elle n'avait pas invité Lord Burton, mais il était là tout de même, dans sa chambre, dans son espace normalement protégé, avec ses mains sur elle.

— Lâchez-moi, dit-elle d'une voix étranglée.

Au contraire, il resserra sa prise. Valencia était certaine de trouver l'empreinte de ses doigts sur son bras le lendemain. Tildie la remarquerait et détournerait les yeux, comme toujours, mais non sans que Valencia ait vu, au préalable, de la pitié dans son regard. Comme toujours. Et, comme toujours, elle aurait honte.

— Cessez ce petit jeu, répliqua-t-il, soufflant son haleine chaude à son visage. Vous jouez avec moi depuis suffisamment longtemps, presque dix ans. Vous devriez être à moi depuis bien longtemps. Depuis le moment où Dedham est devenu ce légume. Il est évident que dans son état, il ne peut plus rien vous donner.

Il l'attira brusquement à lui et elle sentit son sexe en érection contre son ventre.

— Comme cela doit vous manquer, depuis tout ce temps, ma chère.

Elle ravala un sanglot, se demandant ce qu'elle avait pu faire ou dire pour qu'il s'imagine qu'elle était intéressée par ses avances, et se demandant pourquoi tout le monde supposait que son mari n'était plus capable d'assurer le devoir conjugal. C'était la vérité, mais pourquoi tout le monde le pensait-il ? Était-ce si évident ? Portait-elle sur elle un quelconque signe ou une quelconque marque la désignant comme abstinente aux yeux de tous ?

Il agrippa sa chemise de nuit, au niveau du décolleté, et elle entendit un bruit de tissu se déchirant.

— Cessez de vous débattre, Votre Grâce. C'est devenu légèrement lassant.

Il était étrange de l'entendre s'adresser à elle de façon formelle et respectueuse alors qu'il était en train de l'agresser.

Elle savait pourtant que ni rang ni le titre ne pouvaient protéger une lady. En plein cœur de la nuit, une femme pouvait devenir victime.

Elle sentit sur sa peau un courant d'air frais qui la tira de sa torpeur et la poussa à réagir. Elle tendit le bras et, à tâtons, trouva la petite horloge métallique qui était posée sur sa table de nuit. Elle souleva l'objet, qui pesait un certain poids. Elle prit une grande inspiration et frappa Lord Burton à la tête.

Il l'avait peut-être choisie comme victime, mais elle serait sa propre sauveuse. Elle survivrait.

Il poussa un cri sourd et la lâcha.

Elle chancela, fit un pas en arrière et resta immobile un moment, saisie de panique. Alors que son cœur cognait dans sa poitrine, elle fixait la forme inerte étendue à terre.

Seigneur. Je l'ai tué. Je. L'ai. Tué.

Personne ne croirait à l'accident. D'ailleurs, était-ce un accident ? Elle l'avait délibérément frappé.

En secouant la tête, elle se mit en mouvement et se précipita vers la porte. Il l'avait soigneusement refermée derrière lui – bien sûr – quand il était entré comme un voleur, prêt à commettre son forfait. Elle ouvrit le loquet, tout en essayant de remettre sa chemise de nuit à peu près en place.

Elle s'engagea dans le couloir, avec l'intention d'aller trouver Tru. Elle saurait quoi faire. C'était chez elle, et c'était elle qui les avait invités, après tout. Et Tru était toujours si réfléchie, si calme et maîtresse d'elle-même. Elle ne paniquait jamais, quelle que soit la situation.

Valencia s'arrêta devant la porte de la chambre occupée par Tru. Elle leva la main pour frapper, puis hésita. Une idée angoissante traversa son esprit : et si le mari de Tru était avec elle ? Le comte de Chatham, qui était aussi un ami de Burton. Et s'il se trouvait dans sa chambre ?

Cela devait faire à peu près dix ans que le comte et la comtesse n'avaient pas organisé quoi que ce soit ensemble. Qu'ils n'avaient pas vécu sous le même toit ou partagé la même chambre. Il était assez improbable que Chatham se trouve avec Tru en ce moment, mais en même temps, ce séjour à la campagne avait surpris tout le monde. Aucune possibilité n'était donc à exclure.

Chatham avait regardé sa femme ce soir avec un intérêt brûlant. Cela n'avait échappé à personne. Et s'il avait décidé de s'inviter dans le lit de Tru ? Valencia ne pouvait pas entrer et prendre le risque que Chatham ne découvre ce qu'elle avait fait. Il comptait Burton parmi ses amis. Elle ne pouvait pas avouer qu'elle l'avait peut-être tué. Il ne croirait pas à la thèse de l'accident.

Elle sentit sa gorge se serrer et s'assécher. Les choses ne se présentaient pas bien pour elle. Si Chatham était là, il ne manquerait pas d'alerter Dedham. Celui-ci, toujours enclin à penser les pires choses à son sujet, ne croirait pas non plus à l'accident.

Elle laissa retomber son bras le long de son flanc et tourna le dos à la porte, en proie au doute et à l'angoisse. Il était tout à fait possible qu'en ce moment même un homme mort se trouve dans sa chambre. Si elle ne l'avait pas tué sur le coup, il était peut-être en train d'agoniser. Dans *sa* chambre. C'était plus qu'elle ne pouvait supporter. Elle serra les dents jusqu'à ce que sa mâchoire lui fasse mal.

Le cœur cognant à tout rompre, elle retourna vers sa chambre. Elle voulait constater dans quel état se trouvait Burton avant de décider ce qu'elle devait faire. Elle marcha d'un pas réticent, avançant lentement sur le tapis épais.

Elle s'arrêta devant le seuil et agrippa si fort le cadre de la porte que ses doigts devinrent blancs. Elle finit par faire un pas en avant et fixa le sol dans l'obscurité de sa chambre.

Disparu.

Il n'était pas là. Elle regarda autour d'elle, affolée. Pas de Burton en vue. Nulle part.

Se sentant comme un animal traqué, elle recula vers le couloir en jetant des coups d'œil de part et d'autre, persuadée que Burton, tapi quelque part, allait surgir et se jeter sur elle à n'importe quel moment. Où avait-il disparu ? Était-il...

— Vous pensiez m'avoir eu, n'est-ce pas ?

Elle se tourna en entendant sa voix, mais elle n'eut pas le temps de réagir. Pas le temps de parler. Pas le temps de bouger.

Il posa la main sur son cou et la poussa dos au mur dans le couloir. Il se pencha vers elle, jusqu'à coller sa joue contre la sienne, et murmura à son oreille :

— Cela aurait pu être si agréable pour tous les deux. Maintenant cela va devenir pénible pour vous.

C'était très clair. Il voulait lui faire du mal.

La main toujours sur son cou, il baissa l'autre bras, sans se préoccuper d'être dans le couloir, que n'importe qui pouvait emprunter à n'importe quel moment. Il s'en moquait. Il était tout à sa fureur, et essayait coûte que coûte de soulever sa chemise de nuit pendant qu'elle se débattait entre lui et le mur.

— Cessez donc de bouger, espèce de petite idiote. Ne jouez

pas les vierges effarouchées. Tout le monde sait ce qui se passe pendant les séjours à la campagne.

— Désolé de vous interrompre, mon cher, mais ayez l'obligeance de vous trouver une autre putain pour la nuit. Votre femme peut peut-être tenir ce rôle. Il me semble que sa chambre se trouve par là-bas.

Valencia cligna des yeux et sa tête retomba en arrière en heurtant le mur.

À ces mots, Burton haleta et s'empressa de s'écarter.

Valencia mit plus de temps à réagir. Elle avait bien reconnu la voix de son mari, et elle connaissait également ses façons de faire. Il ne se portait pas à son secours. Elle allait passer d'une brute à une autre.

La rage que la voix de Dedham peinait à contenir ne s'adressait pas seulement à Burton. Non, Valencia n'échapperait pas à la colère vengeresse de son mari. Il lui en voulait terriblement. Il l'accusait toujours de tous les maux. C'était irrationnel. Sans fondement. Injuste. Mais c'était ainsi. Valencia était l'origine de tout mal.

— Dedham…

Burton s'éclaircit la gorge et passa une main dans ses cheveux tout en s'éloignant de Valencia.

— Pardonnez-moi. Je ne voulais pas vous offenser…

Pardon ? Valencia était abasourdie par ce qu'elle venait d'entendre. Qui était la victime dans cette histoire ? Elle, ou bien son mari « offensé » ?

— Disparaissez de ma vue, Burton.

Dedham s'appuyait de tout son poids sur sa canne. Même si, physiquement, il ne représentait pas une menace réelle, il était l'image même de l'intimidation. Malgré son corps brisé, ses yeux fulminaient. Il était encore le duc de Dedham, un homme puissant et influent. Et d'autant plus terrifiant qu'il était imprévisible. Valencia était bien placée pour le savoir.

Burton inclina servilement la tête.

— Bien sûr, Votre Grâce.

Il adressa à Valencia un dernier regard qu'elle préféra ne pas analyser. Il y avait plus urgent : pour le moment, elle avait bien d'autres périls, plus imminents, à craindre.

Puis il disparut en longeant le mur du couloir.

Et elle se retrouva seule avec son mari et son regard impitoyable.

Il n'y avait absolument aucun doute à avoir. Son mari n'était pas venu la secourir. Il était là pour la punir. Elle aurait droit à sa condamnation, et peut-être même à sa mise à mort.

— Femme… commença-t-il, avant de se corriger. Putain… qu'as-tu à dire pour ta défense ?

— Rien, se rendit-elle compte.

Il n'y avait rien qu'elle puisse dire sans qu'il ne la condamne encore plus sévèrement et qu'elle ne tombe encore plus bas dans son estime. C'était pour elle une véritable descente aux enfers, qui durait depuis plusieurs années. La seule chose qui lui restait, son seul salut, c'étaient ses amies. Son père n'était pas capable d'intervenir pour la défendre et la protéger. Sa mère n'était plus là pour recueillir ses confidences. Elle n'avait pas d'enfant pour la soutenir et la consoler.

Elle ne se confiait pas à ses amies, pourtant. Pas à ce sujet, en tout cas. Elle s'en sentait incapable. Elle savait néanmoins qu'elle ne devrait pas avoir honte des mauvais traitements que lui faisait subir son mari. Tru aussi était mariée à un mufle. Elle la comprendrait. Mais Valencia se taisait et gardait ses secrets pour elle.

Dedham ne pensait qu'à lui. À ce qu'il avait perdu. À sa souffrance. Jamais à elle. Jamais il ne se disait qu'elle aussi avait peut-être perdu quelque chose dans cet accident. Qu'une partie d'elle aussi était morte.

Ils étaient seuls dans le couloir d'une maison endormie. Terriblement seuls. Elle se trouvait bien trop près de lui. À portée de main. Elle recula d'un pas, ne pensant qu'à sa survie, comme elle le faisait toujours dans de telles circonstances, mais il eut la présence d'esprit d'anticiper son mouvement. Il attrapa son bras avec brutalité et le tordit.

Elle se sentit submergée par une vague de colère.

— Rien, je n'ai rien à dire pour ma défense, parce que je n'ai besoin de rien dire. Je n'ai rien fait. Je n'ai jamais rien fait, mais vous ne voudrez jamais le reconnaître.

Ses narines se dilatèrent.

— Suis-je censé croire que vous m'êtes restée fidèle durant toutes ces années où je n'ai pu vous honorer en tant qu'époux ?

— Oui ! répliqua-t-elle. Exactement.

— Vous devez beaucoup m'aimer, alors, dit-il sur un ton haineux et méprisant.

— Oh ! non.

Elle avait parlé sans réfléchir. Tout à coup, elle n'avait plus peur, comme si elle n'avait plus rien à perdre, plus rien à risquer. Était-ce parce qu'elle avait déjà été agressée une fois cette nuit, et qu'elle s'apprêtait à subir un déchaînement de violence de la part de son mari ? Peut-être... Elle poursuivit :

— Je ne vous aime plus. Tout l'amour que j'ai pu ressentir pour vous est mort depuis longtemps.

— Évidemment !

Ses yeux lançaient des éclairs triomphaux, comme si cet aveu lui donnait raison et justifiait sa conduite tyrannique.

— Dès que j'ai été blessé, vous...

— Non, l'interrompit-elle. Cela n'a rien à voir avec votre accident. C'est vous. Vous et vous seul. C'est vous qui avez tué l'amour que j'avais pour vous, et pourtant Dieu sait si je vous aimais.

Elle s'arrêta, une main sur la poitrine, pour reprendre son souffle.

— Mais vous n'avez jamais voulu accepter cela. Vous avez détruit tout ce qui existait de doux et de tendre entre nous.

Il secoua la tête.

— Non.

— Oh ! si.

Enfin elle ne retenait plus les mots qu'elle n'avait jamais osé prononcer auparavant.

— Vous avez tué notre couple. Vous avez tué ce que nous possédions...

— Vous pensez peut-être que j'ai voulu cela ? demanda-t-il en désignant son corps d'infirme, le visage tordu de douleur.

En voyant son expression atroce, inhumaine, elle fut tout à coup prise de pitié. Il vivait dans une souffrance permanente. Elle le savait. Autant qu'il lui avait fait du mal, il souffrait, mais cela ne signifiait pas pour autant qu'elle lui pardonnait tout ce qu'il lui avait infligé. Il n'y avait aucune excuse à cela.

— Non.

Elle secoua la tête tristement.

— Non, vous ne l'avez pas voulu. Mais vous avez fait en sorte que votre souffrance devienne aussi ma souffrance.

— Votre souffrance, répéta-t-il, mauvais. Est-ce que vous vous êtes entendue, espèce de sale petite égoïste ? Quelle peut être votre souffrance, comparée à la mienne ?

Il accrut la pression qu'il exerçait sur son bras, rendant la douleur presque intolérable.

Rien, se rendit-elle compte sombrement. De la même façon que, pour lui, elle n'était rien. Seule sa souffrance à lui comptait. Par extension, elle se demanda aussi si seuls son bonheur et son plaisir à lui avaient compté durant leurs premières années de vie commune ? Pourquoi n'en avait-elle pas pris conscience plus tôt ? Pourquoi n'avait-elle pas vu le vrai Dedham, l'homme qui se cachait sous le vernis ? Il n'y avait toujours eu que lui qui comptait.

Elle ne poussa pas plus loin ses réflexions, cependant, car la douleur qu'il lui causait accaparait toutes ses pensées.

— Aïe, laissa-t-elle échapper d'une voix plaintive, en essayant de dégager son bras.

— Vous ne savez rien de la vraie douleur, asséna-t-il, avec ses yeux de fou qui ne laissaient pas planer le doute sur ce qui allait suivre. Je vais vous apprendre, moi.

Elle sut qu'il allait la frapper avant même qu'il ne lève la main sur elle. Il allait s'assurer qu'elle souffre comme elle le devait. Il était très doué pour cela. Un excellent professeur.

9

« Il ne faut jamais sous-estimer l'importance de la préparation avant d'entamer une Saison. La stratégie ayant précédé à la bataille de Waterloo était moins complexe. »

VALENCIA, DUCHESSE DOUAIRIÈRE DE DEDHAM

Il n'y eut jamais autant de vie et de tumulte chez Valencia que durant la semaine qui suivit.

L'arrivée soudaine et massive de monde – résidents et domestiques – ne fit qu'ajouter au chaos. Le bruit, le tapage et l'agitation furent à leur comble. Valencia n'aurait jamais pensé que la maison puisse paraître un jour petite, mais avec tous ces gens, l'impression d'exiguïté était réelle.

C'était certainement cela la vie de famille. Bruit et activité incessants. Les chamailleries n'empêchaient pas l'amour, néanmoins. Les disputes n'enlevaient rien à la complicité.

Elle-même avait déjà connu cela dans sa vie. L'amour et la complicité. Quand sa mère était encore en vie, Valencia avait éprouvé ce sentiment de parenté et d'appartenance.

Elle n'avait peut-être pas eu une grande famille autour d'elle, mais elle avait connu cette paix et cette sécurité nées de l'absolue conviction d'être aimée et chérie.

Puis sa mère était morte, emportant avec elle tout son amour.

Valencia s'était retrouvée seule avec son bon à rien de père. Son père qui ne s'était jamais soucié d'elle ni de sa mère. Son père pour qui seules comptaient sa propre personne et son plaisir, incarné par ses nombreuses maîtresses.

Ses *très* nombreuses maîtresses.

Cela faisait bien longtemps qu'il n'était plus en très bonne santé ni très vigoureux, mais cela ne l'avait jamais empêché d'être entouré de jeunes femmes. Ses maîtresses, mais aussi ses épouses, puisqu'il en avait eu deux autres après la mère de Valencia. Son père avait survécu à deux épouses. C'était une incongruité. Elles étaient plus jeunes que lui, mais malheureusement elles étaient mortes avant lui. La mère de Valencia était morte d'une fièvre qui l'avait torturée pendant de longs jours avant de finir par l'emporter. La suivante avait succombé à une dose trop forte de laudanum, dont elle était une consommatrice régulière.

En épousant Hazel, qui était sa maîtresse durant son second mariage, il avait franchi un pas supplémentaire vers l'ignominie. Mais le marquis de Sutton avait toujours eu l'habitude de faire ce qui lui plaisait. Valencia, au moins, avait déjà quitté la maison quand il avait commis cette abomination. Elle n'avait pas été obligée de voir Hazel occuper la place de sa mère à table tous les jours, ni Hazel assise au secrétaire de sa mère, ni Hazel porter les bijoux de sa mère.

Dedham House n'était plus la même depuis l'arrivée du clan Lloyd. Pendant des années, il avait régné dans la maison un silence menaçant, tendu et palpitant tel un cœur prêt à exploser cognant sous la peau.

À présent, elle débordait de vie et de vitalité. Tout était visible, exprimé, évident, rien n'était caché, ni réprimé. La maison paraissait plus... légère.

Valencia appréciait ce changement, cette agitation, cette énergie frénétique.

Les sœurs du duc étaient des sauvageonnes, certes, mais

partout et toujours, l'on entendait des rires. Jamais aucune tension, ni aucune… menace.

Tildie était ravie de ce changement de programme, elle aussi.

— Je suis si heureuse que nous soyons restées. Je savais bien que le nouveau duc était un vrai gentleman.

Valencia aurait pu discuter ce point, mais elle s'abstint de toute remarque.

Leur pacte avait peut-être été une décision commode pour tous les deux, mais elle n'était pas persuadée que les intentions du duc aient été nobles. Comme elle, il était animé par des préoccupations égoïstes. Il avait besoin de ses services et elle avait besoin de son portefeuille. Si l'accord paraissait équitable, il n'avait rien d'altruiste.

Malgré tout, au cours des jours suivants, Valencia avait été prise de doutes. La tâche qui l'attendait ne serait pas facile. Elle n'était même pas certaine que les sœurs Lloyd veuillent de ses conseils. Del, en particulier, celle qui lui semblait avoir le plus mauvais caractère, ne paraissait pas apprécier que Valencia se mêle de leurs vies.

Valencia avait l'impression d'avoir sous sa supervision un groupe de petites filles dissipées plutôt que six jeunes femmes. Parfois elle se retrouvait à les regarder, impuissante, vociférer et gesticuler dans tous les sens. Elles ne marchaient pas avec élégance. Elles ne parlaient pas à voix basse. Parfois, elles se lançaient même des objets à la figure. Oh ! rien de bien méchant. Des coussins, le plus souvent. Mais cela ne se faisait pas du tout.

De toute évidence, le petit coin du pays de Galles d'où elles étaient issues ne savait pas ce qu'était la haute société. D'après ce que Valencia avait cru comprendre, leur village d'origine était très petit. Leur existence était petite, elle aussi. Provinciale. Tout tournait autour de la mine. Leur mine. Ou plutôt celle du duc.

Le village de Bryn Bychan était visiblement un endroit sûr et protégé, où les sœurs Lloyd pouvaient être qui elles voulaient, faire ce qu'elles voulaient, et se lancer tous les coussins qu'elles voulaient.

Les sœurs du duc pouvaient aller et venir à leur guise sans que rien, jamais ne leur soit reproché ou interdit. Dans ces conditions, Valencia se demandait pourquoi elles avaient voulu quitter ce paradis et renoncer à une vie libre et heureuse.

Valencia aurait adoré pouvoir jouir d'une telle liberté dans sa jeunesse. Et aujourd'hui encore. Mais elles devaient avoir leurs raisons, et celles-ci devaient être à peu près les mêmes que celles qui l'empêchaient d'avoir envie de s'exiler dans le Yorkshire. Dans ces contrées lointaines et isolées, il n'y avait pas grand-chose à faire. Une vie sociale tout sauf trépidante. Beaucoup d'ennui. Des jours qui se ressemblaient tous.

Elle commença leur éducation doucement. Elle ne voulait ni les accabler ni les décourager. Elle consacra les premiers jours à les passer en revue, une par une. L'on n'envoyait pas des soldats à la guerre sans les avoir bien préparés. Et le grand marché du mariage était une guerre, d'une certaine façon. Un champ de bataille à conquérir, assurément.

Les six jeunes femmes possédaient chacune des forces et des faiblesses différentes. Valencia prit des notes dans un carnet. En haut de sa liste se trouvait Isolde, et sous son prénom, elle écrivit : « *Se débarrasser de Poppet.* » Elle le souligna deux fois. C'était peut-être son défi le plus important, et le point le plus crucial.

Elle tapota son menton d'un air pensif. Il faudrait bien qu'elle trouve un moyen de convaincre la jeune fille d'abandonner son terrifiant chien empaillé.

Elle dressa d'autres listes, également. Par exemple, celle de tous les artisans dont elles allaient avoir besoin.

Puis elle les fit venir.

Toutes ses couturières, corsetières, modistes, tous ses chausseurs, gantiers, bijoutiers favoris se présentèrent les uns derrière les autres à Dedham House. Et ce n'étaient que les artisans. Il y avait aussi tous les professeurs. Il fallait mettre en place un effort coordonné, avec différents angles d'attaque.

Certaines protestèrent, principalement Del et Glynis, mais globalement, elles se montrèrent dociles, tels de bons petits soldats. Elles voulaient réussir leur entrée dans le grand monde. C'était pour cette raison qu'elles étaient là, après tout. Ce but commun les liait les unes aux autres, mais aussi à Valencia.

Et qui n'aimait pas les belles choses ? Elles étaient en admiration devant la qualité des objets et des accessoires exhibés devant elles. Elles caressaient le velours, le brocart et la soie en poussant des soupirs pâmés. Elles contemplaient chaque pièce avec des yeux émerveillés.

Valencia fit quérir Mrs Cohen, sa coiffeuse favorite. Cette femme était une véritable artiste. Elle faisait des merveilles avec ses cheveux. Les jeunes filles, cependant, ne mesurèrent pas la chance et le privilège qu'elles avaient de pouvoir passer un après-midi entier entre les mains de quelqu'un d'aussi renommé que Mrs Cohen. La maison résonna de leurs cris, et guidée par le bruit, Valencia se retrouva dans l'une des chambres de l'étage. Elle y découvrit Isolde, assise à une coiffeuse. Elle regardait par terre, où gisaient quinze bons centimètres de ses cheveux épais, en poussant des hurlements de détresse.

Ses sœurs, placées autour d'elle, la regardaient avec des yeux horrifiés et attendaient leur tour en tremblant. Sauf Elin. Elle était la seule à sembler prête à se faire couper les cheveux.

— Allons, Isolde, tu en fais trop, c'est ridicule. À quoi cela sert-il d'avoir les cheveux en dessous de la taille ? Si je pouvais avoir les cheveux aussi courts qu'un homme, je n'hésiterais pas, dit Elin, en enroulant une mèche autour de son doigt d'un air chagrin. Plus de nœuds à démêler. Plus ce poids inutile sur la tête. Ce serait le bonheur.

Mrs Cohen pointa ses ciseaux vers Elin d'un air approbateur.

— Vous, dit-elle. Nous allons faire quelque chose d'audacieux et de magnifique avec vous.

Elin sourit d'un air ravi.

Isolde s'était mise à sangloter, la tête entre les mains. Mrs Cohen semblait exaspérée. Elle attendait plus ou moins patiemment qu'Isolde se ressaisisse afin de pouvoir continuer son travail.

Valencia tapota l'épaule d'Isolde.

— Faites-moi confiance, Isolde. Mrs Cohen maîtrise parfaitement son art. Vous serez enchantée du résultat.

Isolde renifla et regarda droit devant elle en acquiesçant.

— Je serai forte, dit-elle.

— C'est bien, je suis fière de vous, dit Valencia pour l'encourager.

Puis elle quitta la chambre avec un sourire rusé. Elles étaient entre de bonnes mains avec Mrs Cohen. Elle laissa derrière elle le pépiement des sœurs. Au bout de quelques jours, elle y était tout à fait habituée.

L'air léger, elle s'engagea dans le couloir, mais elle s'arrêta tout à coup et son sourire s'évanouit. Le duc arrivait face à elle. En la voyant, il ralentit son pas. Il était aussi beau qu'à l'accoutumée, ses cheveux semblaient légèrement décoiffés par le vent, comme s'il venait de dehors.

Lui aussi était très occupé. La mère du duc tenait Valencia au courant des activités de son fils. Elle adorait son fils comme toutes les mères adoraient leurs fils. D'après elle, il ressemblait beaucoup à son père. La fierté illuminait son regard quand elle parlait de lui, ce qui se produisait fréquemment. Valencia n'avait pas à lui arracher les informations. Mrs Lloyd aimait partager toutes sortes de choses. Tous les détails, plus ou moins importants.

Cela dit, Valencia n'avait pas forcément besoin de Mrs Lloyd. Elle avait des yeux et des oreilles, et ce qu'elle ne pouvait apprendre par elle-même, les domestiques se faisaient un plaisir de le lui révéler. Tildie lui était d'une aide précieuse, naturellement.

Le duc était enfermé dans son bureau presque tous les jours. Il y recevait quantité de personnes, dont les administrateurs du duché, ceux-là mêmes qui lui avaient expliqué sa nouvelle situation après la mort de Dedham, et en particulier les détails concernant sa rente et la maison douairière. Ces hommes étaient venus rendre visite au duc à plusieurs reprises.

À table, le soir, elle pouvait observer le duc plus longtemps que quand ils se croisaient dans la journée.

La famille Lloyd se réunissait autour de la grande table. Les sœurs parlaient à qui mieux mieux, chacune cherchant à se faire entendre des autres.

L'attitude du duc était toute différente. Il était toujours très calme, et siégeait en bout de table sans rien dire. Il se tenait toujours très bien, il se montrait courtois, voire guindé. Il ne laissait rien entrevoir de l'homme qui s'était introduit dans sa chambre comme s'il en avait le droit. Il se comportait comme un étranger distant et poli. Elle se demandait presque si la scène avait réellement eu lieu.

La nuit, elle se retrouvait souvent devant la porte de communication, à écouter les bruits assourdis qui provenaient de la chambre voisine. Elle essayait de l'imaginer, dans sa nouvelle chambre. Elle connaissait suffisamment la pièce pour cela. Elle se le représentait dans cet espace, parmi les boiseries sombres et les lourdes tentures damassées, en train de se déshabiller et de se préparer à se coucher, en train de grimper dans cet immense lit à l'allure de frégate.

Elle retrouva son sourire, et le salua, sur un ton prudent.

— Votre Grâce.

Un cri s'éleva alors, en provenance de la pièce où Mrs Cohen œuvrait sur ses sœurs.

Il regarda vers le fond du couloir, derrière l'épaule de Valencia.

— Que se passe-t-il par ici ? Un problème ?

— Tout va bien, Votre Grâce, ne vous inquiétez pas. Juste quelques petits soucis capillaires.

— Ah.

Il reporta son attention vers elle.

— Je vous cherchais, justement.

Elle cligna des yeux.

— Moi ?

— Oui. J'ai dit à Wilkes que je me chargeais de vous prévenir. Votre père est en bas, il vous attend au salon.

Sa bonne humeur se dissipa d'un coup, et son cœur se serra.

— Oh.

Si son père était là, sa belle-mère aussi. Il avait de plus en plus de mal à se déplacer et elle l'accompagnait partout où il allait. Il aimait mieux avoir Hazel à ses côtés pour s'occuper de lui plutôt qu'un domestique. Il trouvait cela plus digne. Tout homme aurait sans doute préféré avoir sa jeune et belle épouse à son bras plutôt qu'un domestique ou une infirmière pour l'aider à se lever de sa chaise, à monter en voiture et en descendre.

Comme si le duc avait lu dans ses pensées, il renchérit :

— Votre belle-mère est avec lui. Elle semble très gentille.

Gentille ?

Elle changea de pied d'appui, comme si elle était déstabilisée par cette idée. Hazel, gentille ? Vraiment ?

Il l'observait attentivement, et elle fit des efforts pour rester impassible. Il n'avait pas besoin de connaître tous les détails sordides de son passé. Elle serra les poings le long de ses flancs. Les ouvrit et les referma. Une fois. Deux fois.

— Je vous remercie. Je… je vais aller les rejoindre.

Elle le contourna, en marchant vite.

Avec un peu de chance, il n'allait pas la suivre.

Avec un peu de chance, personne ne ferait irruption au salon pendant cette visite.

Avec un peu de chance, la rencontre ne s'éterniserait pas, et son père et Hazel s'en iraient vite. Ainsi, elle pourrait recommencer à les oublier pour se consacrer sereinement à sa mission auprès des sœurs du duc de Dedham et, ainsi, faire un pas de plus vers cette vie libre dont elle rêvait tant pour elle-même.

10

« Le mariage peut prendre diverses formes : il peut être prison comme il peut être voie de salut. La difficulté, c'est de réussir à le déterminer avant de se présenter devant l'autel. »

HAZEL, MARQUISE DE SUTTON

Hazel, la marquise de Sutton, ne trouvait pas que cette visite soit une très bonne idée, mais une fois que son mari avait décidé quelque chose, il était impossible de le faire changer d'avis.

Elle aurait peut-être dû s'en estimer heureuse. C'était ce trait de caractère qui l'avait poussé à l'épouser, après tout. Tout son entourage était opposé à ce mariage, et pourtant il avait tenu bon.

Elle vivrait encore de ses charmes aujourd'hui si son mari n'avait pas été aussi entêté. Sans cela, il n'y aurait eu aucune chance qu'elle ne devienne marquise, ni qu'elle ne quitte la mansarde qu'elle partageait avec trois autres filles dans le quartier mal famé de Seven Dials.

Cependant, dans ce cas particulier, alors qu'ils étaient conduits dans le salon de sa belle-fille, son entêtement était vraiment un défaut qui allait la desservir.

— C'est une très mauvaise idée, répéta-t-elle, pour rien, car ils étaient déjà chez Valencia.

Hazel, postée à la fenêtre, regardait dans la cour. Plus loin se trouvait la rue, toujours très animée. Elle aurait donné n'importe quoi pour sortir de cette maison et être dehors, n'importe où. Valencia ne l'aimait pas. Elle n'apprécierait pas qu'elle se trouve ici.

Sutton était assis dans un grand fauteuil qui semblait vouloir l'avaler. Ses frêles mains aux veines bleues presque violettes et saillantes étaient crispées sur le pommeau de sa canne.

— Le nouveau duc de Dedham est arrivé et il a pris possession des lieux, très chère. J'ai appris la nouvelle de la bouche de Tobias, alors qu'il m'aidait à sortir de mon bain, se lamenta-t-il une nouvelle fois. Imaginez-vous cela ? Je tiens cette information de mon valet et non de ma propre fille ? Vous imaginez ?

Il avait tendance à beaucoup se répéter ces derniers temps, et elle ne savait pas si c'était parce qu'il ne se souvenait pas d'avoir déjà dit certaines choses ou si c'était parce qu'il était si outré qu'il ressentait le besoin de le faire savoir encore et encore.

— J'aurais dû être la première personne à être informée par ma fille, dit-il en soufflant comme un enfant capricieux et boudeur.

Hazel s'étonna de sa naïveté. Cela faisait bien longtemps que son mari n'était plus prioritaire pour quoi que ce soit dans la vie de sa fille.

Il frappa le sol avec sa canne et poursuivit :

— Je ne comprends pas pourquoi Valencia ne m'a pas fait prévenir. J'aurais dû être informé sur-le-champ.

Hazel se retint de lever les yeux au ciel. Ne savait-il pas qu'il figurait en très mauvaise place sur la liste des personnes auxquelles Valencia faisait confiance ? La seule en dessous de lui, c'était elle, Hazel. Qu'il soit son père ne changeait rien : ce n'était pas vers lui que Valencia se précipitait lorsqu'elle avait des nouvelles à partager, bonnes ou mauvaises.

Cela faisait bien longtemps que Valencia ne faisait plus confiance à Sutton. Cela remontait même à avant son mariage avec Hazel, sa maîtresse, une femme à la moralité douteuse, plus jeune encore que Valencia. Évidemment, cette union n'avait pas arrangé les choses. Valencia tolérait son père. Quant à Hazel, elle ne faisait même pas semblant de l'apprécier.

Hazel était assez intelligente et observatrice pour l'avoir compris depuis longtemps. Son mari devait être soit aveugle, soit indifférent aux sentiments de sa fille. Les deux, peut-être.

Valencia traitait Hazel avec un froid glacial qui reflétait sa méfiance, son mépris et son animosité. Une animosité qu'elle ne craignait pas de laisser paraître, même en public. Pour le plus grand plaisir du grand monde.

Le grand monde avait un appétit insatiable et malsain pour tout ce qui se faisait de plus laid. La bonne société n'était pas bonne du tout. Elle n'était jamais repue. Elle aimait le drame. Les ragots. Le grand spectacle, si possible sordide ou croustillant. Les membres du grand monde étaient de vrais requins. Le sang les attirait. À plusieurs reprises, Valencia et Hazel leur avaient offert un vrai festin.

Hazel fit la grimace. La soirée passée sur la barge censée les emmener à Vauxhall en était un parfait exemple. Son intention n'avait bien sûr pas été de faire basculer sa belle-fille par-dessus bord, mais c'était ce qui s'était produit. Elle l'avait fait plonger dans les eaux sombres de la Tamise. Après cela, toute réconciliation était inenvisageable. Elle n'avait jamais vu Valencia si furieuse ni si indignée.

Hazel se tourna vers la porte, toujours fermée. Elle n'en était pas certaine, mais elle soupçonnait Valencia de les faire attendre délibérément. Peut-être même allait-elle se faire excuser, en prétextant qu'elle était souffrante.

Sutton s'occupait en dévorant les petits gâteaux disposés sur un plateau devant lui. Il avait beau n'avoir plus que la peau sur les os, il possédait encore un très solide appétit. Hazel, elle, continuait de regarder ce qui se passait dans la cour.

Elle avait pensé que le nouveau duc arriverait bien plus tôt. Dès la mort de Dedham. C'était ce qui se faisait d'habitude : l'héritier ne tardait jamais à venir réclamer son dû, ni à chasser la veuve de son prédécesseur. C'était cruel, mais c'était ainsi. Hazel avait beau ne pas être née dans le grand monde, elle le savait parfaitement.

La porte s'ouvrit alors. Cette fois, ce n'était pas Wilkes ni même le nouveau duc – un très bel homme – qui s'était présenté à eux. C'était Valencia. Enfin.

Le sang de Hazel se glaça comme à chaque fois que Valencia posait son regard sur elle, noir et froid comme la nuit.

— Ma fille, dit Sutton en ouvrant les bras. Venez donc nous embrasser.

Valencia, obéissante, vint embrasser son père. À Hazel, elle n'adressa qu'un léger signe de tête. Elle pouvait s'estimer heureuse, sa belle-fille aurait très bien pu décider de l'ignorer.

Elle prit place sur le canapé, face à eux, et désigna le service à thé.

— Je vois que des rafraîchissements vous ont été proposés.

— Oui, votre Wilkes est très attentionné, dit Hazel.

Valencia sourit d'un air crispé.

— Ce n'est plus *mon* Wilkes, comme vous devez le savoir.

Son père donna un coup de canne sur le sol.

— À ce propos : pourquoi ne m'avez-vous pas fait prévenir quand le duc est arrivé ?

Valencia haussa les épaules et lissa ses jupes.

— Cela aurait-il changé quelque chose, père ? C'est le duc. Il est ici chez lui. Je suis la douairière. C'est aussi simple que cela. Nous savions tous que cela se produirait depuis le jour où mon mari est décédé.

Hazel observa sa belle-fille. Toujours calme et maîtresse d'elle-même. Jamais rien ne paraissait la troubler. Elle était très douée pour faire semblant de rien.

— Est-ce qu'il vous a demandé de partir ? demanda Sutton, le visage empourpré par l'indignation.

— Pas encore.

— Pas encore ? ne put s'empêcher de répéter Hazel, surprise.

Valencia lui adressa un regard glacial avant de répondre à son père.

— J'ai accepté d'aider ses sœurs à réussir leurs débuts dans le grand monde.

Il y eut un moment de silence, avant que Sutton n'explose, penché au-dessus de sa canne :

— Vous voulez dire qu'il va vous utiliser, et ensuite qu'il vous expédiera quand vous ne lui servirez plus à rien ? C'est inacceptable !

— Et pourquoi y trouvez-vous quelque chose à redire ? N'est-ce pas quelque chose que vous avez toujours fait dans votre vie, père ?

La tête, penchée, Valencia examina son père un moment.

— Vous servir des femmes, et ensuite vous débarrasser d'elles ?

Hazel esquissa un sourire. Valencia avait raison. Sutton s'était remarié peu de temps après la mort de sa première épouse, sans respecter sa période de deuil. Cela ne l'avait pas non plus empêché, dans le même temps, d'entretenir une maîtresse et de s'afficher en ville avec d'autres femmes à son bras.

Il souffla d'un air scandalisé et remua la main.

— Aucun rapport, ma fille.

— Et pourquoi ? Parce que *je* ne suis pas *elles* ?

— Exactement. Vous n'avez rien à voir avec ces femmes. Vous valez bien mieux qu'elles. Vous êtes ma fille. Vous êtes duchesse. Et vous êtes beaucoup trop jeune et jolie pour être écartée et expédiée à la campagne.

Elle pinça les lèvres, et Hazel sut que la réaction outrée de Sutton n'allait pas le faire remonter dans l'estime de sa fille.

— Donc, vous avez la permission de rester ici… comme une domestique ? ricana-t-il. Une domestique !

— Cela ne me dérange pas, père, répondit-elle en croisant les mains sur ses genoux, avant d'adresser un regard dédaigneux à Hazel. C'est un marché qui me semble équitable. J'échange mon expertise contre le gîte et le couvert. N'êtes-vous pas d'accord, Hazel ? Vous vous y connaissez en tractations commerciales, non ?

Hazel croisa les bras. La condamnation était féroce. Valencia faisait allusion à son passé de courtisane, mais aussi à son union avec Sutton. Elle soupçonnait néanmoins sa belle-fille de lui en vouloir davantage pour son mariage. Elle ne supportait pas qu'elle ait osé prendre la place de sa mère.

— Oh !

On aurait dit que son père allait s'étrangler.

— Ne dites pas des choses pareilles, ma fille. Je ne supporte pas de vous voir vous quereller.

— Vous ne le supportez pas ? Étrange, non ? Car vous avez très bien supporté de me voir si malheureuse avec Dedham durant toutes ces années. C'était un véritable calvaire pour moi, père. Il est impossible que vous ne l'ayez pas vu.

Il l'avait vu. Tout comme Hazel. Elle en avait même parlé à son mari à plusieurs reprises. Ils avaient passé des vacances ensemble. Ils avaient souvent dîné ensemble. Hazel avait pu observer le comportement de Dedham, pas toujours très discret. Elle avait vu Valencia sursauter quand son mari s'approchait trop près ou faisait des mouvements brusques. Elle avait très bien compris ce que cela cachait, et elle n'avait rien fait. Rien fait d'autre qu'en parler à Sutton, en espérant qu'il intervienne pour défendre et protéger sa fille.

Valencia avait raison. Hazel aurait dû faire plus d'efforts pour l'aider.

Sutton donna un nouveau coup de canne sur le sol.

— Avec un époux comme Dedham, vous vous trouviez au sommet de la société. Cela valait bien tous les petits tracas qu'il vous a causés.

— C'était un homme cruel, insista Valencia. Et vous n'avez rien fait.

Hazel voulut tenter une approche et, ainsi, apporter un peu de réconfort à Valencia. Elle aussi savait ce que c'était que les hommes cruels, après tout. Elle aussi savait ce que Valencia avait enduré. Mais dès qu'elle leva la main pour la tendre vers sa belle-fille, celle-ci l'arrêta d'un regard méchant, qui la figea.

— Non. Surtout pas.

Hazel acquiesça.

Un lourd silence s'installa.

Sutton soupira et prit un autre scone. Il mordit dedans et regarda sa fille en mâchant et en laissant tomber quelques miettes de sa bouche édentée.

— Très bien. Vous pouvez venir vivre sous notre toit.

Valencia se raidit.

Hazel cligna des yeux.

Sutton remua les doigts.

— Appelez votre femme de chambre. Demandez-lui de commencer à préparer vos affaires.

Valencia rit, en secouant la tête.

— Oh ! non. C'est impossible. Votre offre est très alléchante, mais je vais rester ici.

Elle se leva lentement.

— Maintenant, si vous voulez bien m'excuser, j'ai beaucoup de choses à faire. Comme vous pouvez l'imaginer, ce n'est pas une mince affaire de préparer six jeunes femmes pour leur première Saison.

Sutton prit une mine dédaigneuse et essaya de se lever à son tour. Ces derniers temps, il avait de plus en plus de mal à se déplacer. Hazel le prit par le coude pour l'aider.

— Quelle misère, marmonna-t-il avec une grimace.

Valencia esquissa un sourire.

— Ne nous voilons pas la face, cela n'a jamais été votre fort. Vous ne vous êtes pas occupé de ma première Saison. Vous avez confié cette tâche à ma grand-tante Helena. À part signer le contrat de mariage, vous n'avez pas fait grand-chose.

Valencia tourna alors les talons et, en parfaite hôtesse, les conduisit jusqu'au vestibule.

— Au revoir, très chère, dit Sutton en l'embrassant sur la joue.

— Au revoir, père, répondit-elle avec raideur.

Hazel lui adressa un regard encourageant.

— Je vous souhaite bonne chance, Valencia.

Valencia lui rendit son regard sans rien répondre. Un instant, Hazel crut que son expression s'était adoucie, mais en fait, non. Il n'y avait rien du tout sur son visage. Aucun sentiment ni aucune émotion visibles.

Ils prirent congé.

Une fois en voiture, Sutton s'épancha.

— C'est une tragédie que ma fille en soit réduite à jouer les gouvernantes.

Hazel acquiesça, même si elle pensait qu'il exagérait la situation. Elle était surprise, cependant, que son mari compatisse au sort de Valencia. Elle était une femme, après tout, et il n'avait jamais été particulièrement sensible aux injustices faites aux femmes. Bien entendu, il s'agissait de sa fille. Un être né de sa chair et de son sang. Cela faisait d'elle un être à part. Son ego souffrait. Son orgueil était blessé. Il voyait cela comme une attaque personnelle, comme une atteinte à sa dignité.

— Ma fille... une duchesse mise au rebut parce qu'elle n'a pas donné d'héritier à Dedham. Honteux. J'attendais mieux de la part de Dedham. Je pensais qu'il aurait pris ses dispositions afin qu'elle soit mieux traitée que cela.

Hazel cligna des yeux avec incrédulité. Vraiment ? Il attendait mieux de Dedham ?

Le précédent duc avait fréquenté les maisons de tolérance depuis sa prime jeunesse. Elle était bien placée pour le savoir. Son mariage avec Valencia ne l'avait pas fait renoncer à ses petits plaisirs. Sutton ne pouvait pas l'ignorer. Ils s'étaient souvent croisés dans ce genre d'établissements.

Néanmoins, plutôt que de discuter, elle acquiesça. Après tout, sur le fond, elle était d'accord avec lui. Il était injuste qu'après avoir supporté « son » Dedham pendant toutes ces années, Valencia se retrouve aujourd'hui à la merci d'un autre duc de Dedham.

— Si elle lui avait donné un fils, sa situation serait tout autre.

C'était la vérité. Malheureusement, il n'y avait rien à faire à cela.

— C'est pour cela que je m'inquiète pour vous, ma chère. Que se passera-t-il quand je ne serai plus là ?

Elle cligna des yeux et haussa les épaules. Elle avait l'habitude de vivre dans le dénuement. Elle mangeait peut-être à sa faim tous les jours et elle dormait peut-être dans des draps de soie, mais elle n'avait pas oublié ce que cela faisait de vivre sans rien.

— Ne pensons pas à cela.

Elle n'avait pas besoin d'y penser car elle savait très bien quel serait son sort une fois son mari disparu. Le monde dans lequel elle vivait la bannirait comme il avait envie de le faire depuis bien longtemps. Si on lui épargnait un tel traitement pour l'instant, si la haute société tolérait sa présence et la laissait pénétrer dans ses salons, ce n'était que parce que son mari était toujours là. Parce que Sutton était vivant et qu'on ne pouvait bafouer un marquis.

Valencia était la seule personne à lui montrer ouvertement qu'elle ne l'aimait pas. Cela ne signifiait pas que tous les autres l'aimaient. Bien au contraire. Tous les autres se contentaient de masquer leur mépris derrière des façades polies. Leurs yeux contredisaient leurs paroles et leurs actes lorsqu'ils la saluaient dans la rue ou dans les salles de bal. À cet égard, Hazel appréciait Valencia. Au moins il y avait de l'honnêteté entre elles. En ce qui concernait ce que Valencia ressentait pour elle, il n'y avait jamais aucun artifice.

— Je toucherai ma pension de veuve, comme Valencia.

Cela suffirait. C'était beaucoup plus que ce dont elle avait disposé enfant et au début de sa vie de femme. Elle ne connaîtrait pas la faim. Elle aurait un toit.

— C'est bien dommage, alors que vous pourriez rester dans notre demeure de Londres. Et conserver la propriété familiale à la campagne.

Elle ne comprenait pas bien où il voulait en venir.

— Mais c'est impossible… Seul votre héritier peut prétendre à cela…

— Martin, le fils de mon cousin, ce bon à rien ? grommela-t-il en secouant la tête. Ce jeune idiot ne mérite pas un tel héritage.

Hazel n'était pas certaine que le marquisat puisse être quelque chose qui se méritait. D'après elle, c'était plutôt une chose que l'on recevait, indépendamment de ses qualités propres. Il suffisait « juste » d'être bien né.

— J'ai eu trois jeunes épouses et aucune n'a été capable de me donner un fils, marmonna-t-il en poussant un soupir affligé.

Elle se retint de répondre qu'il y était peut-être pour quelque chose, que, généralement, les enfants se faisaient à deux…

Il poursuivit :

— Ce n'est pas juste. C'est vous qui auriez dû me donner cet héritier.

Elle haussa les épaules.

— Si cela ne s'est pas produit, c'est qu'il ne devait pas en être ainsi.

— Au contraire ! Il devrait en être ainsi. Et Martin ne devrait pas être mon héritier, asséna-t-il en frappant le sol de sa canne pour donner plus d'emphase à son propos. Mon héritier sera votre fils.

Elle le fixa, en ouvrant puis refermant la bouche comme si elle cherchait ses mots. Avait-il perdu la tête ? Était-il pour de bon devenu sénile ? Cela faisait bien longtemps qu'il n'était plus capable de produire le moindre héritier. Ce temps était révolu pour lui. C'était une absolue certitude.

Son mari était impuissant.

Elle dormait seule. Depuis des années. C'était son réconfort et sa consolation après avoir gagné sa vie en tant que courtisane. Ne plus partager le lit de personne ne lui pesait pas. Au contraire. Elle était heureuse de cette paix enfin trouvée. Posséder sa propre chambre, son propre lit : c'était pour elle une joie incommensurable. Son corps lui appartenait enfin. La malédiction de Sutton était pour elle une vraie bénédiction, le plus beau des cadeaux.

— *Milord,* murmura-t-elle.

Ils étaient mari et femme, mais elle veillait à respecter un certain formalisme dans leurs rapports. Elle savait qu'il appréciait cette marque de déférence et elle appréciait la distance que cela instaurait entre eux.

— Vous ne pouvez pas... Nous ne pouvons pas...

Il tapota sa main gantée d'un geste quasi paternel.

— Je dois me préoccuper de votre futur. Je dois faire mieux pour vous, mieux que ce que Dedham a fait pour ma fille.

— C'est tout à votre honneur, *milord,* mais... comment pouvez-vous...

Elle fit un geste vague dans sa direction, en faisant surtout attention à ne pas porter atteinte à sa virilité, ou, plutôt, à son manque de virilité.

Il hocha la tête d'un air déterminé et sûr de lui.

— Il y a des moyens, ma chère.

Elle le regarda avec une moue dubitative. Pourquoi cet air si confiant ? Connaissait-il une potion magique capable de le guérir de son impuissance ?

Un léger frisson la parcourut alors qu'elle imaginait la silhouette pâle et squelettique de son mari contre son corps. Elle déglutit pour tenter de déloger la boule qui s'était formée dans sa gorge. Une désagréable appréhension s'empara d'elle.

— Il y a toujours un moyen, répéta Sutton avec un sourire énigmatique.

11

« Les plus rusés des prétendants ont bien compris que le chemin le plus direct vers le cœur des débutantes passait par leur père. »

VALENCIA, DUCHESSE DOUAIRIÈRE DE DEDHAM

Rhain se trouvait dans son bureau lorsqu'il aperçut la duchesse douairière.

Pendant ce bref coup d'œil, il vit que sa tête était penchée et que son profil semblait pensif. L'élégante ligne de son cou était étirée d'une façon qu'il n'aurait pas dû trouver si séduisante. Malgré la fugacité de cette vision, les petits cheveux brun foncé qui bouclaient doucement sur sa nuque captivèrent son attention et firent battre son cœur un peu plus vite.

Ce spectacle en apparence si innocent lui faisait un effet tout sauf innocent. Il changea de position sur son siège. Son corps, tout à coup, était vivant, tendu… et conscient qu'il n'aurait pas dû trouver la scène si érotique. Il avait l'impression d'être redevenu un tout jeune homme en proie à ses premiers émois.

En passant dans le couloir, elle n'adressa pas le moindre regard en direction du bureau, et il en conçut une déception inexplicable. Il fronça les sourcils. Il ne se comprenait plus lui-même.

Ce n'était pas dans son habitude de laisser la porte de la pièce dans laquelle il se trouvait ouverte. Dans une maisonnée de femmes, une porte ouverte était une invitation, presque une demande de compagnie. Il l'avait appris très tôt. Même une porte close offrait peu de protection. Presque toutes ses sœurs étaient du genre à frapper et à entrer sans attendre d'y être autorisées.

Et pourtant, il avait laissé la porte de son bureau ouverte. Une invitation très claire. Mais pas à destination de ses sœurs ou de sa mère.

Il se demanda alors s'il n'avait pas espéré que la duchesse douairière ressemble un peu à ses sœurs et soit suffisamment curieuse pour venir le trouver.

Sauf qu'elle ne leur ressemblait en rien.

Elle ne ressemblait à personne. Chez lui, au pays de Galles, les femmes se disputaient son attention. Elle était un tout autre type de femme. Elle n'était ni intriguée, ni impressionnée par lui. Il ne l'intéressait pas, tout simplement. C'était sans doute normal étant donné qui elle était. Pourquoi un homme tel que lui l'impressionnerait-il ? Son père était marquis. Elle avait été l'épouse d'un duc. Lui, il avait des mains de travailleur.

Sa perplexité s'accrut jusqu'à ce qu'il doive reconnaître qu'il avait envie qu'elle lève la tête et regarde dans son bureau. Qu'il avait envie qu'elle le regarde. Il avait envie qu'elle abolisse les distances et qu'elle envahisse son espace.

Oui, c'est ça, envahis-moi.

Il fut surpris par cette pensée soudaine et involontaire, surpris par cet afflux de sang dans sa verge. Surpris et contrarié.

Quand il avait accueilli son père hautain et qu'il avait pleinement pris conscience de qui elle était, de ce qu'elle était, d'où elle venait, il avait eu la certitude qu'elle allait faire ses bagages et partir sur-le-champ.

En effet, la fille d'un marquis et la veuve d'un authentique duc – pas quelqu'un comme lui, qui n'était pas né pour ce rôle – ne devrait pas accepter de vivre sous le même toit que lui.

Sutton était sans doute venu pour lui venir en aide, pour lui porter secours. La proposition que Rhain lui avait faite paraissait désormais gênante. Voire insultante.

Elle n'avait pas besoin de lui. Son père pouvait très bien l'installer dans une maison lui appartenant et lui permettre de continuer à mener grand train à Londres. Il en avait certainement les moyens. Elle était sa fille chérie. Ou bien, elle pouvait aller vivre chez son père, dans la maison qui avait été la sienne avant son mariage. La maison douairière du Yorkshire n'était pas sa seule option, comme il l'avait bêtement et naïvement supposé. Le marquis devait posséder une somptueuse maison dans un quartier huppé de la capitale.

Les administrateurs du duché n'avaient jamais parlé de son père haut placé, mais cela ne voulait rien dire. Ils n'étaient pas diserts concernant les informations qu'ils jugeaient peu pertinentes, et tout ce qui concernait la duchesse douairière avait l'air de leur paraître très peu pertinent. Ce qui était tout bonnement incroyable. En effet, qui donc pouvait regarder la duchesse douairière de Dedham, qui donc pouvait lui parler, et penser qu'elle était une personne sans intérêt ?

Il regrettait amèrement leur arrangement à présent.

Et pourquoi diable l'avait-elle accepté ?

Il n'était pas expert en la matière, mais il savait tout de même que dans la hiérarchie aristocratique, les marquis se trouvaient juste sous les ducs. Elle n'était pas loin d'être une princesse. Le plus bleu des sangs bleus coulait dans ses veines.

Tandis que son enfance à lui s'était déroulée au sein d'une famille de quinze personnes entassées dans une maison bien trop petite, elle avait été gâtée dès la naissance. Tandis qu'il dormait sur une paillasse dans la cuisine, près du poêle pour ne pas avoir froid la nuit, elle avait toujours possédé sa propre chambre et des domestiques pour s'occuper d'elle. Elle n'avait toujours connu que la richesse et les privilèges, tandis qu'il ne les avait découverts que très tardivement.

En jurant tout bas, il reposa sur son bureau le dernier compte rendu qu'il avait reçu du contremaître auquel il avait temporairement confié ses mines. Impossible de se concentrer sur cette lecture : ses yeux glissaient sur les mots sans rien fixer.

Il se leva et sortit dans le couloir pour la suivre, en proie à une agitation inhabituelle chez lui.

Il fallait qu'il sache si elle s'en allait.

Il fallait qu'il sache pourquoi elle avait accepté leur accord alors qu'il était évident qu'il ne lui bénéficierait en rien.

Il la rattrapa juste avant qu'elle ne pénètre dans sa chambre.

— Votre Grâce, commença-t-il.

Elle se retourna, et il remarqua que ses joues étaient légèrement empourprées. Surpris, il marqua un temps d'hésitation.

— Vous sentez-vous mal ?

— Non, s'empressa-t-elle de répondre, d'un ton assez peu convaincant, néanmoins. Je vais très bien.

— Comment... s'est passée cette visite ? Avec le marquis et la marquise ?

— Très bien, répéta-t-elle.

— Est-ce que...

Comment demander cela ?

— Est-ce que vous allez rester ici ?

Elle fronça les sourcils avec perplexité.

— Pourquoi m'en irais-je, Votre Grâce ?

Elle leva le menton et une flamme belliqueuse anima son regard.

— Avez-vous changé d'avis ? Me jetez-vous dehors ?

— Bien sûr que non. C'est juste que votre père et votre belle-mère... Eh bien, j'ai pensé que vous aviez peut-être décidé d'aller vous installer chez eux.

— Pourquoi ferais-je une chose pareille ? Nous avons passé un accord, vous et moi.

Elle plissa ses beaux yeux noirs.

— À moins que vous, vous n'ayez changé d'avis ?

— Non, non, pas du tout. J'ai pensé que vous, vous pouviez avoir changé d'avis, en revanche. Je veux dire...

Il soupira et passa la main sur sa nuque.

— Votre père est le marquis de Sutton.

Elle eut un petit hochement de tête saccadé.

— Je sais très bien qui est mon père. Quel rapport avec notre…

Tout à coup, à l'étincelle dans son regard, il vit qu'elle avait compris.

— Oh !

Elle eut un petit rire léger, et secoua la tête d'un air presque malicieux.

— Comme c'est amusant. Et mignon de votre part.

Mignon ?

Il pouvait affirmer avec certitude que personne ne lui avait fait l'insulte de le trouver mignon.

Elle poursuivit.

— Vous pensez qu'il pourrait m'aider ? Qu'il pourrait se porter à mon secours comme vous l'avez fait, en m'offrant ma propre maison et suffisamment d'argent pour que je puisse vivre ma vie de façon indépendante et confortable ?

Il haussa les épaules.

— Eh bien, oui. C'est votre père.

Elle rit franchement cette fois. Elle rejeta la tête en arrière, offrant ainsi à sa vue sa gorge qu'il eut aussitôt envie de toucher, de caresser, d'embrasser. Il tenta de se ressaisir. Pourquoi diable un cou lui faisait-il autant d'effet ?

Elle redressa la tête et le regarda dans les yeux.

— Oh ! je pense savoir d'où vient votre erreur d'interprétation, Votre Grâce. Ne me dites rien. Vous avez eu pour père l'un de ces hommes aimants et altruistes qui font passer leurs enfants avant toute chose, et, surtout, avant eux-mêmes ?

— Euh… fit-il, sans trop savoir quoi répondre à cela. Mon père était un homme bon et généreux, reconnut-il.

Elle eut un hochement de tête un peu brusque et redevint l'altière duchesse douairière qu'elle était.

— J'aurais dû m'en douter… Tant mieux pour vous et vos sœurs.

— Je… oui.

Et dire que quelques instants plus tôt, il s'interrogeait sur ce à quoi avait pu ressembler son enfance dorée ! À présent, elle était en train de lui dire que c'était lui qui avait eu une enfance enviable ? C'était légèrement déconcertant, et il allait falloir qu'il y réfléchisse.

— Je vais rétablir tout de suite la vérité, alors. Mon père n'est pas du tout le genre d'hommes à faire irruption ici pour venir me sauver. Il n'est pas comme votre père.

Elle marqua une pause et le regarda attentivement.

— Il n'est pas comme vous. S'il s'était soucié de moi et s'il avait voulu se porter à mon secours, il m'aurait sauvée des griffes de mon mari il y a bien des années.

Ces derniers mots le firent vaciller. Ce qu'il venait d'entendre, ce n'était pas rien. Les implications étaient aussi lourdes que terribles.

Si elle avait eu besoin d'être sauvée des griffes de son mari, alors cela signifiait que…

Un horrible silence s'installa. Il ouvrit et ferma les poings plusieurs fois. La duchesse, elle, semblait de plus en plus mal à l'aise à chaque seconde qui passait.

Une foule d'idées terribles se télescopaient dans son esprit. Toutes les façons de faire du mal à une femme… Toutes les façons dont son mari avait pu lui faire du mal… pendant toutes ces années… Cela l'emplit de rage. Malheureusement, l'infâme ne pourrait pas payer. Il était déjà mort.

— Que vous a-t-il fait ? demanda-t-il d'une voix sourde, tout en la regardant de haut en bas comme s'il pouvait voir la trace d'anciennes blessures.

Elle blêmit, et secoua la tête. Il était évident qu'elle regrettait de s'être épanchée.

— Je… Rien…

— Dites-le moi. Vous a-t-il fait du mal ?

Il avait posé la question, mais, étant donné sa soudaine pâleur, il connaissait déjà la réponse. Il n'y avait rien de noble chez son prédécesseur, chez son maudit parent. Tout son être se tendit. Il mourait d'envie de sortir son cousin éloigné de sa tombe et de le tuer une nouvelle fois comme il le méritait.

Elle finit par retrouver la voix et répondit :

— Il est mort, maintenant. Cela n'a pas d'importance.

Il était mort. Elle avait tout à fait raison sur ce point. Néanmoins, il accordait une énorme importance au fait que quelqu'un ait pu lui faire du mal par le passé, ou que quelqu'un puisse lui faire du mal à l'avenir. Cela comptait pour lui.

Elle comptait pour lui.

Cette prise de conscience s'accompagna chez lui d'un certain effroi. Pour se rassurer, il se dit que sa réaction, bien qu'intense, était normale. Il ressentirait la même chose pour toutes les femmes de sa connaissance, et *a fortiori* pour celles qui vivaient sous son toit.

— Toutes mes excuses, dit-il, bien décidé à ne pas la gêner davantage. Je ne voulais pas me montrer indiscret.

Elle esquissa un léger sourire.

— Et pourtant j'ai l'impression que nous sommes bien indiscrets l'un envers l'autre depuis que nous nous connaissons.

Il haussa les épaules.

— C'est inévitable lorsque l'on vit sous le même toit, me semble-t-il.

Elle acquiesça.

— En effet. Nous ferions mieux de nous y habituer.

Ses yeux se mirent à briller.

— Parce que je n'ai pas changé d'avis. Je m'en tiens à notre accord, Votre Grâce.

Il inclina la tête. Tout à coup, il se sentait d'humeur beaucoup plus légère.

— Il est évident que notre accord tient toujours.

Il n'aurait pas supporté qu'il en soit autrement.

12

« Les veuves apprécient beaucoup de choses, mais rien ne leur plaît autant que la liberté. Et c'est encore mieux si elles ont l'argent nécessaire pour en jouir. »

VALENCIA, DUCHESSE DOUAIRIÈRE DE DEDHAM

Quelques jours après la désagréable visite de son père et de sa belle-mère, Valencia se dépêchait de regagner sa chambre pour aller passer une tenue lui permettant de monter à cheval. Elle voulait en effet évaluer le niveau d'équitation des sœurs du duc. Elles avaient toutes affirmé être des cavalières émérites, elle n'était donc pas tellement inquiète sur ce point. Puisque Hyde Park était l'endroit idéal pour être vu, elle avait hâte de les observer briller sous les yeux des célibataires en quête d'épouse et, plus encore, sous ceux des mères intrigantes.

Juste devant elle, la porte du bureau du duc s'ouvrit, et un groupe d'hommes à l'air affairé et aux chemises amidonnées sortit de la pièce.

Ils s'arrêtèrent en la voyant et s'inclinèrent légèrement devant elle.

— Votre Grâce, commença le plus âgé des hommes, en clignant des yeux telle une chouette derrière ses lunettes.

Elle se souvenait très bien de lui, pour l'avoir déjà rencontré à plusieurs reprises. Il regarda ses collègues d'un air interloqué, puis se tourna de nouveau vers elle.

— Vous êtes toujours là, à ce que je vois.

De toute évidence, cela le laissait perplexe. Cela semblait même le scandaliser.

— En effet. Vous avez très bien vu, acquiesça-t-elle, en se repaissant des regards confus qu'ils échangèrent.

Tout ce qui pouvait leur poser problème la concernant la mettait en joie. Et il lui plaisait particulièrement de ne pas rentrer dans la case dans laquelle ils auraient voulu la faire tenir.

Ils pouvaient s'incliner devant elle et lui donner du « Votre Grâce », cela ne signifiait rien. Elle n'était pas dupe. Ils ne la respectaient pas. Ils la considéraient sans intérêt ni utilité. Pour eux, en tant qu'épouse ne lui ayant pas donné de fils, elle était la plus grave erreur commise par son mari.

— Mais le nouveau duc a pris possession des lieux, ajouta le plus âgé, comme si elle ne le savait pas.

— Oui, c'est vrai, acquiesça-t-elle d'une voix admirablement calme malgré son irritation croissante.

— Vous devriez vous trouver dans la maison douairière à l'heure qu'il est, insista l'un de ses associés, comme si elle ignorait les usages en vigueur.

Ah les hommes ! Que deviendraient les femmes sans leurs conseils éclairés et leur supervision ?

Elle finit par s'agacer pour de bon et se tendre.

— Et pourtant... je n'ai pas l'air d'être partie.

Elle ne leur devait aucune explication, et ils n'étaient absolument pas en position de la questionner.

Ils froncèrent collectivement les sourcils, comme s'il s'agissait d'une réponse inacceptable et qu'ils avaient le droit d'exercer leur autorité sur elle. Pourtant, aucun d'eux n'était son père, son tuteur ou son mari.

Ils étaient juste ceux qui décidaient de l'argent qui pouvait lui être alloué.

Elle grimaça. C'était exactement cela. Et c'était un problème.

L'homme le plus âgé la regarda de bas en haut sans chercher à masquer son exaspération.

— Votre Grâce, cela ne se fait tout simplement pas.

Il remonta ses lunettes et effectua un geste circulaire de la main.

— Vous avez fait votre temps ici, et vous devez vous retirer dans votre cottage. Un peu de dignité, s'il vous plaît. Ne rendez pas les choses plus pénibles qu'elles ne doivent l'être.

Pénibles ? Pour qui ? Elle cligna des yeux alors qu'une bouffée de chaleur embrasait tout son visage.

Elle prit une grande inspiration pour tenter de se calmer. Elle en avait assez d'être ballottée et bousculée, au gré du bon vouloir des hommes qui l'entouraient. Elle ne vivait pas sous le joug de son mari ni de son père. Plus maintenant. Et voilà que ces hommes voulaient exercer leur contrôle sur elle et lui dicter son comportement.

Elle avait cru qu'elle n'aurait plus jamais à endurer une chose pareille. Elle avait cru que les veuves jouissaient d'une liberté particulière. C'était un mensonge qui lui avait permis de supporter sa condition d'épouse malheureuse, bafouée et maltraitée, une carotte brandie sous son nez pour la faire tenir durant toutes ces années.

Mais il s'agissait sans doute d'un rêve hors de portée. Une veuve restait une femme, après tout, et quelle femme jouissait du moindre pouvoir dans ce monde régi par les hommes ? Même l'avenir radieux qu'elle entrapercevait devant elle pourrait s'évaporer en un instant si le nouveau duc changeait d'avis.

— Comprenez-vous ce que je suis en train de vous dire, Votre Grâce ?

Elle ouvrit la bouche, incapable de savoir ce qu'elle devait répondre, tant il était évident que tout ce qu'elle pouvait dire ou penser comptait si peu pour ces hommes. Ils n'attendaient qu'une seule et unique chose de sa part : qu'elle se soumette.

La porte du bureau s'ouvrit de nouveau, et le duc en personne sortit de la pièce, toujours aussi grand et imposant. Il se trouvait dans le faisceau de lumière provenant de la fenêtre située au bout du couloir et le soleil conférait une tonalité plus chaude à ses cheveux foncés.

Il balaya tous les hommes du regard.

— Messieurs, vous êtes toujours là.

Il s'agissait d'une remarque, mais sa voix était légèrement interrogative, voire contrariée. Le mot « pourquoi » n'avait pas été prononcé, mais il était largement sous-entendu.

— Ah, oui, veuillez nous excuser, Votre Grâce. En sortant, nous avons croisé la duchesse douairière et nous étions en train de lui expliquer qu'elle ne devait et ne pouvait plus vivre ici, qu'elle devait se retirer dans son cottage au plus vite...

L'expression du duc devint glaciale.

— En quoi les allées et venues de la duchesse vous concernent-elles ?

Les hommes semblèrent étonnés par le caractère brusque et direct de la question. Ils se regardèrent avec perplexité.

Le plus âgé s'éclaircit la gorge et remonta de nouveau ses lunettes.

— En tant qu'administrateurs du duché...

— Vous administrez le duché, finit le duc. Vous n'administrez pas la duchesse douairière. En aucun cas, elle ne saurait entrer dans votre champ d'action.

Le vieil homme rougit violemment. Il tempêta, mais aucun mot intelligible n'émergea de ses protestations.

Le duc poursuivit :

— Vous n'avez pas à vous préoccuper de la duchesse douairière, Hollinger. Je suppose et j'espère que sa pension lui a été versée. Et à moins que vous n'ayez des informations à communiquer concernant la maison douairière, qui reste à sa disposition comme elle l'entend, en tant que résidence principale ou maison de campagne, vous n'avez aucune raison de vous adresser à elle.

— Très bien, Votre Grâce, acquiesça-t-il avec dédain. Et en

ce qui concerne sa pension, nous veillerons à ce que son dû lui soit versé sous peu.

Le duc fronça les sourcils.

— Je ne comprends pas. La duchesse a-t-elle touché sa pension, ou non ?

— Eh bien, toutes les deux semaines, nous prélevons une partie de la somme totale et nous la lui versons, comme une indemnité…

— Non, dit-il d'une voix blanche.

Non ?

Valencia pouvait pourtant l'attester : c'était exactement ce qu'ils avaient fait au cours de l'année écoulée. Une fois par quinzaine, le lundi matin, une enveloppe lui était remise, contenant la somme qu'*ils* jugeaient suffisante pour subvenir à ses besoins. Il n'y avait aucune négociation possible. Aucune possibilité d'obtenir davantage que ce qu'ils considéraient comme acceptable.

— Je vous demande pardon, Votre Grâce, mais c'est la vérité, dit le vieil homme en soufflant. C'est exactement ce que nous faisons. Vous pouvez vérifier sur les livres de compte si vous ne me croyez pas.

— Oh ! je vous crois parfaitement, mais cela doit cesser tout de suite.

Il plongea son regard sombre dans celui de Valencia.

— La totalité de la somme qui lui échoit doit lui être versée, et sans tarder.

Elle répéta la phrase du duc dans sa tête, certaine d'avoir mal compris. Avait-il bien employé le mot « totalité » ?

Après un moment de silence stupéfait, les trois administrateurs se lancèrent dans des protestations véhémentes.

— Votre Grâce !

— C'est absurde ! Cela n'a aucun sens !

— Une femme ne peut pas gérer son argent ! Cela ne se fait pas !

— Les femmes ne savent pas faire cela !

— Assez !

D'un mot, il fit taire ces remarques agressives. Ses yeux devinrent noir silex lorsqu'il les regarda un à un. Plus encore qu'à un duc, il ressemblait à un roi.

— Il n'y a rien qui stipule que sa pension de veuve doive lui être versée au compte-gouttes. C'est vous qui en avez décidé ainsi, non ?

Au bout d'un long moment, Hollinger acquiesça.

— Oui. Mais c'est pour son bien, Votre Grâce. Nous voulions juste la protéger. Les questions financières, parfois austères et complexes, sont déroutantes pour les sensibilités féminines.

Pour mon bien...

Ces mots la dégoûtèrent mais ne la surprirent pas. Non, ce qui la surprit fut la réaction du duc, qui ne semblait pas partager le point de vue des administrateurs.

— Une telle décision ne vous appartient pas, poursuivit-il. Versez-lui la totalité de la somme qui lui revient. Veillez-y.

Sa surprise grandit encore. Elle le regarda bouche bée. Qu'était-il en train de faire ? En train de dire ?

— Votre Grâce, dit l'un des plus jeunes administrateurs, avec un sourire condescendant des plus insultants, vous êtes nouvellement arrivé ici, et novice dans votre rôle de duc. Vous ne comprenez pas encore...

— Il est hors de question que vous discutiez mes ordres ou mes décisions. Cela, je l'ai très bien compris.

Le sourire condescendant disparut. Le jeune administrateur adressa un coup d'œil inquiet à ses collègues, craignant sans doute d'être allé trop loin.

— Très bien, Votre Grâce.

Hollinger posa une main sur le bras du jeune homme, pour l'empêcher d'ajouter quoi que ce soit.

— Il sera fait comme vous le souhaitez.

Il regarda Valencia froidement, avant d'ajouter :

— Je vais m'en occuper tout de suite, Votre Grâce.

Après un dernier regard réprobateur à ses jeunes collègues, il adressa un signe de tête déférent au duc.

Le duc lui rendit son hochement de tête, l'air satisfait, avant de congédier les trois administrateurs d'un geste de la main sans équivoque.

— Vous pouvez partir à présent, messieurs. Je vous ferai quérir si je le juge nécessaire.

Si je le juge nécessaire.

Valencia réprima un sourire. Dès que les trois hommes eurent disparu, elle s'adressa au duc :

— Vous semblez vous être parfaitement fait à vos nouvelles fonctions, Votre Grâce.

— Ah oui ?

— Oui. J'ai beaucoup aimé les voir partir penauds. Je pense que vous avez acquis les compétences attendues de la part d'un duc. Vous avez su les mater avec brio.

Il haussa les épaules.

— Cela doit venir naturellement, alors. Je n'ai pas reçu de formation spécifique, je dois l'avouer.

En l'observant attentivement, elle décela une lueur malicieuse dans ses yeux. Il s'amusait.

— Merveilleux, alors. Je vous félicite, répliqua-t-elle.

Ils restèrent un moment à se regarder et à se sourire. Autour d'eux, l'air se chargea d'une atmosphère agréable.

Dangereusement agréable.

Elle humecta ses lèvres, et il baissa les yeux pour suivre le mouvement de sa bouche. Le temps se suspendit et elle eut tout à coup très chaud.

Au bout d'un moment, elle se reprit et inspira. Il lui fallait lutter contre cette pensée soudaine, contre cet afflux soudain de sentiments troublants. Un simple mot venant de lui pouvait la sauver et ce n'était pas juste. Une simple décision qui ne lui coûtait rien… ne devrait pas avoir tant de répercussions sur elle.

Elle savait qu'elle se comportait en petite fille capricieuse, mais ce n'était pas juste, vraiment pas juste.

Elle se sentait contrariée qu'un seul mot de lui suffît à induire des changements positifs dans sa vie à elle. Irritée qu'il puisse faire pour elle ce qu'elle ne pouvait pas faire pour elle-même. C'était rageant.

Mais elle savait aussi que son irritation avait une autre cause.

Il *savait*.

Il en savait davantage à son sujet que ses amies. Il en savait davantage sur ce qu'elle avait traversé, sur ce qu'elle avait subi. Il savait quel type d'hommes et d'époux Dedham avait été.

Il savait ce qu'elle cachait de sombre. Il ne connaissait pas tous les détails, mais il en savait assez. Il savait qu'elle avait souffert. Il savait aussi que son parent éloigné ne s'était pas soucié de ce que deviendrait son épouse après sa mort.

C'était assez pour qu'elle se sente exposée et vulnérable. C'était très troublant et désagréable, et elle ne savait pas ce que cela faisait exactement de lui pour elle.

Quelqu'un d'important, en tout cas.

— J'imagine que je devrais vous remercier.

Elle n'en avait pas spécialement envie, mais elle savait qu'il fallait le remercier. Elle lui devait bien cela. Et, justement, c'était le fait de lui devoir quelque chose qui lui était pénible. Par conséquent, son ton n'était guère reconnaissant.

Il la regarda l'air légèrement surpris.

— Pourquoi ?

— Parce que vous avez fait ce qu'ils n'auraient jamais fait d'eux-mêmes.

Elle désigna l'endroit où, précédemment, se trouvaient les trois administrateurs, avec un geste empreint de dégoût.

— J'aurais continué à recevoir mon argent toutes les deux semaines jusqu'à la fin de ma vie.

— Vous n'avez pas à me remercier. Cet argent est le vôtre. Pas le leur. Ni le mien. Il n'aurait jamais dû vous être confisqué.

C'était pourtant ce qui s'était produit. Et grâce à lui, elle allait désormais avoir accès à la totalité de la somme.

Elle pourrait peut-être en investir une partie. Il faudrait qu'elle se montre prudente et réfléchie. Qu'elle cherche un placement sûr qui lui permettre d'accroître ses revenus, même modérément.

Sa poitrine se gonfla légèrement à cette perspective, et à l'idée qu'elle possédait désormais un certain contrôle sur sa vie. Il était temps. Elle allait enfin pouvoir devenir une femme libre et indépendante, maîtresse de son destin.

— Malgré tout, sans vous, cela ne se serait jamais produit.

Elle le regarda, comme si elle commençait à le voir et qu'elle commençait à comprendre qu'elle-même s'était montrée injuste. Sa contrariété à son égard était déplacée.

C'était injuste de lui en vouloir de l'avoir aidée et d'être un homme d'honneur. Il n'avait pas créé ce monde, mais en l'aidant, il avait pris position contre lui.

C'était également mal de lui reprocher de savoir qui elle était et de connaître ses secrets. Elle ne devrait pas le punir en se montrant hautaine. Il n'était pas comme les hommes qu'elle avait côtoyés toute sa vie. Il n'était pas son père, ni Dedham. Ni ces trois hommes qui venaient de partir et qui la pensaient trop incapable, trop faible, trop fragile pour gérer son propre argent.

— Je suis sûre que pour vous, cela ne représente pas beaucoup d'argent…

— Pour la simple raison que ce n'est effectivement pas beaucoup d'argent.

Elle se crispa, prise d'une honte qu'elle n'aurait pas dû éprouver. Ce n'était pas sa faute si son mari lui avait laissé si peu, s'il ne lui avait laissé que de quoi vivre très humblement jusqu'à la fin de ses jours.

Avant qu'elle n'ait le temps d'ajouter quoi que ce soit, il poursuivit :

— Je vais accroître votre pension, afin que vous touchiez une somme plus digne et acceptable.

Elle cligna des yeux.

— Vous ne pouvez tout de même pas...

— J'ai pris cette décision avant même de faire votre connaissance, au moment où j'ai découvert le montant qui vous était alloué.

Son sentiment de honte redoubla et elle sentit son cou et son visage s'empourprer. *Le montant dérisoire.* Il n'avait pas prononcé exactement ces mots, mais c'était tout comme.

— Oh ! non. Il ne faut pas vous sentir obligé de...

— Acceptez. Ce n'est pas un cadeau. C'était l'argent de votre époux, qui m'a été laissé à moi, un étranger. C'est à vous qu'il revient de droit. Ce n'est que justice. C'est votre dû.

De nouveau, elle perçut dans sa voix un mélange de réprobation et de dédain. C'était même davantage que du dédain. Il jugeait très sévèrement son mari, qu'il accusait de l'avoir lésée.

Il le considérait comme un homme vil et injuste, et, à cette idée, elle sentit son cœur s'emplir de joie et de reconnaissance. Enfin, elle avait l'impression d'avoir quelqu'un à ses côtés, un allié pour l'aider, même si son mari était mort et qu'il ne pouvait plus lui faire de mal.

La vérité s'imposait avec force. Ce duc qui avait pris la place de son mari était un homme bon et honnête. Comme jamais Dedham ne l'avait été. Comme aucun homme de son entourage ne l'avait jamais été.

Elle resta là, dans le couloir, à se débattre avec cette idée, et à lutter contre les sentiments de plus en plus doux que le nouveau duc lui inspirait. Ce n'était pas quelque chose qu'elle aurait cru possible lors de leur première rencontre sur la barge. Ni même le lendemain quand il avait fait son apparition dans cette maison et qu'il lui avait ordonné d'en partir.

Et pourtant, c'était absolument évident à présent.

— Quand vous en aurez fini avec mes sœurs, vous pourrez choisir où aller. Vous aurez suffisamment d'argent pour vous installer dans la maison douairière si c'est ce que vous souhaitez, ou pour rester à Londres dans une maison qui vous appartiendra.

Vous pourrez choisir. Avoir le choix. Avant lui, c'était quelque chose qui ne s'était jamais présenté à elle.

Elle le fixa avec stupéfaction, et une boule se forma dans sa gorge alors qu'elle se perdait dans les profondeurs de son regard. Elle se sentait submergée par les tendres sentiments qui l'assaillaient.

Sans réfléchir, elle tendit la main vers lui. Un réflexe. Une envie. Un besoin... Alors qu'ils se regardaient dans les yeux, elle entendait son propre cœur qui cognait à ses oreilles.

Au dernier moment, elle se reprit et interrompit son geste. Un tel élan n'était pas convenable de sa part.

Ce fut alors que le mot la frappa.

Convenable.

Pourquoi devrait-elle se préoccuper de ce qui était convenable ou pas ?

Elle était désormais veuve. Elle pouvait faire ce dont elle avait envie, toucher qui elle avait envie de toucher... dans les limites du raisonnable, bien entendu.

Dans les limites du raisonnable.

C'était bien là le problème. Il ne serait pas raisonnable d'avoir une liaison avec le nouveau duc de Dedham. Il ne serait pas raisonnable de concevoir des sentiments pour le parent éloigné de son ancien mari. Pour l'homme avec lequel elle cohabitait.

Cela serait décidément compliqué et déraisonnable. Pourtant, elle pourrait peut-être explorer cet aspect de sa personnalité, explorer son côté inconvenant. Elle pourrait satisfaire ses envies et ses besoins. Mais pas avec cet homme. Elle pourrait trouver quelqu'un d'autre, discrètement, pour nourrir ce feu qu'elle sentait brûler en elle. Elle pourrait sans doute trouver quelqu'un d'autre qui lui fasse autant d'effet.

Les bras fermement appuyés contre ses flancs, les ongles enfoncés dans ses paumes, elle dit alors, d'une voix neutre et irréprochable :

— Vous êtes trop bon... Votre Grâce.

Il fixait sa main, celle qu'elle avait précipitamment retirée. De toute évidence, il avait remarqué son ébauche de mouvement. Il savait qu'elle avait voulu le toucher.

Elle leva les yeux vers son visage. Il sembla contracter légèrement la mâchoire, ce qui n'eut pour effet que de le rendre encore plus séduisant. Pourquoi ? C'était injuste. Lorsqu'elle faisait la moue, elle n'était pas plus jolie. Il n'aurait pas dû paraître encore plus beau.

— Je ne suis pas un homme bon. Ni accommodant, ni facile à vivre, ni bon. Ne commettez jamais l'erreur de le penser, Valencia.

Valencia.

Il avait prononcé son prénom, et d'une telle façon, avec cette voix si grave et âpre. Elle retint son souffle et soutint son regard, fascinée par le contraste entre la dureté de ses mots et l'intimité dont il avait fait preuve en l'appelant ainsi. Elle ne put s'empêcher de frissonner. C'était si troublant.

Il se contenta d'un bref signe de tête, puis il tourna les talons et disparut dans son bureau dont il referma soigneusement la porte.

Elle resta là, à fixer la porte, perplexe.

Pourquoi tenait-il à ce qu'elle ne le prenne pas pour quelqu'un de bon et de généreux ? C'était presque comme s'il souhaitait qu'elle ne l'aime pas. Elle revit alors l'homme grognon et taciturne qu'elle avait rencontré sur le bateau, et l'homme impoli qu'elle avait aperçu dans le salon. Dans ces circonstances particulières, elle ne l'avait pas aimé du tout, mais plus elle passait de temps avec lui, plus elle avait la certitude qu'un autre homme se cachait derrière cette façade sombre et peu avenante.

— Votre Grâce ? demanda une douce voix qui la tira aussitôt de ses pensées.

Ce fut pour elle l'occasion de se souvenir qu'au beau milieu d'une maison pleine de vie, elle ne pouvait prétendre ni à la solitude ni à l'intimité. Dans ces conditions, elle avait décidément bien fait de ne pas poser la main sur le duc.

Elle se tourna et découvrit derrière elle Jenny, l'une des filles de cuisine.

— Oui, Jenny ?

— Vous m'aviez dit de vous prévenir quand mon père serait là. Il vient d'arriver et il est en bas, dans la cuisine.

Elle fixa la jeune fille un moment avant de se souvenir.

— Oh ! oui.

Elle avait presque oublié qu'elle avait demandé à Jenny de faire chercher son père.

— C'est formidable, Jenny. Merci. Ne faisons pas attendre votre père. C'est très gentil de sa part d'être venu si vite. Il les a amenés avec lui, alors ?

— Oui, répondit la domestique en souriant. Tous plus irrésistibles les uns que les autres. Vous allez être contente.

Valencia hocha la tête et se mit en route vers la cuisine, pressée d'aller constater cela par elle-même.

13

« Un duc, c'est très bien, mais l'héritier d'un duché ? C'est encore mieux. »

Mrs Maeve Bernard-Hill

Les jupes de Valencia balayaient ses chevilles alors qu'elle traversait la maison d'un pas pressé. Elle avait fort à faire. Elle était debout depuis l'aube, afin que les sœurs Lloyd soient prêtes pour la soirée importante qui les attendait. Ce serait une journée bien remplie pour tout le monde.

Valencia avait déjà pris son petit déjeuner avec trois des sœurs. Isolde, Bronwen et Nesta étaient les lève-tôt de la famille. Les autres, y compris Mrs Lloyd, préféraient faire la grasse matinée. Elles se faisaient parfois monter un plateau au lit.

Le maître de ballet allait arriver d'ici une heure, en même temps que les musiciens que Valencia avait réservés afin que les jeunes femmes puissent s'entraîner comme il fallait avant leur première soirée. En outre, dans l'après-midi, les sœurs Lloyd avaient une leçon de chant avec Mrs Singh. Valencia avait décidé qu'elles n'avaient pas suffisamment de temps pour apprendre le piano, mais qu'elles pouvaient améliorer leur pratique du chant avec la talentueuse Mrs Singh. Et à la suite de tout cela, elles feraient une apparition à l'opéra. Ce serait la première sortie officielle de ces jeunes femmes. Un moment important, qui scellerait leur avenir dans le grand monde.

On ne leur demanderait pas beaucoup plus que regarder le spectacle et être jolies. La pression sur les épaules ne serait pas trop lourde. Ni bal ni dîner, Dieu soit loué. Plus elles paraîtraient mystérieuses et insaisissables, mieux ce serait. Mais pour cela, il allait falloir travailler dur toute la journée.

Elle jeta un coup d'œil dans la salle de bal pour s'assurer que les domestiques avaient installé des sièges et un dais pour les musiciens. Ensuite, elle repartit d'où elle venait, afin d'aller vérifier si les trois autres sœurs étaient réveillées et avaient commencé leurs préparatifs.

Elle traversa le couloir d'un pas déterminé. Un léger rire la fit s'arrêter et regarder autour d'elle. Elle était seule dans le couloir. Toutes les portes alentour étaient fermées. Elle s'arrêta et tendit l'oreille jusqu'à entendre de nouveau. Des murmures. Des rires.

Elle s'approcha de chaque porte et écouta, jusqu'à ce qu'elle puisse déterminer avec certitude que les voix provenaient de la salle de billard.

En collant son oreille à la porte, elle eut la confirmation que la pièce était occupée. Elle plaça la main sur la poignée, prête à interrompre ce qu'elle supposait être un rendez-vous galant entre deux domestiques. Elle n'était pas naïve au point de penser que cela n'arrivait jamais. Mais ce n'était ni le lieu ni l'heure.

Tout à coup, la porte s'ouvrit brusquement. Elle fit un bond en arrière pour ne pas la recevoir en plein visage.

— Oh !

Tildie apparut, les joues joliment empourprées. Elle écarquilla les yeux en apercevant Valencia.

— Votre Grâce, souffla-t-elle, tout en regardant dans son dos d'un air alarmé.

— Tildie, dit-elle d'une voix hésitante, tant elle était surprise de trouver là sa femme de chambre.

Tildie semblait habituellement si sage et réservée. Jamais

Valencia ne l'aurait cru capable de batifoler pendant ses heures de service.

Valencia suivit son regard, s'attendant à voir un beau valet apparaître derrière elle.

Elle écarquilla les yeux. Ce n'était pas un valet. Ce n'était même pas un domestique du tout.

Valencia retint son souffle à la vue de l'homme en question, qui n'était autre que l'affable Dewey, le très prévenant et charmant cousin du duc, celui-là même qui l'avait sauvée des eaux de la Tamise. Il lui adressa un sourire chaleureux, comme s'il ne venait pas d'être surpris seul dans une pièce avec sa femme de chambre, alors qu'il n'y avait aucun doute possible sur ce qu'il y faisait. Le gredin !

Ce n'était pas la première fois qu'elle le voyait depuis l'incident de la barge, même si elle ne s'était jamais retrouvée face à face avec lui. À dire vrai, elle l'avait évité, car elle avait trop honte du spectacle qu'elle avait offert ce soir-là. Il devait néanmoins être inévitable qu'il se croise un jour ou l'autre.

Au cours des deux semaines écoulées, il était fréquemment venu rendre visite à son cousin. Elle le savait, comme elle savait tout ce qui se passait dans cette maison. C'était son rôle de le savoir. Cela n'avait pas vraiment changé. Cela ne changerait pas tant qu'elle vivrait sous ce toit.

Cette… *liaison* lui avait échappé, cependant, et elle ne pouvait pas dire qu'elle l'approuvait. De multiples questions se bousculèrent dans son esprit. Quand Dewey avait-il fait la connaissance de Tildie ? Depuis quand cette *histoire* durait-elle ? Pas depuis très longtemps, sans doute : cela ne faisait que deux semaines que le nouveau duc avait pris possession des lieux. Dewey n'aurait jamais pu rencontrer Tildie avant cela.

L'idée que n'importe quel gentleman puisse jouer avec les sentiments de Tildie lui déplaisait, mais, en plus, celui-là souriait trop. Il exhibait toujours ses dents d'une blancheur aveuglante, tel un loup féroce. Même si c'était l'homme qui avait plongé dans la Tamise pour la sauver, il y avait chez lui quelque chose qui la mettait mal à l'aise. Il était exactement le type d'hommes qui aurait pu la charmer et la séduire quand elle avait dix-huit ans, mais elle n'était plus la même désormais. Concernant les hommes, elle savait faire preuve de prudence et de discernement.

— Eh bien, bien le bonjour, Votre Grâce ! Bien le bonjour !

Il portait une veste verte légèrement froissée, sans doute par les mains de Tildie. Ses yeux marron lui rappelaient légèrement ceux du nouveau duc. Ils étaient un peu plus petits et enfoncés, mais d'une couleur similaire. Ils étaient loin de lui faire le même effet, cependant : rien dans le regard de Dewey qui soit susceptible de l'aspirer et de la fasciner.

— Euh... Bonjour, sir, répondit-elle avec raideur, tout en cherchant du regard Tildie qui, présentement, semblait surtout intéressée par la forme de ses chaussures.

Il s'avança et s'inclina fort gracieusement au-dessus de sa main.

— C'est un plaisir de faire officiellement votre connaissance. Je suis Dewey Pugh, le cousin de votre Dedham.

Elle tressaillit en entendant cela. Le nouveau duc... Rhain... n'était pas à elle, de quelque manière que ce soit.

Il poursuivit :

— Comme le monde est petit, n'est-ce pas ? Vous croiser de nouveau après notre première rencontre aux abords de Vauxhall. Et ensuite découvrir vos liens avec Rhain. Vous êtes presque parents, tous les deux !

Il se pencha légèrement en avant.

— Dois-je également vous appeler cousine ?

Elle rougit, et se dit qu'il était assez généreux de sa part de ne pas avoir rappelé les détails honteux de leur première rencontre. Pourtant, ils n'étaient pas parents. Pas plus que Rhain et elle ne l'étaient.

— Si vous le souhaitez...

Sans doute aurait-il été impoli de sa part de s'y opposer.

Pourtant, tout la repoussait chez cet homme. Ses manières

charmeuses. Et surtout le fait qu'elle l'ait surpris dans une situation compromettante avec sa femme de chambre. Un effronté de la pire espèce.

Il saisit sa main et déposa un baiser fervent sur ses doigts nus avec une familiarité déplacée. Elle adressa un nouveau regard interrogateur à Tildie.

La jeune femme était écarlate, mais elle ne dit pas un mot.

Valencia s'éclaircit la gorge.

— Et vous connaissez Tildie, à ce que je vois.

Vous faites bien plus que la connaître. Cet homme répugnant prenait ses libertés avec sa femme de chambre. C'était inacceptable.

Même si Valencia avait été bafouée, contrôlée et blessée par les hommes tout au long de sa vie, elle savait que la situation était pire pour les femmes ne possédant pas le privilège de la richesse ou du titre. Une femme comme Tildie, sans père ni frère pour la protéger, sans argent, était particulièrement vulnérable. Elle se sentait responsable de Tildie, et éprouvait le besoin de s'assurer que personne ne profitait d'elle, surtout pas les gentlemen flamboyants aux belles manières.

— Ah, oui.

Il se tourna vers la femme avec laquelle il venait de passer un moment dans la salle de billard.

— La jolie Tildie.

Bien jolie, en effet.

— Et je vous en prie, insista-t-il, en se tournant de nouveau vers Valencia, vous devez vous aussi m'appeler « cousin ».

Vraiment ? Était-elle obligée ? Valencia acquiesça, tout en sachant qu'elle ne ferait jamais une chose pareille. Pas même sous la torture.

— Dewey, appela une voix forte.

Ils se tournèrent tous les trois alors qu'arrivait le nouveau duc. Il traversait le vestibule à grands pas, afin de venir les rejoindre.

— Tu es en avance. Je ne t'attendais pas avant cet après-midi.

Même si le duc s'adressait à son cousin, il fixait Valencia avec une intensité qui était en train de devenir beaucoup trop familière.

— Je suis en avance, acquiesça Dewey Pugh. Je me suis réveillé affamé, vraiment affamé. C'est alors que je me suis dit que tu devais avoir droit tous les matins à un petit déjeuner pantagruélique, maintenant que tu es duc. Et puis il y a tellement de monde chez toi, qu'un convive de plus ou un de moins...

Sans doute pensait-il aussi pouvoir se servir parmi les domestiques de la maison entre ses œufs et ses toasts ? Valencia lui adressa un regard dédaigneux.

Le silence s'installa, et Valencia comprit que le duc n'allait pas accéder à la demande peu subtile de son cousin.

— Mr Pugh, commença-t-elle.

— Ah, ah, répondit-il en levant un doigt. N'oubliez pas, vous devez m'appeler « cousin ».

Ah... Non.

Légèrement crispée, elle poursuivit :

— Souhaiteriez-vous prendre votre petit déjeuner ici ? Le buffet est dressé dans la salle à manger.

— Cousin ? répéta le duc d'un air perplexe. Pourquoi devrait-elle t'appeler cousin ?

— J'ai encouragé la duchesse douairière à m'appeler ainsi, dit-il, comme si cela tombait sous le sens. Comme nous sommes presque de la même famille à présent, il m'a semblé...

— Nous ne sommes pas tous de la même famille ici, l'interrompit le duc sur un ton exaspéré.

Il désigna Valencia.

— En fait, nous ne sommes en aucune façon apparentés à la duchesse douairière.

Elle lui rendit son regard. Elle était d'accord avec lui, mais l'idée qu'ils puissent être parents semblait lui déplaire au plus haut point. Sa réaction était légèrement insultante. Il avait déjà un nombre incalculable de sœurs, elle voyait mal en quoi une femme de plus ou de moins dans son arbre généalogique pouvait l'incommoder.

— Eh bien, non, je ne suis pas d'accord. Elle est l'épouse du précédent duc, dit Dewey Pugh en adressant un regard empli de commisération à Valencia. Paix à son âme.

Puis il regarda de nouveau son cousin.

— Tu es le nouveau duc. Et je suis ton cousin. Cela nous lie, d'une certaine façon.

— Cela nous lie, certes, reconnut le duc en adressant à Valencia un regard pénétrant. Mais est-ce que cela fait de nous des parents ? Non.

Valencia décida que le moment était venu de mettre un terme à cette conversation.

— Mr Pugh, puis-je vous accompagner jusqu'à la salle à manger ?

Elle n'avait aucune envie de passer plus de temps en sa compagnie, mais elle ne confierait pas cette tâche à Tildie. Il en profiterait peut-être pour compromettre cette demoiselle décidément un peu trop fleur bleue. Ce serait aussi pour elle l'occasion de le mettre en garde. Qu'il ne s'approche plus de Tildie ! Elle n'allait pas fermer les yeux devant sa conduite inacceptable. S'il était sérieusement et honorablement intéressé par Tildie, il pouvait lui faire la cour en bonne et due forme. Mais il devait cesser de faire ce qu'il voulait d'elle derrière des portes closes et dans des recoins sombres. Elle le lui ferait savoir sans mâcher ses mots.

Valencia et Dewey Pugh s'apprêtaient à se diriger ensemble vers la salle à manger quand une petite boule de poils surgit dans le couloir.

— Qu'est-ce que c'est que cela ? demanda le duc.

— Eh bien, c'est un chien, répondit Valencia avec détachement, comme si c'était la chose la plus évidente au monde. Enfin, un chiot, plutôt.

L'épagneul brun et blanc les rejoignit et se mit à tournoyer et à sauter de façon extatique autour de leurs jambes. Il était rapide comme l'éclair et tout son petit corps rebondi frétillait de joie.

— Je vois bien que c'est un chien, répondit le duc, les sourcils froncés. Que fait-il ici ?

Mr Pugh se pencha pour le caresser avec une exclamation ravie.

— Quel adorable chiot !

— Eh bien, répondit Valencia avant de marquer une pause. Il vit ici, à présent.

Le duc cligna des yeux, et regarda le chiot qui choisit ce moment précis pour se soulager sur le tapis.

Tildie poussa un cri muet et porta les mains devant sa bouche.

Mr Pugh se mit à ricaner.

Le duc jura.

— Pourquoi n'ai-je pas été consulté à ce sujet ? demanda-t-il.

Le petit monstre décida alors de diriger son attention vers le duc. Peut-être le chiot détecta-t-il son mécontentement, perceptible à sa voix. Il grogna et sauta sur l'une des jambes du duc, laissant une trace de patte mouillée sur son pantalon, et se mit à pousser des petits jappements agressifs.

Valencia ferma les yeux, consternée. Ce n'était pas ainsi qu'elle avait imaginé la première rencontre entre ces deux êtres.

Le duc lui adressa un regard courroucé et accusateur.

— Qu'est-ce qui vous a fait penser qu'introduire un chiot dans cette maison, au milieu du chaos créé par mes sœurs, était une bonne idée ? N'avez-vous pas déjà suffisamment à faire avec ces six tornades ?

Elle frémit en entendant son ton. Il lui déplaisait fortement d'être prise à partie, en particulier devant le cousin du duc et sa femme de chambre. Elle rougit violemment.

— Tildie, dit-elle d'une voix tendue, accompagnez, je vous prie, Mr Pugh jusqu'à la salle à manger.

Elle adressa un regard sévère à Dewey Pugh. Elle avait tout à fait conscience de jeter la jeune femme en pâture aux loups. Ou à un certain loup, plus précisément.

— Je compte sur vous pour que vous arriviez à destination sans faire le moindre détour, Mr Pugh.

Il perdit son sourire.

— Cela ne devrait pas nécessiter plus de deux minutes, insista-t-elle, sans chercher à masquer sa contrariété. Si vous traînez en chemin, je le saurai.

Il devait absolument savoir qu'elle n'approuvait pas qu'il s'amuse avec la jeune femme. En guise de mise en garde, elle adressa également un regard menaçant à Tildie.

La jeune femme baissa la tête pour signifier qu'elle avait bien compris.

— Bien entendu, Votre Grâce. Et je vais envoyer quelqu'un pour nettoyer le tapis.

— Merci, Tildie.

Ils s'éloignèrent. Valencia attendit qu'ils aient disparu, puis se pencha en avant pour prendre le chiot dans ses bras. Elle le caressa entre les oreilles, là où son poil était le plus doux.

— Ne craignez rien. Je m'occupe de vos sœurs comme convenu, Votre Grâce.

Elle souleva le chien un peu plus haut, comme pour le mettre bien en vue.

— C'est exactement ce que je suis en train de faire avec ce petit amour.

— Petit amour ?

Il jeta un coup d'œil consterné à la flaque laissée par l'animal sur l'épais et précieux tapis.

— Je ne vois pas à quoi cela peut servir d'ajouter un chiot indiscipliné à nos vies…

Il se tut lorsqu'apparut Isolde, tout essoufflée. Valencia choisit délibérément d'ignorer son emploi de l'adjectif possessif « nos ». Il ne l'avait sans doute pas fait exprès, et elle ne voulait surtout pas se laisser émouvoir par quelque chose qui n'était pas intentionnel de sa part.

— Ah, le voici !

Isolde se précipita vers le chien frétillant, qu'elle arracha des bras de Valencia. Elle l'étreignit et déposa un baiser au bout de son museau.

— Je l'ai cherché partout. Il s'était enfui, le fripon.

— Isolde, dit Rhain pour la saluer.

Mais la jeune fille ignora son frère pour se concentrer sur l'animal.

— Viens, Caesar, c'est l'heure de ta promenade. Tu vas peut-être te faire plein de nouveaux amis chiens, dehors.

Puis elle attrapa la patte de l'animal et la fit bouger comme s'il disait au revoir à Valencia et au duc.

Ils la regardèrent disparaître avec son nouvel animal de compagnie.

Au bout d'un moment, Valencia demanda :

— Avez-vous remarqué un changement chez votre sœur, Votre Grâce ?

Il inclina la tête d'un air pensif avant que son regard ne s'illumine.

— Elle n'avait pas Poppet avec elle !

Tel était donc le plan de Valencia quand elle avait demandé à Jenny si son père pouvait amener la portée de sa chienne.

— Exactement.

Elle marqua volontairement une courte pause pour ménager ses effets, avant de poursuivre :

— Caesar était l'un des plus mignons de la portée, et votre sœur n'a plus du tout pensé à Poppet dès l'instant où ses yeux se sont posés sur lui. Comme je vous l'ai dit, je respecte notre accord.

Toujours fâchée contre lui et satisfaite d'avoir eu le dernier mot, elle tourna les talons pour s'en aller. Il l'en empêcha en posant la main sur son bras.

— Qu'avez-vous voulu dire quand vous avez demandé à Dewey de ne pas faire de détour ?

— Ah. Oui. Eh bien, j'ai surpris votre cousin seul avec ma femme de chambre dans la salle de billard.

— Je vois. Et j'imagine qu'ils ne jouaient pas au billard.

Elle grimaça.

— Non, en effet. Votre cousin est un coureur de jupons, je le crains.

Il recula légèrement le buste et lâcha son bras.

— Vraiment ? Je vais lui parler, je vous le promets. Cela ne se reproduira plus. Je suis certain qu'il ne...

— Êtes-vous à ce point sûr de lui ? Seriez-vous prêt à vous porter garant de lui ?

Il affichait une expression sereine et déterminée.

— Il ne s'approchera plus d'elle. Vous avez ma parole. On peut lui faire confiance.

— Ah ? fit-elle en levant un sourcil sceptique. Vraiment ? La vie m'a enseigné qu'il existait peu d'hommes à qui l'on pouvait faire confiance, surtout quand il était question de la façon dont ils traitaient les femmes de leur entourage.

— Je vous affirme que Dewey est un homme de confiance. C'est d'ailleurs pour cette raison que je lui ai demandé de s'occuper de mes affaires une fois que je serai parti.

— Parti ? demanda-t-elle, perplexe.

— Oui. Une fois que je serai rentré au pays de Galles.

Elle secoua la tête, car elle comprenait de moins en moins.

— Rentrer au pays de Galles ? Mais vous êtes le duc de Dedham.

— Dewey exerce le métier de comptable. Il est très compétent. Et intelligent. Il fait partie de ma famille, et je peux lui faire confiance. Il est capable d'intervenir sur tous les sujets, ici, à ma place.

— Je ne comprends pas.

La présence du duc ici était nécessaire. Un duché n'était pas quelque chose que l'on confiait aux bons soins de quelqu'un d'autre, qu'il soit un parent ou non. Valencia savait que les liens du sang n'étaient pas forcément synonymes de loyauté et d'obéissance. Il lui suffisait de penser à son père pour s'en convaincre.

— Le duc, ce n'est pas lui, c'est vous, expliqua-t-elle.

— Je n'ai pas demandé à l'être.

— Et pourtant vous l'êtes. Tout ceci – et elle fit un geste circulaire de la main – est sous votre responsabilité.

Il prit une longue inspiration.

— Ce n'est qu'une maison.

— Et les domestiques, alors ? insista-t-elle. Et tous les gens qui travaillent pour vous ? Vos fermiers à la campagne ? Vous allez les confier à quelqu'un d'autre ? Ce sont des personnes, des vies. Vous allez les laisser entre les mains d'un autre ?

Il la fixa un long moment. Elle espérait avoir réussi à le convaincre. Elle commençait à y croire, même. Puis il secoua la tête, une seule fois, dans un mouvement sec et définitif. Ses traits étaient durs comme de la pierre, et il n'y avait plus rien chez lui de l'homme bon et généreux pour lequel elle avait cru pouvoir le prendre.

— Vous n'avez pas à vous occuper de quoi que ce soit d'autre que notre accord. Le reste ne vous concerne pas.

Ses mots lui firent l'effet d'une gifle en plein visage.

Refusant de se laisser intimider, elle insista :

— Et vos sœurs, alors ?

Ses sœurs la concernaient bel et bien. C'était même lui qui en avait voulu ainsi. Il avait amené ses sœurs ici afin qu'elles trouvent un mari, qu'elles fassent leur entrée dans la bonne société londonienne, et il l'avait chargée de les y aider. Allait-il les abandonner ici, en même temps que son duché ?

— Ce ne sont plus des enfants. Si elles souhaitent rester ici et épouser des Anglais, alors soit. Ce sera à elles de choisir.

Valencia accueillit cette remarque avec surprise. Elle n'était pas habituée à ce que l'on accorde facilement leur autonomie aux femmes, surtout lorsqu'elles étaient si jeunes. C'était très avant-gardiste de sa part. Pourtant, elle était toujours consternée par son rejet du duché et de ses obligations les plus fondamentales. Il pensait pouvoir transférer ses responsabilités à un subalterne... à quelqu'un d'aussi contestable que Pugh ?

Elle secoua la tête, sous le coup de l'agacement et de la déception. Elle ne devrait pourtant pas attendre quoi que ce soit de lui.

Malgré tout...

— Et c'est tout ? demanda-t-elle en le regardant dans les yeux. Vous allez les laisser ici et vous en aller, comme cela ?

— J'ai une vie qui m'attend ailleurs. Des responsabilités. Je ne sais pas ce que vous voulez de moi.

Je veux que vous disiez que vous allez rester.

Les mots enflèrent dans sa poitrine, envahirent sa bouche, poussèrent derrière ses dents, pressés de sortir. Des mots stupides et ridicules. Elle s'efforça de les ravaler et hocha la tête.

— Rien. Je ne veux rien de vous, Votre Grâce.

Quelque chose vacilla dans ses yeux. Une émotion fugitive. Impossible à déchiffrer. Vite disparue et remplacée par cet impénétrable marron.

Il recula d'un pas, lui adressa un bref signe de tête et tourna les talons sans rien ajouter. Il disparut, la laissant avec sa colère et sa déception. Elle aurait tant voulu ne ressentir ni l'une ni l'autre. Elle aurait tant voulu trouver un moyen, trouver quelque chose, ou *quelqu'un,* pour ne plus ressentir ni l'une ni l'autre. Pour ressentir tout autre chose, même si ce n'était que pour une soirée.

Elle se souvint alors qu'avant l'arrivée du nouveau duc, elle était sur le point de conquérir d'arrache-pied son indépendance, de profiter des plaisirs de la vie, de découvrir l'aventure... de jouer avec ce que pouvait lui offrir son milieu comme seule une jeune veuve pouvait se le permettre.

Il était peut-être temps qu'elle reprenne là où elle s'était arrêtée.

14

« La pire chose que l'on puisse souhaiter, c'est se faire remarquer dans le grand monde. La meilleure chose que l'on puisse souhaiter ? Se faire remarquer dans le grand monde. »

VALENCIA, DUCHESSE DOUAIRIÈRE DE DEDHAM

La loge d'opéra du duc de Dedham offrait des conditions idéales. Valencia, familière des lieux, le savait bien. Ses occupants pouvaient parfaitement voir et être vus par le public aussi bien que par les occupants des loges voisines. Oh ! et la scène était pleinement visible aussi, mais ce n'était pas cela l'important, bien entendu.

Même si le programme de la soirée augurait d'un moment agréable, personne ne venait à l'opéra pour la musique. Il aurait été très naïf de le croire. Les gens venaient pour observer et être observés. Le spectacle le plus attendu n'avait pas lieu sur scène mais tout autour. C'était le théâtre de la vraie vie, celui qui se déroulait… partout ailleurs que sur scène.

— Comme tout cela est excitant, dit Isolde en regardant à travers ses jumelles, qui pointaient beaucoup plus sur le public que sur la scène ou l'orchestre en train de faire ses gammes dans la fosse.

Bien entendu.

— Tout le monde est si beau, murmura Elin nerveusement.

Elle était un peu pâle et semblait avoir du mal à déglutir. Valencia posa sa main gantée sur la sienne.

— Mais vous aussi, très chère. Vous êtes très belle. Vous l'êtes toutes.

Elle balaya du regard leur petit groupe – composé de pas moins de neuf personnes – et se sentit plutôt fière d'elle. Elle avait accompli des prouesses en très peu de temps.

Il n'y avait pas de doute sur ce point. La famille Lloyd avait fière allure, et elle était en pleine lumière ce soir-là.

Et les femmes de la famille n'étaient pas les seules à briller.

Valencia dirigea son regard vers le seul homme de la famille, impressionnant et athlétique, assis bien droit sur son siège, ce qui mettait en valeur sa carrure. Lui aussi attirait l'attention.

Son attention à elle, par exemple. Son regard ne s'éloignait jamais beaucoup de lui, mais elle n'était pas la seule femme à le regarder. Loin de là. Le duc était d'une beauté stupéfiante. Et cela n'était pas lié à son habit de soirée, ni à son titre de duc. Même homme ordinaire, vêtu d'une tenue ordinaire, il aurait été d'une beauté stupéfiante.

Valencia s'obligea à détourner les yeux et balaya du regard le reste de la salle. Au passage, elle remarqua les débutantes assises dans les loges voisines qui tendaient le cou pour l'apercevoir dans sa loge, et les mères dévouées à leur progéniture qui, plongées en pleine conversation, échangeaient regards entendus et hochements de têtes approbateurs. Valencia savait de quoi elles parlaient. Elles parlaient de lui. Et de ses sœurs.

Valencia savait qu'elle-même n'intéressait personne. Elle n'était qu'une douairière parmi toutes celles que comptait la haute société. Une parmi tant d'autres. Elles étaient beaucoup trop nombreuses dans son cas. Des douairières sans rien à offrir. Valencia n'avait plus la dot de ses dix-neuf ans. Elle n'était plus une vierge effarouchée. Elle ne pouvait même pas attirer un homme en lui promettant d'assurer sa descendance. Tout le monde savait qu'elle n'avait pas su donner d'enfant à Dedham. Aux yeux de tous, elle était l'égale de toutes ces veuves aux cheveux gris qui peuplaient les salons du grand monde.

Et peut-être était-elle leur égale, sans les cheveux gris. Cela n'avait plus d'importance. En tout cas pour elle. Elle avait cessé d'aspirer à devenir mère. Elle n'avait jamais eu l'intention de se remarier. Elle avait renoncé à ses rêves de jeunesse.

Elle aspirait à autre chose désormais.

Le duc et ses sœurs, nouvellement enrichis par cet héritage, représentaient une manne. Dans les regards qui les scrutaient, Valencia voyait les attentes, les calculs, la cupidité, les espoirs matrimoniaux. Toutes ces personnes rêvaient d'être les heureux récipiendaires de cette richesse tombée du ciel.

Le duc de Dedham venait d'arriver à Londres et toutes et tous étaient prêts à se jeter sur lui pour le dévorer. Avec la prestance, le charisme et la force physique qui étaient les siennes, il était difficile de l'imaginer comme une proie, cependant. Sûr de lui et décontracté, le bras reposant négligemment sur l'accoudoir de son siège, il évoquait davantage le loup que l'agneau.

Vêtu de sombre de la tête aux pieds, il arborait une cravate rouge cramoisi impeccablement nouée. Il était franchement superbe – un vrai régal pour les yeux – et dans les esprits des pères et des mères présents ce soir devaient s'échafauder toutes sortes de plans conduisant inexorablement au mariage.

Valencia le sut tout de suite. Ils seraient vite noyés sous les invitations, ce qui, bien entendu, était l'objectif de cette soirée-test.

En même temps qu'un sourire crispé, Elin lui adressa un regard reconnaissant.

— Merci.

Valencia n'avait pas exagéré son compliment. Elles étaient vraiment jolies. Toutes les six. Toutes les *sept*. Même Mrs Lloyd, telle une étincelante topaze, était resplendissante dans sa robe de mousseline couleur ambre. Cela ne surprendrait pas Valencia si elle attirait un prétendant elle aussi, car c'était une belle femme, en plus d'être la mère d'un duc. Ce qui était loin d'être négligeable.

Elle ressentit une grande fierté en contemplant ses jeunes protégées. Tous ses efforts avaient porté leurs fruits. Aucune loge ne pouvait se vanter de contenir six aussi jolies jeunes filles. Leurs robes, leurs coiffures élégantes, les bijoux qui ornaient leurs cous, oreilles, poignets et doigts : tout cela avait été orchestré avec brio.

Elles offraient un tableau remarquable, et Valencia était certaine que toutes les mères et tous les gentlemen en quête d'épouse s'étaient déjà renseignés sur leur identité. Le lendemain, à leur réveil, elles trouveraient une copieuse pile d'invitations. Tout le monde était occupé à s'installer, mais cela ne fit pas taire les murmures ni ne détourna les regards, tous dirigés vers la loge du duc de Dedham.

Valencia continua, toujours sincère :

— Et je ne suis pas la seule à admirer votre beauté.

Les sœurs gloussèrent. Elles avaient l'air surprises et timides, ce que Valencia n'aurait jamais cru possible après cette première rencontre où elles lui avaient toutes semblé être des viragos ambitieuses, conquérantes et prêtes à tout.

Mrs Lloyd ouvrit son éventail en jade et l'agita devant son visage avec une expression de satisfaction et de fierté extrêmes.

Le duc, assis à côté d'elle, leva les yeux au ciel.

Valencia se pencha vers lui.

— Je pensais que le succès de vos sœurs vous ferait plaisir. N'était-ce pas le but recherché ?

C'était le but ultime de leur accord, et c'était pour l'obtenir qu'elle s'était donné tant de mal.

Au bout d'un moment, il répondit :

— Si c'est ce qu'elles veulent, alors, oui, cela me fait plaisir.

Elle réfléchit quelques secondes avant de répondre :

— C'est ce qui compte pour vous ? Qu'elles le veuillent ?

— Tout à fait, acquiesça-t-il. Je ne vous cache pas que j'aurais préféré qu'elles restent au pays de Galles avec nos autres sœurs. Mais si tel est leur choix…

Le pays de Galles. L'endroit où il retournerait quand il saurait ses sœurs fiancées à des bons partis et qu'il n'hésiterait pas à confier le duché aux mains d'un tiers.

L'idée causait à Valencia un déplaisir qu'elle n'aurait pas dû ressentir. Ce que le duc faisait – ou ne faisait pas – de son duché n'était pas censé la concerner. Non plus que l'endroit où il choisissait de résider. Et, surtout, cela n'aurait pas dû l'affecter. Quand le duc s'en irait, elle aurait le bonheur de pouvoir s'installer dans sa nouvelle maison londonienne, avec une allocation qui lui permettrait de vivre confortablement. Quelle importance si le duc était ailleurs ? S'il était quelque part où elle n'était pas.

— *Si tel est leur choix.* Fort bien… Néanmoins, cela ne vous empêchera pas de continuer à grommeler et à lever les yeux au ciel pendant toute la durée de votre séjour londonien. Vous vous comportez comme un vrai père pour elles, lança-t-elle, sur le ton de la plaisanterie.

Elle ne connaissait cependant aucun père se comportant de la sorte vis-à-vis de ses filles.

Son père à elle n'avait jamais été aussi indulgent. La plupart des pères de l'aristocratie ne l'étaient pas. Pas plus qu'ils ne laissaient le moindre choix à leurs filles.

Le père de Valencia avait été largement absent durant sa jeunesse, trop occupé à poursuivre de ses assiduités toutes les femmes qui n'étaient pas sa mère. À partir du moment où elle avait fait son entrée dans le grand monde, il n'avait daigné lui accorder un peu d'attention que lorsque Dedham lui avait demandé sa main.

— Je ne suis pas leur père, répondit-il.

— Vous vous comportez en vrai père pour elles, cependant.

— Évidemment. Je suis leur frère, déclara-t-il, comme s'il s'agissait d'une évidence.

De nouveau, si elle comprenait plus ou moins ce qu'il voulait dire, cela n'évoquait rien de concret ni de précis chez elle. Les pères ou les frères protecteurs n'étaient pas une notion qui lui était familière. Elle en avait très peu fréquenté dans son entourage proche.

— Valencia ! Je ne pensais pas te voir là ce soir !

Valencia se leva pour accueillir cette visiteuse.

— Delia ! la salua-t-elle avec chaleur.

Elle étreignit sa jeune amie, resplendissante dans une robe d'un bleu chatoyant. Elle ressemblait énormément à sa mère, ce qui n'était pas peu dire.

Tru était admirée de tous, et pas seulement pour sa beauté. Elle était l'une des figures importantes du grand monde, et était très influente en termes de mode, d'habitudes, de tendances.

Valencia se retourna.

— Ta mère est-elle là ?

— Non, elle et Jasper avaient autre chose de prévu ce soir.

Ce n'était une surprise pour personne que la comtesse douairière de Chatham soit déjà fiancée à un autre un an à peine après le décès de son époux. Comme Valencia, elle avait été mariée à un homme foncièrement mauvais, qui l'avait beaucoup fait souffrir, mais contrairement à Valencia, elle avait choisi de renoncer à son indépendance nouvellement acquise pour se lancer dans l'aventure d'un second mariage. Même si son futur époux semblait être l'exact opposé de Chatham, Valencia avait du mal à comprendre qu'elle puisse prendre un tel risque.

Tru et Delia avaient les mêmes attitudes, les mêmes manières. La main gantée de Delia replaça une boucle qui s'était égarée sur son front d'un geste qui rappelait terriblement sa mère. La ressemblance entre les deux était troublante. Delia était une promesse pour les hommes à la recherche d'une épouse, et elle l'aurait été même sans titre et sans relations. Sa beauté ne se fanerait pas. Il n'y avait qu'à voir sa mère pour en avoir la certitude.

Delia avait fait ses débuts en société l'année précédente, durant laquelle elle avait gagné le titre de « Belle de la Saison ». Sans le décès soudain de son père, elle serait déjà mariée, après avoir eu le choix entre de nombreux prétendants. Après avoir respecté une période de deuil d'une année, elle était de retour dans le grand monde, et plus que jamais en lice pour trouver un époux.

Le duc s'était fort galamment levé. Sans avoir besoin de le regarder, Valencia sentait sa présence à ses côtés.

Elle présenta sans tarder Delia à toutes les personnes présentes dans la loge, d'abord à Mrs Lloyd et à ses filles, qui regardèrent toutes Lad Delia avec un émerveillement sincère, puis au duc.

— Oh ! fit Delia en écarquillant légèrement les yeux, pendant qu'elle le regardait de haut en bas. Votre Grâce.

Elle exécuta une profonde révérence.

— J'avais entendu dire que vous étiez arrivé à Londres. Je suis enchantée de faire votre connaissance.

Il prit sa main gantée et s'inclina avec une courtoisie et une déférence que Valencia ne lui avait encore jamais vues.

— *Milady.*

Un rose des plus charmants colora les joues de Delia.

— Bienvenue à Londres, Votre Grâce. J'espère que votre nouvelle ville, et votre nouvelle maison, vous plaisent. Vous êtes désormais chez vous ici.

Chez lui ?

Il s'était montré très clair sur ce point. Il ne considérait pas que Londres était « chez lui », et s'il s'y trouvait, c'était bien malgré lui. Valencia l'observa attentivement, s'attendant à le voir se tendre ou grimacer, mais son visage resta impassible et, avec politesse, il répondit :

— Oui, je m'y plais beaucoup. Je vous remercie, *milady.*

Valencia eut du mal à ne pas réagir. Une petite exclamation moqueuse lui échappa et il regarda dans sa direction. Elle leva un sourcil narquois devant lui.

Était-il tombé sous le charme de Lady Delia au point de feindre l'enthousiasme pour cette ville qu'il n'appréciait pourtant guère, dans le seul but de lui plaire ? Une vive jalousie s'empara de

Valencia. Il n'avait jamais cherché à lui plaire à elle. Et lors de leur première rencontre, il ne s'était montré ni galant ni agréable, loin de là. Il ne lui avait pas parlé gentiment ni ne l'avait regardée comme il regardait Delia en ce moment même. Un ours mal léché : c'était ainsi qu'il lui était apparu, ce soir-là, sur la Tamise.

Delia poursuivit, en désignant Valencia :

— Vous ne trouverez pas de meilleure hôtesse que Valencia pour vous faire découvrir les merveilles londoniennes. Et *La Donna del lago* est un opéra magnifique. Je l'ai déjà vu deux fois. Vous pourrez y admirer Miss Fatima Chaves, qui est l'une de nos amies très chères. Elle possède une voix sublime.

Le sourire qu'il affichait était la tentation incarnée, et le cœur de Valencia, ce traître, s'emballa.

— J'ai hâte de l'entendre chanter.

Ce sourire n'est pas pour moi.

Delia continua :

— Vos sœurs et vous-même voudrez peut-être faire sa connaissance après la représentation ? Je pourrai vous la présenter, si vous le souhaitez.

— Oh ! oui ! s'exclama Isolde en frappant dans ses mains avec excitation, pendant que ses sœurs hochaient la tête avec enthousiasme.

— C'est très gentil de votre part, *milady.*

— Je vous en prie, cela me fait plaisir, répondit Delia qui regardait le duc d'un air conquis.

Valencia l'observa avec irritation. C'étaient de l'admiration et de l'émerveillement qu'elle voyait dans le regard de sa jeune amie, à n'en pas douter. Elle prit une grande inspiration. Delia n'avait pas encore vingt ans, mais de nombreuses jeunes filles de son âge épousaient des hommes bien plus vieux que le duc. Elle le savait très bien. Elle n'avait qu'à regarder son père.

Ce n'était pas que le duc soit vieux ou impotent, lui. Il devait avoir à peu près le même âge que Valencia. Il semblait être dans la fleur de l'âge. Et il respirait la santé, autant que la virilité.

Tout à coup, une vérité s'imposa à elle. Les sœurs du duc n'étaient peut-être pas les seules personnes de la famille susceptibles de se marier prochainement. Ce n'était pas parce qu'il n'avait pas l'intention de rester à Londres que le duc ne pouvait pas épouser quelqu'un qu'il rencontrerait ici et avec qui il repartirait chez lui, au pays de Galles. Et ce n'était pas non plus parce que son titre de duc ne l'enthousiasmait pas plus que cela qu'il était opposé à l'idée d'épouser une jeune aristocrate comme Delia. Les jeunes ladies prêtes à le suivre jusqu'au bout du monde ne manqueraient sans doute pas. Delia était une jeune femme d'un tempérament accommodant. Elle serait sans doute prête à relever le défi.

Valencia, en proie à des sentiments aussi laids que désagréables, esquissa un mouvement nerveux, puis enfouit ses poings serrés parmi les plis de sa jupe en soie.

Dans la fosse, les musiciens semblaient prêts. La représentation allait bientôt commencer.

— Oh ! je ferais mieux de retourner à ma place. Je suis en compagnie des Richardson.

Delia désigna une loge où était assis un jeune gentleman. Il était penché en avant et semblait suivre tous les mouvements de la jeune femme avec angoisse. Il jeta un regard inquiet dans la direction du duc, qu'il considérait sans doute déjà comme un rival. Un peu plus tôt, Valencia aurait pensé que ses craintes étaient infondées. À présent, elle comprenait très bien ce qu'il pouvait ressentir.

— J'ai été ravie de te voir, très chère, dit Valencia en embrassant Delia.

— Pareillement. Prenons donc le thé ensemble, un jour prochain.

Delia adressa au duc un dernier regard, éminemment charmeur. Au cas où il aurait eu envie de lui faire la cour, le duc ne pouvait se méprendre sur l'intérêt qu'il lui inspirait.

Valencia inspira et expira profondément. Il fallait qu'elle s'habitue à ce genre de scènes et qu'elle prenne sur elle afin que cela ne l'affecte pas. Delia ne serait pas la seule jolie femme à jeter son dévolu sur le duc au cours de la Saison.

Après avoir salué tout le monde et après avoir renouvelé sa promesse de présenter Fatima à la famille Lloyd après la représentation, Delia prit congé.

Valencia se rassit, et regarda droit devant elle jusqu'à ce que l'obscurité se fasse. Elle se risqua alors à jeter un coup d'œil sur sa droite, vers le duc.

Avec neuf spectateurs, la loge était pleine à craquer, et les épaules de Valencia touchaient presque celles du duc. Elle pensait être discrète, mais lorsqu'elle tourna légèrement la tête, elle se rendit compte qu'il la fixait.

Presque comme s'il attendait qu'elle se tourne vers lui pour le regarder.

Ce qu'elle faisait, désormais.

Dans la pénombre de la loge, alors qu'ils étaient entourés de sa famille qui ne prêtait plus attention à eux, ils se regardèrent dans les yeux. Tandis que s'élevaient les premiers accords, alors que Mrs Lloyd et ses filles étaient captivées par l'entrée en scène de Miss Fatima Chaves, Valencia et le duc se regardaient et ne se quittaient plus des yeux.

C'était étrange d'être assis au milieu de tant de monde et de se sentir néanmoins seuls, comme dans une bulle où il n'y aurait eu de la place que pour eux deux.

Il bougea et elle sentit le contact de sa cuisse contre la sienne. Seuls les tissus de son pantalon et de sa robe les séparaient, et elle eut beaucoup de mal à ne pas avoir tout à coup très chaud.

Elle humecta ses lèvres.

— Delia est la fille de ma très chère amie, la comtesse douairière de Chatham, murmura-t-elle.

Valencia ne savait pas pourquoi elle s'était sentie obligée de parler. L'opéra avait commencé. Elle pouvait très bien ignorer le duc et suivre le spectacle.

Mais comment faire une chose pareille en étant captive de son regard ?

Il inclina légèrement la tête.

— C'est une jolie jeune fille. Sa mère doit être fière.

Valencia cligna des yeux. *Jolie jeune fille. Sa mère doit être fière.*

Quelqu'un qui aurait ressenti pour Delia un intérêt très réel et très charnel n'aurait pas parlé d'elle en ces termes. Les mots qu'il venait de prononcer étaient ceux d'un homme complimentant une jeune fille. Une jeune fille et non une épouse potentielle.

Il bougea de nouveau, se penchant si près d'elle que, dans l'espace exigu de la loge, elle se sentit tout à coup assaillie par son parfum, entêtant et ensorcelant. Sans parler de son imposante présence physique, de la pression de sa cuisse solide et brûlante contre la sienne... Tout ceci était aussi irrésistible qu'envoûtant.

Sa bouche s'assécha et elle dut fournir un effort pour déglutir. Sans réfléchir, elle murmura :

— Vous ne trouvez pas que Delia est une belle *femme* ?

Toute dérangeante que soit cette idée, peu d'hommes étaient rebutés par le jeune âge d'une belle demoiselle, à commencer par son propre père.

Il esquissa un sourire.

— Quand je la regarde, je ne vois qu'une enfant.

— Oh ! souffla-t-elle, alors que son cœur cognait dans sa poitrine.

Les yeux du duc brillaient dans la pénombre et il approcha sa tête de la sienne pour murmurer d'une voix rauque :

— Tout le contraire de vous.

Elle pinça les lèvres et tenta de plaisanter :

— Contrairement à moi, une douairière d'âge mûr.

— Contrairement à vous, une femme *mûre à point*, tel un beau fruit gorgé de soleil dans lequel on aurait irrésistiblement envie de mordre.

— Oh ! fit-elle de nouveau, mais d'une voix beaucoup plus étranglée.

— Oh ! répéta-t-il sans esquisser le moindre sourire.

Il était d'un sérieux presque grave, et ses yeux sombres et perçants étincelaient dans la pénombre de l'opéra.

Au bout d'un long moment, il détourna le regard pour se concentrer sur le spectacle. Cependant, il laissa sa cuisse contre la sienne et permit ainsi à Valencia de sentir sa chaleur pendant toute la représentation. Cela ajouta à sa distraction. Elle aurait été bien en peine, en effet, de décrire ou raconter ce qui se passait sur scène. Elle était trop occupée à penser à l'homme assis à côté d'elle.

15

« Dans un monde où les commérages sont monnaie courante, une amie discrète vaut son poids en rubis. »

LA TRÈS HONORABLE LADY ROSALIND SHAWLEY

Valencia envoya une missive à Rosa dès son retour de l'opéra, afin de lui demander si elle était disponible le lendemain soir.

S'il n'avait pas été déjà si tard, Valencia se serait aventurée dehors sans attendre, tant était forte la fièvre qui courait dans ses veines. Rester assise dans cette loge sombre avec Rhain collé contre elle avait fait naître en elle un feu vite devenu brasier, qui avait nourri sa détermination. Elle ne pouvait plus rester sans rien faire. De toute évidence, elle était prête pour l'aventure et le grand frisson. Pour cette escapade en eaux troubles, elle trouverait un partenaire plus adapté que celui qui occupait présentement la chambre contiguë à la sienne. Elle retint son souffle un bref instant lorsque ses yeux se posèrent d'eux-mêmes sur ladite porte.

Commode, peut-être, mais absolument interdit.

Finalement, elle aurait très bien pu sortir. Elle passa une nuit sans sommeil, à se tourner et se retourner dans son lit, à penser au duc – Rhain –, à passer la main sur la face externe de sa cuisse, là où elle avait senti sa chaleur toute la soirée et où elle continuait de la sentir, à se mordiller les lèvres en repensant à ses yeux sombres braqués sur son visage.

Rosa était la compagne idéale pour une nuit clandestine. En plus d'être une amie loyale, elle n'était pas mariée et était heureuse de sort, en plus de posséder un tempérament naturellement audacieux qui ne la faisait jamais reculer devant rien. Elle n'avait pas d'époux pour l'empêcher de faire ce qu'elle voulait, et, s'étant résigné à ne jamais la voir mariée, ses parents chez qui elle vivait encore ne surveillaient pas étroitement ses allées et venues.

Cela n'intéressait pas Tru et Maeve d'aller là où Valencia avait prévu de se rendre. La vie qu'elles menaient leur suffisait et les comblait, en particulier leur vie amoureuse, et elles n'éprouvaient ni l'envie ni le besoin de fréquenter des lieux dédiés aux plaisirs interdits. Cette simple idée scandaliserait Maeve. Le port du loup, de rigueur dans ce genre d'endroits afin de préserver l'anonymat de ceux qui les fréquentaient, n'y ferait rien. Même avec un masque, Maeve ne se sentirait pas à son aise dans ce temple du vice et de la licence.

Non, le Palace était un lieu réservé aux personnes libres de toutes attaches.

Il était réservé aux personnes qui se consumaient, à celles qui sentaient encore la présence de la cuisse d'un homme à travers leur robe des heures après que ce contact avait eu lieu.

L'escapade de Valencia à Vauxhall ne s'était pas déroulée comme elle l'avait rêvé, mais elle était persuadée que cette soirée en compagnie de Rosa se passerait mieux.

Le Palace était connu de tous, même si personne n'en parlait dans les cercles respectables. C'était un endroit où des personnes engagées dans une même quête de plaisirs pouvaient se livrer à la licence. L'on pouvait s'y divertir, jouer, manger, boire... et faire des rencontres. C'était un endroit où Valencia pourrait, si elle le souhaitait, laisser libre cours à toutes ses passions et à tous ses fantasmes, même les plus interdits.

Rosa était toujours prête à vivre de nouvelles expériences.

Valencia savait qu'elle pouvait compter sur elle pour l'accompagner. Avoir une liaison ne l'intéressait peut-être pas, mais elle était d'une curiosité sans limite et elle ne résisterait pas à l'envie de découvrir un endroit où les liaisons s'exposaient à la vue de tous. Elle ne participerait peut-être pas aux ébats, mais elle serait ravie d'y assister.

Et qui sait ? Une fois sur place, Rosa changerait peut-être d'avis et se laisserait emporter par le tourbillon des plaisirs. Peut-être tomberait-elle dans les bras d'un beau gentleman masqué. Peut-être oublierait-elle ses solides inhibitions. Ce n'était pas impossible.

Ce matin-là, les prétendants se présentèrent tôt, exactement comme Valencia l'avait prédit. Des dizaines de soupirants emplissaient le salon, fleurs et confiseries à la main, et s'escrimaient à attirer l'attention des sœurs du duc de Dedham. Il régnait une fébrilité certaine en même temps qu'une concurrence acharnée : tous ces hommes jeunes – et moins jeunes – semblaient prêts à tout pour se démarquer des autres.

L'heure du dîner approchant, les six jeunes filles étaient épuisées, et elles avaient mal aux joues d'avoir trop souri. Jamais elles n'avaient été tant courtisées. Tout le monde était d'accord pour dire qu'une soirée calme à la maison serait idéale.

Mrs Lloyd, assez éteinte, annonça qu'elle dînerait dans sa chambre.

— Quelle journée riche en événements ! Je n'ai qu'une envie : passer ma tenue de nuit et lire au lit, avait-elle déclaré.

Valencia ne manqua pas l'opportunité d'abonder dans son sens.

— Vous avez raison, acquiesça-t-elle. Je pense que je vais en faire de même. Demain nous attend une autre journée bien remplie, après tout.

Elle regarda tour à tour les six sœurs, qui opinèrent joyeusement.

Une fois dans sa chambre, Valencia commença à se préparer pour sa soirée. Tildie informa les cuisines que sa maîtresse dînerait dans sa chambre et demanda qu'un plateau lui soit préparé et monté.

Valencia commençait à se sentir très impatiente. Elle prit un bain d'eau de rose fumante, lava ses cheveux et frotta sa peau jusqu'à ce qu'elle étincelle comme un sou neuf… et parfumé.

Ce soir, elle allait renouer avec la vie.

Cela nourrirait son esprit et lui offrirait quelque chose qui n'appartiendrait qu'à elle. Cela lui permettrait aussi de cesser de désirer ce qu'elle ne pouvait obtenir. *Lui.*

Il était très injuste que le premier homme à lui faire tourner la tête en dix ans soit le remplaçant de son mari. Amère ironie du sort.

Elle avait fini son bain et sa dînette et elle était en train de fouiller dans son armoire quand Tildie lui apporta une missive de Rosa.

La femme de chambre l'observa d'un œil inquiet pendant qu'elle décachetait la lettre et la lisait. Bien entendu, Tildie était au courant de ses projets. Valencia n'avait aucun secret pour elle. Tout à coup, elle songea à Rhain et ne put s'empêcher de passer la main sur sa cuisse, où elle sentait toujours sa chaleur. Aucun secret, ou presque. Certaines choses méritaient d'être tues.

Valencia eut un sourire satisfait.

— Je peux passer la chercher à 21 h 30.

Tildie hocha vigoureusement la tête.

— Très bien. Je suis soulagée que vous ne vous aventuriez pas dans un endroit pareil seule.

Un endroit pareil. Comme si Valencia allait visiter l'antre du diable en personne.

— Et maintenant, passons aux choses sérieuses, continua la femme de chambre. Que pensez-vous de la robe améthyste avec ses bordures en cordelettes de velours ? Avec un loup assorti en velours, ce serait parfait, non ?

Ensemble, elles passèrent sa garde-robe en revue, car elles

avaient bien conscience que le choix de la robe était crucial et qu'il jouerait un grand rôle dans le bon déroulement de la soirée.

Ce serait une robe que Valencia ne pourrait plus porter à d'autres occasions. Elle ne voulait pas qu'on puisse la reconnaître dans le grand monde.

Elle avait vu sa couturière quelques mois plus tôt, afin de préparer cette soirée très particulière à laquelle elle tenait vraiment. Elle savait qu'elle aurait besoin de robes qu'elle ne pourrait porter qu'une seule fois.

Même si elle était veuve et que la haute société avait une certaine tolérance vis-à-vis de ces écarts de conduite, la prudence était de mise. Il fallait qu'elle reste discrète et respecte un minimum de bienséance. Pour cela, il fallait faire preuve de bon sens. Elle ne pouvait pas porter une robe osée, avec un loup ne couvrant que partiellement son visage, et la remettre à l'occasion d'une soirée plus « formelle » où elle apparaîtrait sous son identité habituelle de duchesse douairière. Cela ne serait pas très intelligent de sa part.

Tildie l'aida à enfiler la robe. Elle se tourna et se contorsionna devant le miroir, se scrutant sous tous les angles. Le rendu du corsage au décolleté très profond souligné par la bordure en velours était particulièrement spectaculaire. Elle n'était pas déçue.

— Je savais que ce serait un excellent choix ! s'exclama Tildie, tout sourire. Avec votre teint, cette couleur est magnifique.

— Merci.

Valencia acquiesça et alla s'asseoir à sa coiffeuse afin que Tildie puisse s'occuper de ses cheveux.

La maison était sombre et silencieuse quand elle quitta sa chambre. Elle se dépêcha de traverser le couloir. Personne ne la vit disparaître dans la nuit, et elle se demanda un instant si tout le monde s'était retiré dans sa chambre pour la soirée.

Elle passa prendre Rosa en chemin comme prévu. La voiture ralentit à peine devant la résidence des Shawley d'où son amie sortit en courant.

Un laquais l'aida à se hisser à bord.

— Tu es magnifique, déclara Rosa en s'installant sur la banquette.

— Tu es très belle toi aussi. Le rouge te va bien.

— Ma mère m'a trouvée scandaleuse, donc je sais que j'ai fait le bon choix de tenue.

— Oh ! mon Dieu, commenta Valencia en riant. Tu ne lui as pas dit où nous allions, tout de même ?

— Pour qu'elle succombe aussitôt à une attaque ? répondit Rosa. Certainement pas. Je ne suis pas stupide à ce point. Elle pense que je vais assister à une lecture de poésies.

Valencia rit de plus belle.

— Dans cette tenue ?

Rosa hocha la tête d'un air joyeux.

— Elle pense que j'ai perdu la tête.

— Oui, j'imagine.

Rosa bavarda avec excitation pendant tout le trajet, ce qui épargna à Valencia la tâche ardue de devoir faire la conversation dans son état. C'était mieux ainsi. Elle était si fébrile qu'elle ne pouvait garder ses mains immobiles. Elle passait son temps à les tordre sur ses genoux, à les placer sous ses cuisses, à les croiser sur sa poitrine. Elle était une véritable boule de nerfs.

— Nous y voilà ! annonça Rosa une fois que la calèche se fut arrêtée.

Après avoir frappé à la porte, elles purent entrer sans difficulté. Rosa avait fait le nécessaire depuis longtemps déjà, quand elles avaient parlé pour la première fois de passer une soirée au Palace. Elle s'était fait établir une carte de membre, pour se tenir prête au moment où elles auraient enfin le courage de tenter l'aventure. S'acquitter du droit d'entrée ne fut pas un problème. Les parents de Rosa étaient très riches – ils avaient entretenu leur bon à rien de gendre, le comte de Chatham, pendant des années – et ils lui donnaient plus qu'assez d'argent de poche. Elle en dépensait très peu, en général. Elle vivait plutôt sobrement et ne nourrissait pas de passion particulière pour les robes, les chapeaux ou les bijoux. Elle était très heureuse que cet argent puisse lui servir à devenir membre d'une maison de plaisirs.

Elles entrèrent en se tenant par le bras, prêtes à plonger ensemble dans ce monde de débauche.

16

« Les yeux du grand monde sont partout. Quiconque penserait le contraire commettrait une grave erreur. »

VALENCIA, DUCHESSE DOUAIRIÈRE DE DEDHAM

Une fois de plus, Rhain se retrouvait à la merci de Dewey.

Certes, c'était son choix, mais il avait compris depuis longtemps déjà que les loisirs de Dewey ne s'accordaient pas vraiment avec ses propres centres d'intérêt.

Et pourtant quand son cousin lui proposa de sortir quelque part, il s'empressa d'accepter et s'en remit à lui. Il aurait accepté n'importe quoi, à condition de pouvoir fuir loin de cette maison et des femmes qui la peuplaient. Enfin, d'une femme, surtout.

Depuis qu'il s'était installé à Londres, il avait vécu des journées éprouvantes, mais pas de la manière qu'il avait anticipée. Il s'était attendu à ce que la vie de duc soit une corvée. Une corvée très pénible. Il s'était attendu à ce qu'un duché représente un poids étouffant. Il s'était attendu à ce que l'intérêt que sa famille portait à la haute société londonienne soit exagéré et agaçant. Il s'était attendu à ce que la proximité avec sa mère et ses sœurs soit vite fatigante. Il s'était attendu à ce que faire accéder ses sœurs à cette vie dorée soit un défi.

Tout ceci s'était révélé vrai.

Il pensait que demander le concours de la duchesse douairière n'aiderait pas seulement ses sœurs mais l'aiderait lui, en lui épargnant bien des complications.

Il se trouvait que ce point n'était que partiellement vrai.

Ses sœurs recevaient peut-être tout le soutien et toute l'aide dont elles avaient besoin, mais lui n'était épargné en rien. C'était même tout le contraire.

Il souffrait mille tourments.

— Je ne pensais pas que tu te joindrais à moi, annonça Dewey alors qu'il s'installait confortablement sur la banquette de la calèche qui les emmenait vers une destination inconnue.

Rhain ne demanda pas où ils allaient, et cela lui était égal. Il avait simplement besoin de fuir cette maison. La journée avait été particulièrement éprouvante.

La douairière avait tenu sa promesse et avait pris en charge ses sœurs. C'était un processus complexe, avait-il découvert. Une stratégie dont il ne voulait connaître aucun détail. Et rien ne se déroulait aussi vite et aussi silencieusement qu'il ne l'aurait souhaité. La maison était un chaos invraisemblable et la journée d'aujourd'hui avait été la pire de toutes. Du matin au soir, il y avait croisé des Anglais, tous plus raffinés les uns que les autres. Il sentait encore le parfum de leur eau de toilette. Ses narines parviendraient-elles à s'en débarrasser un jour ?

— J'avais besoin de sortir.

Même en travaillant dans son bureau...

Il se raidit. « *Son* bureau. » Dans son esprit, cela ne passait toujours pas. Pourtant ce bureau était le sien. Cette maison était la sienne. Il avait hérité de tout.

Pas de l'épouse, toutefois.

Elle ne serait jamais sienne, et il faudrait qu'il se souvienne bien de cela toutes les fois où il fixerait avec insistance, comme il le faisait tous les soirs, la porte qui séparait leurs chambres.

Même en travaillant dans son bureau, il entendait le vacarme qui régnait dans la maison à toute heure de la journée. Ses sœurs, les artisans, les professeurs divers et variés, et maintenant l'armée de prétendants qui entraient et sortaient sans cesse ne semblaient pas capables de faire quoi que ce soit silencieusement.

Sans parler du chien.

Ce satané chien était un petit monstre qui avait pris Rhain en grippe. L'animal semblait adorer tout le monde dans cette maison, sauf lui. Cette sale bête soulageait sa vessie sur ses pantoufles ! Rhain ne savait ni comment ni quand le chiot avait réussi à s'introduire dans sa chambre, mais c'était un fait. Et Rhain avait l'impression qu'il s'agissait d'une vengeance personnelle, ce qui était sans doute idiot et puéril de sa part.

Il comprenait, cependant, pourquoi la duchesse avait fait venir ce chiot. Il y avait, derrière ce geste, une logique qu'il ne pouvait pas lui reprocher. Depuis, sa sœur avait complètement oublié Poppet, et il était temps que cela se produise. C'était à présent un vrai chien qu'elle serrait dans ses bras et promenait partout. Un chiot qui grognait après lui et essayait de le mordre, certes, mais c'était tout de même un progrès.

Sa mère et ses sœurs étaient ravies. Et elles louaient l'intelligence de la duchesse. Même ses sœurs les moins faciles étaient conquises par la douairière.

— Elle a donné un chien à Isolde. Je ne vois pas où est le génie là-dedans, avait-il grommelé un jour où elles chantaient ses louanges.

— Personne n'y avait pensé avant elle. Toi, par exemple, tu n'y avais pas pensé, avait fait remarquer Elin en battant des cils d'un air de fausse innocence.

Même s'il ne voulait pas l'admettre, il savait que la duchesse était intelligente. Elle était intelligente, pleine de ressources et si belle que c'était une souffrance pour lui. Il mourait d'envie de la serrer contre lui, de l'embrasser, de la posséder, au moins charnellement.

Et ses tourments étaient accrus par le fait de savoir qu'elle dormait tout près de lui. Une simple porte les séparait. Une vraie torture.

Le pire, c'était qu'en plus de la trouver belle et désirable, il l'appréciait.

Elle ne correspondait pas à l'idée qu'il s'était faite d'une lady de la haute aristocratie. Elle lui plaisait énormément. Cela n'augurait rien de bon. Il ne voulait surtout pas qu'elle l'apprécie en retour et il craignait de s'être attiré son admiration lorsqu'il avait défendu ses droits devant les horribles administrateurs du duché.

Vous êtes trop bon.

Foutaises !

Il n'était pas quelqu'un de bon. Un homme bon n'aurait pas envie de coucher avec elle comme il en avait envie.

Il ne voulait surtout pas qu'elle pose sur lui de grands yeux reconnaissants, ni qu'elle continue de penser de lui qu'il était bon.

— Tes nouvelles obligations sont un peu lourdes à porter, c'est cela ? demanda Dewey en ricanant.

— Je commence à m'y faire. Ce sont plutôt les femmes sous mon toit qui sont pénibles.

— Pas *toutes*, tout de même, répondit son cousin en lui adressant un clin d'œil lourd de sous-entendus.

Et cela ne fit qu'agacer Rhain davantage. Était-il à ce point transparent ? Dewey avait-il senti qu'il la désirait ? Devinait-il qu'il ne pouvait s'allonger dans son lit sans penser à toutes les choses inconvenantes qu'il avait envie de faire à la si convenable duchesse ?

Pressé de changer de sujet, il lança :

— Au fait, interdiction de t'approcher de la femme de chambre de la duchesse douairière.

Dewey le regarda d'un air interdit un long moment, avant de dire :

— Oh ! Tildie ? Il ne s'est rien passé avec elle.

— Laisse-la tranquille, Dewey. Et, pendant que tu y es, laisse tranquille toutes les femmes qui vivent sous mon toit.

Dewey leva les deux mains en signe de contrition.

— Je ne voulais pas t'offenser, cousin. C'est elle-même qui s'est pratiquement jetée à mon cou. C'est une jolie fille. Je n'ai pas pensé à mal, mais cela ne se reproduira plus.

Rhain accepta ses excuses. Dewey s'était sans doute rendu compte de son erreur et ne recommencerait pas. Son cousin était jeune et insouciant, peut-être un peu trop porté sur les plaisirs, mais il n'en restait pas moins une personne fiable. Quelqu'un à qui il pouvait confier l'administration du duché.

Son cousin ajouta :

— Mais je dois dire que s'il y a une femme, chez toi, qui me tenterait bien, c'est ta délectable duchesse...

Il se tut pour laisser place à une gestuelle assez claire : d'un air pâmé, il mima avec ses mains les contours voluptueux d'une femme.

Il était impossible de se méprendre sur ce qu'il avait l'air de penser de la duchesse, et Rhain n'aima pas cela du tout.

Dewey l'observait de près et Rhain eut l'impression que son cousin avait très bien compris qu'il lui avait déplu. C'était un peu comme s'il cherchait à le tester, à le provoquer. Comme s'il voulait sonder ses sentiments à l'égard de la duchesse douairière.

Bien décidé à ne rien laisser paraître, il répondit sur le ton le plus neutre et le plus détaché possible :

— Elle n'est pas à moi, contrairement à ce que tu peux dire. Et elle est aussi pénible que mes sœurs.

— Une femme pénible comme celle-ci, j'en ferais bien mon quatre-heures.

— Tu ferais bien de te tenir. Elle est sous ma protection tant qu'elle vit sous mon toit. Cela signifie : « pas touche ».

Dewey se pencha en avant.

— Allons, tu peux bien me le dire, cousin. Tu n'as pas songé une seule fois à la serrer dans tes bras, voire plus ? Cette marchandise de premier choix à portée de main, ce serait dommage de ne pas en profiter, non ?

Rhain grommela, et enfonça ses poings serrés dans la banquette. Il était choqué par la trivialité de ces paroles, mais en même temps, ce que suggérait Dewey éveillait quelque chose de sombre, de primaire et de possessif chez lui. Ce n'était pas le moment de révéler qu'une porte de communication séparait leurs deux chambres. Dewey devait ignorer ce détail, à moins, bien sûr, que Tildie ne lui en ait parlé.

— Dewey, est-il nécessaire que je te rappelle de faire attention à ce que tu dis ? La duchesse douairière est mon invitée.

Invitée. Était-ce le bon mot ? En même temps, il fallait bien qu'elle soit quelque chose pour lui.

Et il fallait aussi qu'elle soit quelqu'un à qui il devait cesser de penser à longueur de temps, et quelqu'un qu'il ne toucherait jamais.

— Ah. Donc, une fois qu'elle ne vivra plus sous ton toit protecteur, pourrai-je m'intéresser plus franchement et directement à elle ? Elle est veuve, après tout. Expérimentée, sans doute, ajouta-t-il d'un air rêveur. Ce qui la rend d'autant plus... intéressante. Puis-je te poser une question : qu'adviendra-t-il d'elle après ton départ ?

Autrement dit, continuerait-elle à vivre dans cette même maison une fois que Rhain aurait confié le duché à Dewey ?

Rhain grimaça à l'idée que son intenable cousin rôde à proximité de la douairière. Laisser sa duchesse – qui n'était pas la sienne – à la merci de Dewey ne lui plaisait pas du tout.

L'idée d'abandonner Dewey seul à la barre pendant qu'il retournait vivre au pays de Galles commençait à le déranger. *Dewey* commençait à le déranger. Il dut se faire violence pour ne pas lui envoyer son poing en pleine figure.

Son cousin tendit les deux mains.

— Je plaisante ! Quitte cet œil noir, cousin. Je ne fais que plaisanter.

Rhain expira profondément, contrarié d'avoir laissé paraître ses sentiments. Plutôt que d'ajouter quoi que ce soit, il préféra regarder les rues londoniennes défiler par la fenêtre.

Il plaisantait. Néanmoins, les remarques de Dewey lui faisaient crisper la mâchoire. Imaginer son cousin en train de faire des avances à Valencia était insupportable.

Valencia.

Pour une raison qui lui échappait, son prénom s'était imposé dans son esprit. Tout à coup, il se sentit incapable de penser à elle autrement. C'était sans doute parce qu'il avait très peu fréquenté de hauts aristocrates jusque-là, et qu'il n'avait pas l'habitude d'user et d'abuser des titres ronflants. C'était ironique, étant donné qu'il était à son tour devenu un haut aristocrate au titre ronflant. Ironique et fâcheux.

La voiture se mit à ralentir.

— Prépare-toi à une nuit de délices. Je peux t'assurer qu'il n'existe aucun endroit comme celui où je t'emmène, chez toi, à Bryn Bychan, dit Dewey qui, au moins, avait eu la présence d'esprit de changer de sujet.

Bien entendu, son cousin avait dit la même chose de tous les lieux qu'il avait fait visiter à Rhain jusqu'ici, et cela commençait à devenir une rengaine lassante.

— Ce n'est pas tellement difficile à imaginer.

Bryn Bychan n'était pas tout à fait ce qu'on pouvait appeler une métropole animée.

Quand la voiture s'arrêta, ils descendirent, et Rhain se retrouva devant une maison à l'air tout à fait ordinaire, située dans ce qui semblait être un quartier modeste.

— C'est là ?

Il pensait qu'ils iraient dans un endroit un peu plus grand et fréquenté, comme Vauxhall ou un théâtre, où on ne lui demanderait pas de faire la conversation à des inconnus. Il n'était pas enthousiaste à l'idée d'un rassemblement privé où il devrait parler longuement.

— Des plaisirs sans nom nous attendent à l'intérieur.

Dewey ricana et frotta ses mains l'une contre l'autre avec une impatience exagérée.

Entendant cela, Rhain espéra qu'il n'allait pas se retrouver dans une maison close. Il avait averti son cousin qu'il n'aimait pas cela. Ces établissements ne lui avaient jamais plu. On y croisait trop d'hommes désespérés et de femmes tristes.

À la porte, ils furent accueillis par un homme qui ressemblait davantage à un ancien boxeur qu'à un majordome. Il portait une livrée, mais il avait des mains comme des battoirs et ses épaules étiraient les coutures de sa veste. Son nez partait de travers en son milieu, ce qui prouvait qu'il avait été cassé plusieurs fois. Il regarda Dewey de haut en bas d'un air inexpressif, sans prononcer un mot.

— Bien le bonsoir, mon bon ami, lança Dewey d'une voix enjouée, pas découragé pour deux sous. Je suis Dewey Pugh.

Cette entrée en matière ne fut suivie que d'un regard vide et d'un long silence. De toute évidence, le portier n'était pas impressionné.

De l'intérieur parvint un grand éclat de rire féminin.

— Ah. On dirait que l'on s'amuse à l'intérieur.

Dewey se hissa sur la pointe des pieds pour essayer d'apercevoir quelque chose. Son envie d'entrer semblait de plus en plus forte.

L'homme à la porte ne bougea pas. Les secondes passèrent. Toujours aucun mouvement de la part du colosse. Apparemment, le nom de Dewey n'était pas un sésame suffisant, et Rhain commençait déjà à s'impatienter.

Dewey désigna alors Rhain.

— Et voici mon cousin, le duc de Dedham.

Entendant cela, le portier cligna des yeux.

Et il bougea enfin. Pour scruter Rhain d'un rapide coup d'œil.

— Le duc de Dedham, hum ? demanda-t-il.

Rhain le regarda froidement, peu disposé à décliner son identité ou à s'abaisser à quelque manœuvre que ce soit pour qu'on les laisse entrer. Ce genre de choses lui importait peu. Si sa présence n'était pas désirée ici, alors soit. Il irait ailleurs.

Apparemment son absence de réponse lui donna crédit aux yeux du majordome. D'un air satisfait, il hocha la tête une fois, et se tourna pour murmurer quelque chose à l'oreille d'un autre domestique en livrée, qui se tenait juste derrière lui.

Le portier recula et leur tint la porte afin qu'ils entrent.

— Avant toute chose, Mrs Winkler voudra vous voir. C'est elle qui choisit qui peut entrer ou pas.

Dewey écarquilla les yeux de bonheur.

— La fameuse Mrs Winkler. J'ai hâte de faire sa connaissance.

Dewey sourit béatement à Rhain alors qu'ils pénétraient dans le petit vestibule.

— Cela fait longtemps que je rêve de mettre les pieds ici, murmura-t-il avec un air de conspirateur.

— C'est la première fois que tu viens ? demanda Rhain, surpris, car, d'après ce que son cousin lui avait dit, il semblait familier des lieux.

— En fait, non, j'ai... pas précisément... bredouilla son cousin. J'ai fait une demande pour devenir membre... deux, même... mais on ne m'a pas encore contacté. Par ailleurs, la carte de membre coûte très cher.

Une carte de membre ? Son cousin l'avait emmené dans un endroit réservé à ses membres exclusifs, qui, pour le devenir devaient s'acquitter d'une somme élevée ? Bien que n'étant pas membre, Dewey pensait qu'on le laisserait tout de même entrer. Il avait dû songer que la présence de Rhain à ses côtés l'y aiderait. C'était assez calculateur et manipulateur de sa part, mais Rhain ne pouvait pas lui en vouloir de se servir de tous les moyens à sa disposition pour obtenir ce dont il rêvait depuis longtemps. C'était humain, après tout.

Tout à coup, une femme fit son apparition dans la pièce. Elle portait une robe d'un bleu flamboyant, bordée de plumes qui dansaient à chacun de ses mouvements. Elle devait avoir à peu près l'âge de sa mère. Néanmoins les années s'étaient montrées très clémentes avec elle. Elle n'avait pas une ride. Elle était vraiment très jolie.

— Votre Grâce, dit-elle d'une voix veloutée, en lui adressant son plus beau sourire. C'est un immense plaisir.

Elle tendit la main à Rhain.

Il s'étonna qu'elle eût su tout de suite qui, des deux, était le duc. C'était comme s'il portait sur lui un signe qui le différenciait.

Il prit sa main et s'inclina.

— Je suis Mrs Winkler. Et ceci est mon établissement.

Il adressa à son cousin un regard qu'il espéra suffisamment réprobateur. Il se sentait pris au piège et il détestait cela. En guise de réponse, Dewey se contenta de lui sourire d'un air encourageant.

— Je ne savais pas que vous étiez déjà à Londres, poursuivit-elle. J'ai été très peinée, bien sûr, d'apprendre le décès du précédent duc. Je le connaissais depuis longtemps. Depuis avant son accident, à l'époque où il possédait encore toute sa... euh... vigueur. Il comptait parmi les membres du Palace, bien sûr.

Le grand monde semblait ne pas avoir de secrets pour la propriétaire des lieux. Elle avait connu Dedham. Avant son accident.

Rhain avait entendu parler de cet accident qui avait failli tuer le duc. Les administrateurs du duché ne lui avaient rien caché. Enfin, hormis ce qui concernait Valencia.

Il se redressa.

— Je regrette de ne pas avoir connu le précédent duc moi-même.

C'était un mensonge, bien sûr. Des paroles creuses.

— Un très bel homme, dit-elle avec un clin d'œil mutin. Mais je dois dire que vous le surpassez à cet égard.

Il esquissa un sourire. Mrs Winkler était fort au point dans son rôle d'hôtesse.

— Vous me flattez, madame.

Elle arrêta son regard sur Dewey.

— Et qui est ce gentleman ?

— Mon cousin, Dewey Pugh. C'est lui qui a insisté pour que nous venions ici.

Il regarda autour de lui, ne comprenant pas encore très bien dans quel genre d'endroits ils se trouvaient.

— Eh bien, je suis ravie qu'il l'ait fait. Votre visite de ce soir vous est offerte, messieurs. J'espère que vous envisagerez sérieusement tous les deux de devenir membres après avoir découvert tous les divertissements que nous avons à offrir.

Il cligna des yeux, craignant que l'établissement ne soit bel et bien une maison close. Dans quoi l'avait entraîné son cousin ?

— Suivez-moi, gentlemen.

Elle fit un geste ample de la main qui fit virevolter les plumes de sa manche, avant de se diriger vers une double porte.

— Bienvenue, bienvenue. Espérons que cet endroit soit pour vous une maison hors de votre maison. C'est ce qu'est le Palace pour nombre de nos clients.

— *Le Palace* ? répéta-t-il à voix basse dans le dos de leur hôtesse, à destination de son cousin.

Dewey ricana et acquiesça d'un air aussi ravi que stupide.

— Tu me remercieras demain matin quand nous quitterons les lieux, cousin.

Il se pencha pour murmurer :

— J'espère que tu ne m'as pas traîné dans un bordel alors que je t'ai expressément dit que je détestais cela.

Dewey s'insurgea.

— Bien sûr que non. Cela n'a rien à voir avec un bordel. C'est beaucoup mieux.

— Qu'est-ce que c'est, alors ? insista-t-il.

— C'est une maison de plaisirs.

Une maison de plaisirs ? À vrai dire, cela ne l'éclairait pas spécialement, car la différence entre une maison *close* et une maison *de plaisirs* lui semblait ténue. Cependant, une fois qu'ils furent entrés dans la salle principale du Palace, il comprit.

C'était un lieu dédié au libertinage en tout genre.

L'espace central était occupé par plusieurs tables, chaises et fauteuils. Il y avait un orchestre, installé sous un dais. Des hommes et des femmes qui, pour la plupart, portaient un masque, se mêlaient aux serveurs, aux acrobates et aux cracheurs de feu. Quelques hommes portaient des masques également, mais dans l'ensemble, ils semblaient réservés aux femmes. Les visages féminins étaient partiellement dissimulés par des bouts de satin et de brocart, et Rhain dut reconnaître que ce parfum de mystère rendait les femmes plus attirantes et intrigantes encore.

Des couples éméchés dansaient avec abandon.

Un artiste, installé sur un côté de la salle, peignait directement sur une femme nue et étalait de la peinture avec sensualité sur sa poitrine opulente et ses courbes voluptueuses.

Oh ! et tout autour de la salle étaient ménagées des alcôves semi-privées ne se fermant que par un étroit rideau, afin de ne masquer que partiellement ce qui s'y déroulait. Les bruits obscènes – gémissements et frictions des corps – s'élevant de ces alcôves se propageaient jusqu'à la salle, où ils se mêlaient à la musique. Dans plusieurs alcôves étaient disposés des chaises et des canapés, afin que ceux qui le désiraient puissent être aux premières loges tout en buvant et mangeant.

Tout ce qu'on pouvait imaginer de plus choquant et scandaleux se déroulait en ces lieux.

Rhain aperçut un escalier qui montait vers un étage et il n'osa même pas songer à ce qui se passait dans les autres pièces de la maison.

Son cousin lui donna un coup de coude.

— Tu vois ? Ce n'est pas un bordel.

Il hocha la tête, tout en se demandant si cela valait vraiment mieux.

Dewey ajouta :

— Il n'existe rien de tel à Bryn Bychan, hein ?

— Non, en effet, admit-il.

Un garçon en livrée passa avec un plateau, et Rhain prit un

verre, qu'il vida d'un seul trait. Quand il le baissa, il regarda tout autour de lui, médusé. Trop, c'était trop pour lui.

— Viens. Il faut absolument que je voie de plus près ce qui se passe dans ces alcôves, dit Dewey en désignant la plus proche de la tête.

Rhain suivit son cousin vers le recoin sombre. L'endroit était simplement éclairé par deux appliques murales en verre teinté de rouge qui projetaient autour d'elles une lumière couleur feu.

Six sièges tapissés de velours rouge étaient placés devant un lit étroit où un homme, bras et jambes écartés, était attaché aux poignets et aux chevilles par des liens en soie. Une femme assise à califourchon allait et venait sur son sexe, pendant qu'il faisait un cunnilingus à une autre, placée au-dessus de son visage. Les trois corps nus étincelaient comme s'ils étaient en flammes, telles des entités sorties d'une forge infernale. La femme que l'homme dévorait avec appétit s'accrochait à la tête de lit et bougeait les hanches pendant qu'il léchait son sexe.

— Cela vaut largement le prix d'entrée, murmura Dewey.

Rhain ne se donna pas la peine de lui faire remarquer qu'il n'avait pas dépensé un sou pour pouvoir entrer.

Il regarda discrètement autour de lui. Le public était plus que conquis. Il était possédé. Une femme tendit le bras vers son voisin et se mit à caresser son sexe à travers son pantalon pendant qu'ils regardaient avidement le spectacle qui se déroulait sur le lit. C'était comme si toute pudeur, toute inhibition cessaient d'exister entre les murs de cette maison.

Son observation désinvolte du public prit fin de façon abrupte. Son attention fut captée par un visage. Celui d'une femme seule. Une femme qui portait un loup avec des perles argentées. L'accessoire ne jouait pas son rôle, cependant : malgré la pénombre, il la reconnut tout de suite.

Il l'aurait reconnue n'importe où.

Au milieu des gémissements et des cris des ébats, leurs regards se croisèrent.

Malgré le masque, il la vit écarquiller les yeux. Elle ouvrit la bouche, pour pousser soit un halètement soit un soupir.

Valencia.

17

« Une débutante recherche un mariage satisfaisant. Une veuve recherche… la satisfaction. »

VALENCIA, DUCHESSE DOUAIRIÈRE DE DEDHAM

Dieu, le destin, ou le diable en personne, conspirait contre elle.

Valencia avait quitté la maison ce soir pour chercher l'aventure, pour trouver le répit dont elle avait tant besoin alors qu'elle était accaparée par la famille Lloyd, pour lui échapper. Au duc. À *Rhain.*

C'était le comble de l'ironie – une ironie bien amère – de le trouver ici, dans le temple du libertinage, de la débauche et de la licence. Ici, toutes les inhibitions étaient levées et il régnait une liberté folle. Une liberté si absolue qu'elle en était effrayante. Ici, rien n'était interdit.

Il savait qui elle était.

Il l'avait reconnue, et elle ressentit la brûlure de son regard dans tout son corps, des pieds à la tête, en passant, bien sûr, par le milieu. Ses seins lui semblèrent plus lourds, douloureux et gonflés dans son corsage devenu tout à coup trop étroit.

Elle tira désespérément sur la manche de Rosa.

— Il faut que nous partions. Tout de suite.

Son amie ne lui accorda même pas un regard. La scène qui se jouait sur le lit la captivait.

— Déjà ? Il est trop tôt…

Elle secoua la tête comme s'il était hors de question de s'en aller.

— Oui, déjà. Tout de suite. Il est ici.

— *Il ?* demanda distraitement Rosa.

— Oui. *Il,* renchérit Valencia en tirant plus fort sur la manche de son amie. *Lui.*

Rosa fronça les sourcils et, pendant un instant, quitta des yeux les ébats des trois amants.

— Qui ?

— Le duc…

Rosa ne comprit pas tout de suite. Puis elle cligna des yeux et tourna la tête pour regarder Valencia d'un air éberlué.

— Tu veux dire… Dedham ?

Rosa fit la grimace et acquiesça.

Rosa balaya l'alcôve des yeux et son regard finit par trouver le seul homme qui ne regardait pas le lit mais Valencia, comme s'il s'agissait du spectacle le plus captivant de la soirée. Peut-être était-il seulement surpris de la trouver ici, cela dit. C'était compréhensible. Il venait de surprendre la lady distinguée à qui il avait confié ses jeunes sœurs dans le plus érotique des cadres.

— Oh ! mon Dieu, souffla Rosa. C'est… bizarre.

— Il faut que nous partions, répéta-t-elle.

Son amie la regarda. Puis regarda le duc. Puis la salle.

— Est-ce vraiment obligé ? Il t'a vue maintenant… et il n'est pas ton gardien. Ce n'est ni ton père ni ton mari, ajouta-t-elle en haussant les épaules. Tu es une adulte. Tu as le droit de faire ce dont tu as envie.

— Et ce dont j'ai envie, c'est partir.

Peu lui importait que Rosa ait raison. Rester les yeux dans les yeux avec lui durant cette scène torride, au milieu de l'odeur de désir qui flottait dans l'air telle une dense vapeur, c'était trop pour elle. Sa peau la brûlait, la démangeait, l'étouffait. Elle prit une inspiration. Puis une autre. Il n'y avait pas suffisamment d'oxygène dans la pièce.

Les bruits s'intensifièrent. Les halètements. Les gémissements. La tête du lit cognant régulièrement et opiniâtrement contre le mur. Valencia ne regardait pas dans cette direction. Elle ne regardait que lui… Rhain.

Et il ne regardait qu'elle.

Sous son loup, son visage était en feu. Stupide accessoire, à part lui donner chaud, à quoi servait-il ? Il l'avait tout de même reconnue, et elle se rendit compte que tous ceux qui la connaissaient plus que de vue pourraient la reconnaître également.

Elle palpitait, elle vibrait, et avait mal à des endroits de son corps négligés depuis trop longtemps, sauf par ses propres mains. Elle changea de position sur sa chaise, comme si cela pouvait apaiser son tourment. Les choses empirèrent. Qu'il garde ses yeux sur elle empirait les choses.

— Rosa, murmura-t-elle d'une voix rauque. Je pars. Avec ou sans toi.

Rosa regarda autour d'elle et poussa un soupir empli de regrets. Elle aurait clairement voulu explorer davantage les lieux.

— D'accord. Pas de problème, acquiesça-t-elle. Nous allons partir.

Valencia soutint le regard de Rhain encore un moment, avant de se lever et de se tourner vers la salle. Elle sentit son regard dans son dos alors qu'elle se faufilait entre tous ces corps. Elle supposa que Rosa suivait aussi, mais c'était lui qu'elle sentait derrière elle, lui et sa chaleur qui irradiait dans son dos.

Il la suivait.

Elle sentit alors sa main se refermer sur elle, telle une menotte autour de son poignet.

Elle se tourna, alarmée, et regarda ces doigts qui l'enserraient avant de lever les yeux vers son visage impassible.

— Valencia, dit-il, en l'appelant par son prénom comme s'il en avait le droit. Qu'est-ce qui a pu vous passer par la tête pour venir dans un endroit pareil ?

— Moi ? demanda-t-elle, choquée. Et vous, alors ?

Si elle était une dépravée, alors lui aussi.

Tout à coup, Rosa fut à ses côtés, et n'hésita pas à prendre part à leur conversation.

— Et qui êtes-vous pour vous mêler de cela, Votre Grâce ? demanda-t-elle avec effronterie, le menton levé.

Rhain la regarda comme si elle était un grain de poussière qu'il avait envie de balayer d'une chiquenaude.

— Rosalind, dit Valencia d'une voix admirablement posée. Garde ton calme et ne t'en fais pas pour moi. Accorde-nous juste un moment, s'il te plaît.

Rosa marqua un temps d'hésitation, et sembla prête à refuser, avant de se raviser et d'acquiescer.

— Très bien.

Elle regarda autour d'elle. À proximité, un peintre était en train de représenter un paysage champêtre sur le torse d'une femme. Rosa s'approcha légèrement, et Valencia se rendit compte que cela ne dérangeait pas son amie de rester encore un peu.

— Je vais t'attendre là-bas, lança-t-elle sans se retourner.

La tenant toujours par le poignet, Rhain entraîna Valencia à travers la foule vers une autre pièce. Il y faisait sombre, et plusieurs lits étaient occupés par des couples, ou des trios. Rhain la conduisit vers le fond de la pièce, qui donnait sur un balcon ouvert. Ils y sortirent et Valencia fut heureuse de pouvoir respirer un peu d'air frais.

Il lâcha son poignet, et elle se tourna, en se massant la peau, où elle sentait toujours son contact. Elle recula jusqu'à sentir la rambarde en pierre, froide et dure, contre son bassin.

— Allez-y, déclara-t-elle, en levant le menton. Dites ce que vous avez à dire.

— Que faites-vous ici ?

— Mon amie l'a très bien dit : en quoi cela vous concerne-t-il ?

— Cela me concerne parce que vous vivez sous mon toit.

Il lui lança cela comme une accusation, et elle tressaillit.

Deux semaines plus tôt, c'était encore son toit à elle. C'était du moins ce qu'elle avait longtemps cru, sans doute à tort. En réalité, cela n'avait sans doute jamais été le cas.

— Cela me concerne parce que je vous ai confié mes sœurs et que vous...

— Vous me jugez donc indigne de la mission que vous m'avez confiée ? Suis-je devenue infréquentable ? rétorqua-t-elle, les narines frémissantes.

Il secoua la tête.

— Ce n'est pas...

— Je suis quelqu'un de sale maintenant ?

Il s'approcha d'un pas.

— Non...

— Vous craignez que j'exerce une mauvaise influence sur elles ? C'est cela ?

Un autre pas.

— Je n'ai pas...

— Vous craignez que je les corrompe à cause de mes mœurs dépravées ?

Un autre pas. Ses yeux lançaient des éclairs dans la nuit.

— Ce n'est pas...

— Allez-y. Dites-le. Notre accord est-il caduc ? Dois-je rentrer faire mes bagages et m'en aller à la première heure demain matin ?

Il s'arrêta devant elle. Sa poitrine se soulevait comme s'il était essoufflé après une course.

— Bon sang, mais quand allez-vous la boucler ?

Elle ouvrit de nouveau la bouche, prête à l'agonir d'insultes. Comment osait-il s'adresser à elle en ces termes, comment osait-il la juger, et lui reprocher de vivre enfin sa vie après des années d'une existence triste et effacée ?

Il saisit son visage et l'embrassa.

Il ne lui fallut qu'un instant pour comprendre ce qui était en train de se passer vraiment. Pour comprendre que ses mains étaient sur son visage. Que sa bouche était sur la sienne.

Elle s'effondra contre lui. Sa taille et sa force l'empêchèrent de tomber, tout comme ses larges mains qui tenaient son visage et ses longs doigts qui s'insinuaient dans ses cheveux.

Le baiser dura une éternité. Il bougea les lèvres, les ouvrit. Sa langue cherchait, fouillait. Il lui faisait l'amour avec sa bouche. Elle n'avait pas le souvenir d'un baiser aussi ardent, aussi dévorant. Jamais.

C'était le premier. Le seul.

Elle se souvenait qu'elle aimait faire l'amour. Au début. En tout cas, qu'elle ne détestait pas cela. Mais même pendant l'amour, son mari n'avait jamais accordé autant d'attention à un baiser, à sa bouche. Elle ne put s'empêcher de se demander, alors, quelle attention Rhain porterait à… d'autres choses, à d'autres parties de son corps. Elle l'agrippa par les poignets pour se pencher vers lui et lui donner autant qu'elle recevait.

Ils finirent par se séparer, à bout de souffle. Ils se fixèrent.

C'était exactement ce qu'elle était venue chercher ici, ce qu'elle voulait.

Seigneur.

Mais pas avec cet homme. Pas avec le remplaçant de son mari.

Avec un soupir étranglé, elle s'arracha à son étreinte et s'enfuit. Une fois dans la salle principale, elle arracha Rosa à l'artiste qui était en train de lui expliquer son travail avec animation.

— Est-ce que cela va ? demanda son amie, l'air préoccupé, alors qu'elle peinait à suivre Valencia. Il ne t'a pas insultée, au moins ?

Elle regarda dans son dos, semblant prête à le mettre en pièces s'il avait osé.

— Non. Je vais bien. Partons, c'est tout.

Une fois dans le vestibule, Rosa la laissa pour parler avec l'un des laquais, afin qu'il amène leur voiture devant la porte principale.

Valencia aperçut son reflet dans un miroir doré. À travers les fentes de son loup, ses yeux brillaient comme des pierres précieuses. Ses joues étaient empourprées. Ses cheveux étaient décoiffés. On aurait dit qu'elle était fiévreuse.

Ce fut alors que Lord Burton la vit.

Il entra avec un groupe d'hommes bruyants et agités dont il se sépara dès qu'il l'aperçut. Il la reconnut tout de suite. Il sourit largement. Il n'était plus aussi beau qu'auparavant. C'était comme si tous ses excès l'avaient rattrapé.

Il vivait dans l'entourage de Valencia depuis de nombreuses années. Jadis, Lord Burton et Dedham avaient été inséparables et partageaient sorties et centres d'intérêt. Enfin, jusqu'à l'accident. Après cela, le duc, par la force des choses, n'avait plus pu le suivre. Valencia s'était retrouvée à d'innombrables reprises en face de Lord Burton durant des dîners. Il n'était pas surprenant du tout qu'il l'ait reconnue malgré son loup.

Il saisit sa main gantée sur laquelle il déposa un long baiser.

— Votre Grâce, je vous reconnaîtrais où que vous soyez. Votre chevelure luxuriante, votre teint lumineux…

Son regard passa de ses cheveux et de son visage au reste de son corps.

— Vous vous démarquez tant de toutes ces ladies diaphanes qui peuplent les salons du grand monde. On a l'impression qu'un rien suffirait à les briser.

Ses manières licencieuses n'étaient pas une nouveauté. Il lui faisait des avances depuis des années. Après l'accident de Dedham, il avait fait partie des plus insistants. Les souvenirs de l'agression qu'il avait commise à son encontre à la campagne, chez Chatham, la hantaient toujours. Ils revenaient souvent sous forme de cauchemars, épouvantables.

La façon dont il l'avait acculée dans un coin, son insistance, sa violence… et puis ce moment où elle avait cru l'avoir tué.

Elle frémit au souvenir de cette nuit atroce et retira sa main d'un geste brusque.

— Lord Burton, je vous mentirais si je disais que c'est un plaisir de vous revoir.

Depuis cette nuit-là, ils avaient dépassé le stade des politesses et des faux-semblants.

Il ricana.

— Votre constance vous honore, Votre Grâce.

Il fit un geste circulaire de la main.

— Dois-je prendre votre présence ici comme un signe ? Considérez-vous votre période de deuil finie et êtes-vous enfin prête à vous amuser avec moi ?

— Je vous l'assure : ma présence ici n'a rien à voir avec vous. Ne l'interprétez pas, je vous prie, comme le signe de quoi que ce soit.

— Peut-être… Mais cela peut donner de l'espoir. *Me* donner de l'espoir. Vous êtes veuve, désormais. Libre et impatiente d'explorer de nouveaux territoires, n'est-ce pas ?

Il hocha la tête comme si elle avait acquiescé.

— Cela vous a pris longtemps. Je commençais à me dire que tout était perdu.

— Ne nourrissez pas de faux espoirs à propos de vous et moi, dit-elle durement. Il n'y a pas de « nous » et il n'y en aura jamais.

Il sourit encore plus largement.

— Je repense encore à cette nuit, chez Chatham, à la campagne…

Ses yeux lancèrent des éclairs cruels et terrifiants.

Elle se glaça.

Tout se figea en elle. Elle retint son souffle et il lui sembla que son cœur cessait de battre.

— Valencia.

Rosa effleura doucement son bras tout en adressant un regard glacial à Burton. Elle aussi avait eu maille à partir avec cet individu peu recommandable.

Valencia s'agrippa alors au bras de son amie, heureuse de trouver son amie. Rosa caressa ses doigts pour la rassurer.

Burton les salua d'un signe de tête.

— J'ai hâte de vous revoir ici, Votre Grâce.

Elle secoua la tête, gagnée par l'irritation. Elle ne remettrait plus les pieds ici. La perspective de l'y croiser était un repoussoir suffisamment efficace.

Rosa adressa un regard dédaigneux à Burton et entraîna son amie vers la sortie.

Valencia regarda une dernière fois la salle, mais ce n'était pas Burton qui l'intéressait. C'était Rhain.

Il n'était plus à proximité de l'alcôve. Il l'avait suivie à distance, en la surveillant de loin tel un prédateur tapi dans les hautes herbes. Son regard sombre s'arrêta sur elle, et il la fixa sans ciller ni frémir.

En le voyant, elle s'immobilisa. On aurait dit que ses pieds refusaient d'obéir et d'avancer.

Il ne regarda personne d'autre. Ni Rosa. Ni Lord Burton. Juste elle.

Rosa tira sur son bras.

— Viens, Valencia. Allons-y.

Valencia se remit en route, en pressant le pas. Elle lui montrait son dos, désormais. Il ne fallait jamais faire une chose pareille face à un prédateur, elle le savait. Elle n'avait pas le choix, néanmoins.

Il fallait qu'elle parte.

18

« Les nouveaux ducs sont comme les nouvelles chaussures. Il faut les “casser” un peu pour les rendre confortables. »

LA TRÈS HONORABLE ROSALIND SHAWLEY

La maison était silencieuse et endormie quand Valencia rentra. Même le domestique de service ronflait légèrement sur sa chaise, dans l’entrée. Dans l’escalier, Valencia fit doucement glisser sa main sur la rampe afin de faire le moins de bruit possible.

— Votre Grâce, l’accueillit Tildie d’une voix ensommeillée quand Valencia pénétra dans sa chambre.

Elle aussi avait somnolé sur le canapé, en l’attendant. Elle bâilla, s’étira et commença à aider Valencia à déboutonner le dos de sa robe.

— Comment s’est passée cette soirée en compagnie de votre amie ?

— J’ai passé un bon moment. Merci, Tildie.

Ce n’était pas exactement un mensonge, mais pas exactement la vérité non plus.

— Je suis très heureuse pour vous, dit Tildie en tapotant affectueusement son épaule. Vous ne méritez que du bon, Votre Grâce.

— Merci, Tildie. Je vais réussir à terminer seule. Bonne nuit.

— Si vous le dites. Bonne nuit, Votre Grâce, répondit Tildie, avant de s'en aller.

Valencia s'installa à sa coiffeuse. Une à une, elle retira les épingles de ses cheveux déjà décoiffés. Rhain avait complètement saccagé la savante coiffure réalisée avec application par Tildie.

Elle brossa longuement sa lourde chevelure. En observant son reflet dans le miroir, elle remarqua que son visage n'avait plus rien de juvénile. Elle avait vieilli. De très fines rides étaient apparues autour de ses yeux. Depuis quand étaient-elles là ?

Une grande partie de sa vie avait été perdue : des années et des années gâchées par un mariage malheureux. Pendant un an, elle avait attendu, bloquée dans son deuil, et elle attendait toujours, accaparée par six jeunes filles dont elle devait guider les premiers pas dans le grand monde. Elle était devenue un genre de gouvernante. En principe, cette soirée aurait dû être pour elle et pour elle seule, mais tout ne s'était pas passé comme dans ses rêves.

Enfin, il y avait tout de même eu ce moment... Ce moment où Rhain l'avait embrassée. Une telle intensité, jamais elle n'aurait pu l'imaginer, même dans ses rêves les plus fous.

Elle entendit un bruit, venant de l'autre côté de la porte de communication.

Elle se tourna et fixa le panneau de bois, en essayant de ne pas imaginer Rhain de l'autre côté de cette porte. En train de se déshabiller. De se mettre au lit. Que portait-il pour dormir ? Elle fronça les sourcils en réfléchissant. Dormait-il en chemise de nuit, ou bien nu ?

Impossible de réfléchir : la seule vision qui s'imposait à elle, c'était celle de son corps nu.

De toute façon, elle le voyait assez mal s'encombrer d'une chemise de nuit. Elle l'imaginait très bien, en revanche, glisser son corps puissant entre des draps rêches et froids...

Elle se ressaisit et chassa ces pensées malvenues en prenant une grande inspiration.

Elle se mit au lit avec des mouvements brusques et un peu rageurs, et remonta la courtepointe jusqu'à son visage.

Il l'avait embrassée. Comme personne ne l'avait jamais embrassée. Avec volupté. Ardeur. Passion.

Elle déglutit douloureusement.

Un homme qui embrassait aussi bien, un homme qui embrassait comme cela, devait forcément...

Elle bascula sur un côté et remonta les genoux vers la poitrine en poussant un soupir désespéré. Il était dans la chambre juste à côté de la sienne.

Si près.

Il s'en irait bientôt. Elle ne savait pas exactement quand. Pas avant que ses sœurs ne soient bien établies. Cela ne voulait pas forcément dire qu'il fallait que les six soient mariées, mais au moins qu'elles soient bien acceptées et à l'aise dans le grand monde. Étant donné le nombre de prétendants qui se pressaient à leur porte tous les jours, cela semblait bien parti pour elles.

Elle s'allongea sur le dos, croisa ses doigts sur son ventre, qu'elle se mit à tapoter nerveusement.

Il l'avait embrassée. Elle avait encore du mal à réaliser. Il. L'avait. Embrassée. Cela signifiait qu'elle ne le laissait pas indifférente. Elle l'attirait. Pendant un moment, au cours de la soirée, elle l'avait attiré en tout cas.

Elle fronça les sourcils en essayant de se souvenir si c'était lui ou elle qui avait mis fin à ce baiser. Sans son intervention, aurait-il continué à l'embrasser ? Pourraient-ils être encore sur ce balcon, en train de s'embrasser ?

Tout à coup, elle se leva et se mit à fixer la porte dans la pénombre de sa chambre, en serrant les poings le long de ses flancs. Elle fit un pas en avant, puis s'arrêta, et tourna les talons en direction de son lit en gémissant. Le lit dans lequel elle avait dormi pendant plus de dix ans. Seule, le plus souvent. Seule depuis si longtemps que le baiser de ce soir lui avait semblé être son premier baiser.

En poussant un petit grognement déterminé, elle se tourna de nouveau et marcha vers la porte.

Elle avait décidé de mettre fin à cette longue période d'abstinence bien avant l'arrivée de Rhain. S'il n'était pas arrivé, elle aurait sans doute déjà un amant. Mais il était arrivé. Et depuis ce moment, elle était incapable de penser à un autre homme que lui.

Elle était incapable d'imaginer un autre homme que lui dans son lit.

Elle n'en voulait pas d'autre que lui.

Dans ces conditions, il semblait presque naturel qu'il devienne son amant. Qu'elle lui en laisse la possibilité, en tout cas. Elle avait envie de lui, et elle ne voulait pas laisser passer sa chance d'assouvir cette envie.

Elle posa la main sur la poignée et, en prenant une grande inspiration, elle poussa la porte.

Qui ne tentait rien n'avait rien.

Rhain quitta le Palace peu après Valencia.

Il chercha Dewey pour lui annoncer qu'il s'en allait. Son cousin s'arracha aux bras de la partenaire enthousiaste qu'il avait rencontrée dans la première alcôve. Là où Rhain avait aperçu Valencia.

— Tu pars ? Déjà ? demanda Dewey, alors que la femme masquée assise à ses côtés mordillait son cou.

Rhain acquiesça.

— Oui. J'ai une journée chargée demain.

Dewey fit la moue.

— Tu étais bien plus drôle, avant.

— Quand j'avais entre quatre et dix ans ? demanda-t-il.

Après cela, Dewey était parti s'installer à Londres avec sa famille.

Dewey ignora la question, et dit :

— C'est parce que tu l'as vue, n'est-ce pas ? La douairière.

Il n'était pas étonnant que son cousin l'ait reconnue lui aussi. Ses cheveux. Son corps. Sa bouche seule était mémorable. Elle resterait à jamais gravée dans sa mémoire. Grande et pleine, avec les bords légèrement ourlés.

C'était le genre de bouches qui faisait rêver, le genre de bouches qu'on avait envie de sentir sur son corps.

Rhain n'acquiesça pas. Dewey avait fait une remarque. Une observation. Il n'attendait pas de réponse.

Son cousin poursuivit :

— Elle te plaît.

Une autre constatation.

— Pas du tout, protesta-t-il.

Dewey sourit.

— Bien sûr que si, elle te plaît, insista-t-il. Elle est partie, et maintenant, tu veux la suivre.

Il secoua la tête.

— Ce n'est pas ce que tu crois.

— Bien sûr que si. Tu lui cours après. Tu es émoustillé comme un adolescent.

S'il démentait, son cousin trouverait le moyen d'insister davantage.

— Cet endroit...

Rhain fit un geste circulaire de la main.

— Cet endroit ne me convainc pas, ni ne me séduit.

— Oui, c'est cela, répondit Dewey d'une voix sceptique.

— On se voit bientôt.

Ils devaient faire un petit voyage ensemble au cours de la semaine pour aller voir les terres familiales des Dedham dans le Yorkshire et rencontrer le régisseur ainsi que plusieurs fermiers.

Dewey acquiesça.

— Oui, bien sûr, acquiesça-t-il en lui tapant sur l'épaule comme il avait l'habitude de le faire.

Avant de quitter l'alcôve, Rhain pointa un doigt vers Dewey.

— Ne t'attire pas d'ennuis ce soir, cousin.

— Moi ? Jamais ! lança-t-il alors que son amie masquée redoublait d'attentions envers lui.

Rhain s'en alla alors. Il n'était pas prude. Ses sensibilités n'avaient pas été heurtées. Quand il avait aperçu la duchesse dans cette pièce, un frisson d'excitation l'avait parcouru. La découvrir dans une ambiance si lourde, aussi lourde qu'un soir d'été avant l'orage, avait embrasé ses sens. Et quand il l'avait regardée en train de regarder les ébats des occupants de l'alcôve, il n'avait pu contenir son érection.

Il se moquait bien de toutes les femmes nues qui peuplaient l'établissement, néanmoins. C'était comme s'il ne les voyait pas. Une seule femme comptait pour lui. Il ne voulait que Valencia.

Et il l'avait embrassée à la première occasion, comme l'adolescent que son cousin venait de l'accuser d'être.

Le frisson l'avait abandonné quand elle l'avait abandonné. Quand elle avait quitté l'établissement, il avait eu envie de partir lui aussi. Il se dit que ce n'était pas parce qu'il voulait la suivre. C'était juste qu'il n'y avait plus rien qui l'intriguait chez Mrs Winkler.

Il était rentré désormais. Et elle aussi. Elle dormait de l'autre côté de cette porte. La situation était intenable. Il n'était pas homme à réprimer ses désirs. Au pays de Galles, il voyait régulièrement des femmes. Il avait des maîtresses. Il n'avait vu aucune femme depuis son arrivée à Londres. Ni durant les semaines précédant son voyage. Cela commençait à faire long.

Elle non plus n'était pas puritaine. Si elle l'avait été, elle ne se serait pas aventurée au Palace. Peut-être était-elle juste curieuse. Peut-être était-elle plus que curieuse. Et de toute façon, de la curiosité à l'audace, il n'y avait qu'un pas.

Des pensées s'insinuèrent dans son esprit, insistantes, tentatrices. Elles lui soufflaient d'aller frapper à cette porte pour voir si elle avait autant envie que lui de céder à cette attirance qui semblait les pousser l'un vers l'autre. Il mordilla ses lèvres en réfléchissant à ce qu'il pourrait lui dire.

Bonsoir, duchesse. Cela vous intéresserait-il de vous servir de moi pour votre plaisir personnel ?

Il cacha son visage sous un oreiller pour étouffer son gémissement. Il n'aurait jamais dû l'embrasser. Maintenant il ne pensait qu'à cela. Et à tout ce qu'il pourrait lui faire d'autre.

D'autres baisers.

D'autres choses que des baisers.

Il n'était pas le type d'hommes à profiter d'une femme – d'une lady – placée sous sa protection. Il n'était pas comme cela. Il avait grandi et été élevé dans un univers trop féminin pour manquer à ce point de respect à une femme.

Il resterait à sa place. Garderait ses distances. Observerait la plus grande retenue. Il ne l'embrasserait plus. Il n'ouvrirait pas cette porte. Jamais.

Ce fut sa dernière pensée avant qu'il ne sombre dans le sommeil.

19

« Ce qui s'est passé à la campagne reste à la campagne. Enfin, en théorie. »

VALENCIA, DUCHESSE DOUAIRIÈRE DE DEDHAM

La porte s'ouvrit presque sans grincer. La chambre était plongée dans la pénombre. Les lourdes tentures damassées laissaient légèrement passer la lumière nocturne. C'était suffisant. C'était même parfait. Avec davantage de clarté, Valencia n'aurait pas osé.

Elle avança à pas silencieux jusqu'au lit et regarda son occupant. Ses yeux étaient fermés et ses cils dessinaient de sombres croissants de lune sur le haut de ses pommettes.

Il paraissait plus jeune dans son sommeil. Vulnérable, ce qui n'était jamais le cas quand il était réveillé. Cela ne fit qu'ajouter au sentiment de puissance qu'elle éprouvait.

Pendant une grande partie de son existence, elle s'était sentie impuissante. À juste titre.

Tout avait changé désormais.

En ce moment même, debout à côté de lui, nue sous sa robe de chambre vaporeuse, elle se sentait vivante, palpitante et puissante.

Il dut sentir quelque chose. Ou bien, malgré elle, elle avait fait du bruit.

Il battit des paupières et ouvrit les yeux. Il les écarquilla presque lorsqu'il la vit, mais il ne prononça pas une seule parole, et cela lui plut. Cela lui plut de le laisser sans voix, pour une fois. Cela lui plut qu'il n'y ait rien à dire. Qu'avaient-ils besoin de mots ?

Elle tendit une main étonnamment ferme vers la courtepointe qu'elle souleva et fit glisser le long de son torse, pour le découvrir.

Elle eut alors la réponse aux questions qu'elle s'était posées. Il dormait nu, comme elle l'avait subodoré.

Centimètre par centimètre, elle le dénuda. Il n'était qu'ombres et lignes dures. Chair tendue et muscles saillants. Son corps n'était pas celui d'un homme qui fréquentait les salons de l'aristocratie et les salles de bal. Son corps n'était pas celui d'un dandy, ni d'un comte d'opérette. Elle poussa un soupir soulagé. Il n'était pas Dedham. Il ne lui ressemblait en rien. Son cœur se gonfla et elle le sentit léger, léger, prêt à s'envoler.

Elle posa la main sur son torse et s'émerveilla de sa fermeté. Cet homme connaissait le labeur. Le dur travail. Son pouls s'accéléra, le sang afflua entre ses jambes, son entrejambe se contracta et se mit à palpiter comme si un cœur battait, là, entre ses cuisses.

Un mélange de désir et de trépidation inonda ses veines alors que le sexe de Rhain grossissait sous ses yeux. Elle n'avait toujours fait l'amour que dans le noir. Jamais dans une pièce baignée par le clair de lune.

Jamais avec lui.

Chez lui, tout était différent. Son corps était différent. Plus large. Plus puissant. Et ce sexe en érection était d'une dimension bien plus impressionnante que ce qu'elle connaissait.

Cela ne lui fit pas peur. Au contraire. Elle humecta ses lèvres. C'était exactement ce qu'elle voulait, ce dont elle avait besoin, ce que son corps réclamait de toutes ses forces. Elle en avait besoin pour effacer le passé, pour tout recommencer de zéro. Officiellement.

Elle saisit les deux pans de sa robe de chambre et les écarta, dénudant d'abord ses épaules, puis ses bras. Elle lâcha ensuite le tissu, qui tomba à ses pieds dans un murmure. Elle resta là, nue, immobile, le menton levé, le dos bien droit. L'air frais caressa son corps. Elle eut la chair de poule et sentit ses mamelons se durcir. Mais elle ne recula pas.

Il ne disait toujours rien. Il se contentait de regarder, sans ciller, de ses yeux intenses, dévorants, sous lesquels Valencia s'embrasait.

Elle décida alors d'agir, craignant de perdre son courage et de faire machine arrière si elle hésitait un moment de plus.

Elle grimpa sur le lit et s'installa à califourchon sur Rhain, appréciant au passage le contact des poils rêches de ses jambes sur la face interne de ses cuisses.

Il ne bougea pas. Il ne remua ni un doigt ni un muscle. Pas même lorsqu'elle posa les mains à plat sur son torse.

Il continuait de la regarder avec fascination, convoitise, émerveillement et surprise. Ce qu'elle voyait dans ses yeux sombres ressemblait même à de l'admiration.

Cela lui plut énormément. Enhardie, elle se hissa au-dessus son bassin. Ses cuisses frémirent, non pas à cause de l'effort musculaire, mais plutôt à cause de l'impatience et de l'excitation qui étaient siennes.

Elle enroula ses doigts autour de son sexe, qui palpita, tressauta et se dilata à son contact. Elle l'amena jusqu'à elle et se laissa glisser lentement sur lui. Elle haleta, la tête rejetée en arrière.

Elle posa les mains sur son torse pendant que ses muscles internes négligés depuis trop longtemps enveloppaient son sexe, en découvraient la forme et les contours pour mieux l'étreindre.

C'était si bon et cela faisait si longtemps.

Les larmes lui montèrent aux yeux alors qu'elle commençait, lentement, à bouger sur lui et que chacun de ses mouvements provoquait en elle des sensations intenses et divines. Elle haleta et étouffa même un sanglot.

Il ne la quittait pas des yeux. Sa mâchoire et son cou étaient crispés, mais il ne bougeait pas. Il ne la touchait pas non plus. Il la laissait faire ce qu'elle voulait avec lui.

Elle ne s'en priva pas. Elle prit son plaisir. Revendiqua son pouvoir.

Le passé appartenait au passé. Il n'y avait que ce moment qui existait, qui comptait.

Elle roula légèrement des hanches, et il souffla. Elle sentit parfaitement son sexe palpitant enfoui profondément en elle.

Elle prit ses mains et les amena à ses seins. Il les saisit à pleines paumes et elle ressentit une décharge dans son bas-ventre. Elle bougea de nouveau sur lui et elle sentit une chaleur intense se propager dans ses cuisses. Elle se pencha en avant pour mieux le sentir.

— Oh ! Seigneur, dit-elle d'une voix étranglée, en contractant ses muscles pour l'enserrer davantage.

Il jura et son cou se courba alors qu'il s'enfonçait plus profondément en elle.

Elle ne pensa pas, ne réfléchit pas.

Elle se contenta de réagir en accompagnant ses coups de reins de mouvements de bassin afin d'intensifier ses va-et-vient. Elle continua, encore et encore, jusqu'à ce que ses halètements se transforment en sanglots contenus.

Ses mains larges et bouillantes étaient toujours sur sa poitrine, mais elles n'avaient plus rien de doux ni de tendre. Avec vigueur, il frottait à l'aide de ses pouces ses mamelons durcis et douloureux, procurant un plaisir presque insupportable à son corps tremblant.

— Oh oui. Oui. Encore. N'arrêtez pas.

N'arrêtez jamais.

Il obéit, et pinça ses mamelons. Elle dut se mordre les lèvres pour ne pas crier. Tout à coup, elle se sentit plus humide encore, et l'orgasme vint la saisir. Elle cria et se mit à se mouvoir de façon erratique sur lui, comme si elle était possédée.

Il poussa un gémissement et se laissa aller à son tour au plaisir. Après s'être libéré en elle, il se redressa en position assise et, les mains posées dans son dos, la serra contre lui. Sa poitrine trempée de sueur s'écrasa contre son torse, pendant qu'il caressait ses cheveux.

Combien de temps leur étreinte avait-elle duré ? Quelques minutes ? Davantage ? C'était impossible à dire, mais Valencia avait l'impression que le temps avait volé en éclats, et elle avec.

Elle posa les mains sur ses épaules et s'abandonna entre ses bras un moment, jusqu'à ce que sa respiration se calme, jusqu'à ce qu'elle se sente suffisamment remise pour bouger. Puis elle recula. Il desserra l'étreinte de ses bras et la laissa partir.

Elle descendit du lit et ramassa sa robe de chambre. Elle l'enfila et noua la ceinture autour de sa taille. Ses cuisses étaient mouillées et poisseuses, à cause de lui, et à cause d'elle. Elle aurait dû être gênée ou avoir honte. Ce n'était pas le cas, et elle se demanda ce que cela révélait d'intime sur elle. Qu'elle était sans gêne et sans honte, probablement.

Elle bougea d'une jambe sur l'autre, savourant les sensations encore présentes et qui étaient la preuve qu'elle n'avait pas rêvé. Cette satisfaction ajouta au plaisir physique qu'elle éprouvait encore.

En ajustant les pans de sa robe de chambre, elle le regarda en silence. Sans dire un mot.

Il la fixait de ses yeux marron devenus presque vitreux, comme s'il avait abusé de la boisson. Elle savait très bien que ce n'était pas le cas. Ils avaient juste profité et joui l'un de l'autre. L'odeur de ce qu'ils avaient fait flottait dans l'air comme le plus entêtant des parfums, un parfum de « j'en veux encore ». Valencia réprima un sourire. Elle n'était pas seulement sans gêne. Elle était aussi insatiable.

Son torse se soulevait et se baissait comme s'il essayait de reprendre son souffle. Il semblait… différent. Il ne semblait plus lui-même. Ce n'était plus l'homme maître de lui-même qu'elle connaissait. Ses cheveux étaient ébouriffés. Son visage était détendu et il ne portait plus ce masque impassible. Au contraire, il paraissait ouvert, vulnérable, et montrait que lui aussi était bouleversé. Le cœur de Valencia se serra devant un tel spectacle.

Sans qu'un seul mot ne soit prononcé, elle tourna les talons et traversa la pièce pieds nus, vers la porte de communication. Une fois dans sa chambre, elle referma la porte avec précaution, de ses deux mains, puis s'effondra contre elle.

À présent que la porte faisait barrière entre eux, elle expira longuement. Sa respiration était laborieuse et irrégulière, comme si elle manquait d'air.

Cela s'est produit. Je l'ai fait.

L'expérience semblait irréelle. Comme si elle avait rêvé. Comme si c'était une autre qu'elle qui était entrée dans la chambre du duc de Dedham, s'était dénudée, s'était installée à califourchon sur lui et avait pris son plaisir avec lui.

Au cours de l'année écoulée, elle avait souvent pensé à prendre un amant. Pourtant, une part d'elle-même avait continué de douter en être réellement capable. Il y avait les choses auxquelles on pensait, les choses osées et défendues auxquelles on aspirait. Les choses qu'on pensait vouloir. Les choses qu'on disait à ses amies vouloir faire. Mais que l'on ne faisait jamais. Il existait une ligne invisible qu'on ne franchissait jamais. Les conventions et la bienséance étaient difficiles à oublier.

Cette nuit, elle avait franchi cette ligne, néanmoins.

Elle avait franchi cette ligne et elle ne le regrettait pas.

Quand Rhain se réveilla, il crut d'abord qu'il rêvait.

En ouvrant les yeux, il vit Valencia debout auprès de lui, en robe de chambre. Et bientôt, elle se débarrassa de cette robe de chambre. Elle était là, devant lui, nue, ne cachant rien de sa poitrine généreuse, de son ventre plat ni de son sexe. Ses cheveux luxuriants retombaient sur ses épaules et une mèche s'était même enroulée autour d'un mamelon. Il crut mourir d'émotion à ce moment-là.

Il ferma les yeux en repensant à la sensation de son corps léger en train de s'installer sur le sien, à la sensation de son sexe soyeux autour du sien.

Son cousin se trompait. Elle ne lui plaisait pas. Ce n'était pas un mot assez fort. Si cela n'avait été que cela, les choses auraient été nettement moins compliquées. Chaque parcelle de son corps et son âme avait envie et besoin d'elle. Il aurait aimé qu'elle ne parte pas. Il aurait aimé qu'elle reste. Un peu plus longtemps, au moins.

Toute la nuit.

Ce n'était pas ainsi qu'il avait imaginé son séjour londonien. Le duché était un fardeau. Un fardeau dont il devait se charger pour sa famille. Pour sa mère et ses sœurs. Pour tous ceux qui dépendaient de lui.

Je n'étais pas censé trouver quoi que ce soit pour moi ici.

Il fixa la porte immobile. Valencia était de l'autre côté, et il le déplorait. Il aurait voulu qu'elle soit là avec lui. Dans cette chambre. Dans ce lit. Il la voulait avec lui toutes les nuits, tant que durerait son séjour.

Et tout à coup, il ne vit pas pourquoi il n'en serait pas ainsi.

20

« Ne sous-estimez jamais les actes d'un homme ambitieux jusqu'à la déraison. »

VALENCIA, DUCHESSE DOUAIRIÈRE DE DEDHAM

Valencia se réveilla le lendemain matin délicieusement courbatue. Elle s'étira et resta au lit un moment. Elle plia les jambes et ressentit une légère excitation en repensant à la nuit précédente. Elle sourit, toujours incapable du moindre regret ou de la moindre honte.

Au bout d'un moment, son sourire s'effaça. Les premières lueurs de l'aube éclairaient sa chambre. À la lumière du jour apparaissait toujours la réalité. Les conséquences.

Il y avait toujours des conséquences.

Elle le savait mieux que quiconque. Chaque action entraînait une réaction. Chaque décision aboutissait à un résultat. Même si elle ne ressentait ni honte ni regret, la cruelle lumière du jour était en train de se frayer un chemin.

Valencia avait de toute façon déjà pris sa décision : ce qui s'était passé dans la chambre voisine ne se reproduirait pas. Ce serait une erreur de considérer qu'il s'agissait d'autre chose que d'une folie passagère, que l'égarement d'une nuit.

Elle s'habilla en essayant de ne pas regarder la porte de

communication – le portail vers la tentation – et surtout en essayant de ne pas penser à quel point il serait facile de la franchir de nouveau la nuit prochaine et de venir rejoindre Rhain dans son lit. Si elle recommençait, peut-être parlerait-elle. Peut-être réussirait-elle à prononcer des mots et à faire davantage que prendre son plaisir avec lui et s'enfuir.

Elle chassa ces pensées fort malvenues et se ressaisit pour aller prendre son petit déjeuner avec la famille Lloyd. Rhain était absent, ce qui était à la fois un soulagement et une déception. Consternée, elle se dit qu'elle allait vraiment devoir décider ce qu'elle voulait.

Après le petit déjeuner, elle se rendit en compagnie des sœurs Lloyd dans la salle de bal où les attendait leur professeur.

La leçon du jour fut longue et ardue. Le quadrille était difficile à assimiler pour des débutantes : c'était une danse qui comprenait des pas compliqués, surtout pour Del et Glynis qui manquaient de coordination. De toutes les sœurs, il s'agissait des moins gracieuses.

Vincente, le maître de ballet, était patient. Cet homme élégant aux cheveux gris avait été, jadis, le professeur de Valencia. C'était sa mère qui l'avait engagé. Comme cette dernière, il était espagnol, ce qui les avait tout de suite rapprochés. La mère de Valencia et lui avaient l'habitude de converser dans leur langue maternelle et de parler longuement de leur pays natal.

— Ah, votre mère était une danseuse-née, rappela-t-il à Valencia. Elle était si gracieuse. Elle était faite pour cela et quand elle dansait, elle était magnifique.

En souriant, Valencia acquiesça.

— Oui, c'est vrai.

Sa mère dansait, peignait et faisait de la musique. Elle avait apporté de la beauté dans ce monde. Elle était douée pour les arts, et elle s'y adonnait avec passion avant de tomber malade.

Après la leçon de danse, Vincente s'en alla et tout ce petit monde se dirigea vers la salle à manger pour le déjeuner. Les jeunes femmes parlaient avec animation des soirées et autres événements à venir. L'opéra avait aiguisé leurs appétits, et elles attendaient avec impatience leur prochaine sortie. Valencia avait programmé pour elles un concert, qui aurait lieu le soir même chez Maeve. C'était une bonne porte d'entrée pour que les sœurs puissent déployer leurs ailes et rencontrer des personnes autres que les prétendants qui venaient leur rendre visite tous les jours. Ce concert était la soirée idéale après l'opéra, où les sœurs avaient été bien vues, comme pouvait l'attester le nombre d'invitations arrivées depuis et le défilé incessant des jeunes galants.

Les Bernard-Hill avaient beaucoup de relations très haut placées et, plus important, le concert aurait lieu en terrain ami. Maeve saurait se montrer accueillante et bienveillante, et ferait tout pour que les sœurs Lloyd se retrouvent en pleine lumière, ne serait-ce que pour faire plaisir à Valencia.

— Ah, Votre Grâce.

Wilkes s'arrêta devant elle. Il portait un plateau en argent contenant une seule enveloppe.

— Ceci vient d'arriver pour vous.

Elle prit la lettre et pria les jeunes femmes de la précéder dans la salle à manger. Elle bifurqua vers le bureau, espérant y trouver un coupe-papier. Elle s'attendait à ce que l'enveloppe contienne une invitation pour aller prendre le thé ou déguster des glaces chez l'une de ses amies, mais dès qu'elle l'ouvrit et vit ce qu'elle contenait, son cœur cessa de battre. Son estomac se contracta douloureusement et une violente nausée s'empara d'elle.

Seigneur, elle allait vomir.

Les mots dansaient devant ses yeux. Elle les relut, comme si elle avait mal compris.

Lentement, son cœur se remit à battre, mais ce n'était plus du sang qui coulait dans ses veines. C'était de la terreur.

« *Je sais que ce n'était pas un accident.* »

Sans y prendre garde, elle laissa échapper la lettre qui tomba sur le tapis, où elle resta un moment, jusqu'à ce que Valencia se penche pour la ramasser en jetant des regards furtifs autour d'elle, comme si elle était surveillée.

Bien entendu, il n'y avait personne d'autre qu'elle dans la pièce, mais elle avait l'impression de ne pas être seule, comme si des yeux étaient posés sur elle. Elle se sentait... violée. Envahie.

Le désespoir comprima sa poitrine, l'empêchant de respirer. Elle enfouit la lettre dans sa poche et se dirigea précipitamment vers l'étage, oubliant toute idée de déjeuner. Elle se sentait incapable de s'asseoir à table avec les autres et de se comporter comme si tout allait bien.

Une fois dans sa chambre, elle referma la porte à clé derrière elle, même si c'était totalement inutile. La personne qui lui avait écrit cette lettre, quelle qu'elle soit, n'avait pas besoin de forcer sa porte pour parvenir jusqu'à elle.

Cette personne était déjà là.

Elle savait déjà comment l'atteindre, comment arriver jusqu'à elle et l'affecter.

Elle se dirigea vers la fenêtre et, tapie derrière les tentures, observa la cour et, au-delà, la rue, toujours très passante.

Qui était cette personne, et que pensait-elle savoir ?

Sans réfléchir, elle sonna les domestiques. Quelques minutes plus tard, Tildie se présenta, frappant à la porte et essayant, sans succès, de l'ouvrir.

Valencia la fit entrer et lui demanda d'aller chercher le ou la domestique qui avait réceptionné la lettre. Avec un regard intrigué, Tildie s'exécuta. Peu de temps après, une des femmes de chambre était devant elle. Elle faisait partie des domestiques arrivés avec Rhain et sa famille. Et comme c'était son jour de chance, elle ne parlait pas anglais.

Elle agita la lettre devant la jeune fille très nerveuse, en parlant lentement et très fort, comme si cela pouvait aider à la compréhension.

— Qui vous a donné ceci ?

Tout à coup, une ombre apparut sur le seuil.

— Un problème ?

Valencia releva brusquement la tête en entendant la voix grave du duc. Rhain pénétra dans la chambre, en regardant alternativement Valencia et la domestique.

— Megha ?

Il dit ensuite quelque chose que Valencia ne comprit pas.

La jeune fille répondit, dans un débit rapide et heurté.

Il se tourna vers Valencia.

— Elle pense qu'elle va avoir des problèmes. Elle ne sait pas ce qu'elle a fait pour vous déplaire.

Valencia secoua la tête avec exaspération.

— Non. Dites-lui, s'il vous plaît, qu'elle n'a rien fait de mal. Je veux juste savoir qui a apporté cette lettre, dit-elle en remuant l'enveloppe devant elle. Elle l'a réceptionnée dans la matinée. Je veux une description de la personne en question.

Elle sourit comme s'il ne s'était rien passé de grave et que son interrogatoire était tout à fait normal.

Rhain l'observa un long moment, avant de se tourner vers Megha pour, sans doute, lui transmettre les questions de Valencia.

La domestique répondit, sans paraître beaucoup plus à l'aise. Puis, se tourna de nouveau vers Valencia, Rhain dit :

— D'après elle, c'était un jeune garçon. Il ne devait pas avoir plus de dix ans.

— Un jeune garçon ? répéta-t-elle, perplexe. Portait-il une livrée, par hasard ?

Peut-être travaillait-il pour une grande famille, auquel cas sa livrée fournirait un indice permettant de l'identifier.

Il posa la question de Valencia et Megha répondit par la négative.

Valencia hocha la tête, prise de découragement. Évidemment, il aurait été trop beau que cela soit si simple.

Rhain congédia la jeune fille, puis se retrouva seul avec Valencia. Il s'approcha tout près et la regarda dans les yeux.

— Que se passe-t-il ?

Elle secoua la tête.

— Rien, répondit-elle en pinçant fortement les lèvres.

Elle ne pouvait rien dire.

Il désigna la lettre, et insista.

— Qu'y a-t-il dans cette lettre ?

Elle frémit et agrippa plus fermement la missive.

— Rien, répéta-t-elle.

Il fronça les sourcils.

— Vous me semblez bien bouleversée pour quelque chose qui n'est... rien.

— C'est... personnel.

Il effleura son bras et la bonté de son geste faillit la faire flancher. Elle mourait d'envie de s'appuyer contre lui, de sentir ses bras autour d'elle et de se laisser réconforter par lui.

— De toute évidence, vous êtes perturbée...

— Cela ne vous regarde pas, rétorqua-t-elle en se dégageant.

Sa main retomba et il recula, avec un hochement de tête sec.

— Je vois. Très bien.

Il ne voyait rien, mais elle ne pouvait pas discuter ce point. Elle ne pouvait pas le laisser entrer dans la brèche. Elle ne pouvait pas le laisser voir. Pas sans lui expliquer la lettre... pas sans tout lui expliquer, toutes ces choses dont elle ne pourrait jamais parler.

Elle déglutit et, désignant la porte, elle suggéra :

— Si cela ne vous fait rien de me laisser, je me sens tout à coup très lasse. J'aimerais me reposer avant le concert de ce soir.

Ses yeux lançaient des étincelles de colère, mais il demeura poli.

— Bien entendu. Je ne voulais pas vous importuner... Votre Grâce.

Elle inclina la tête, en essayant de faire comme s'ils n'avaient jamais été intimes. Amants. De faire comme si elle ne l'avait pas rejoint dans son lit, quelques heures plus tôt. Elle se raidit. Ce n'était pas parce qu'ils avaient fait l'amour une fois qu'ils étaient amants. Une fois... ce n'était qu'une fois. Autrement dit rien, ou presque.

— Reposez-vous bien.

Au lieu de se diriger vers le couloir, il traversa sa chambre et sortit en empruntant la porte de communication, lui rappelant en cet instant qu'ils n'étaient pas des étrangers, même si elle prétendait le contraire. Ses joues s'embrasèrent quand elle songea qu'ils se connaissaient même *intimement*.

Quand il fut parti, elle chercha un réticule dans son armoire. Elle était en train de fourrer la lettre dans le sac et d'en resserrer le lien de fermeture quand Tildie entra.

— Votre Grâce ? demanda Tildie. Puis-je vous aider ?

— Faites avancer une voiture, je vous prie.

— Oh. Vous sortez ?

Elle y avait pensé souvent au cours de l'année écoulée, mais elle n'avait pas eu le courage d'y retourner depuis sa précédente visite.

Je sais que ce n'était pas un accident.

Jusqu'à maintenant, où tout avait changé.

21

« Quand on a besoin de réponses, il est tout à fait logique de consulter quelqu'un d'omniscient. »

VALENCIA, DUCHESSE DOUAIRIÈRE DE DEDHAM

Après la réception de la lettre anonyme, Valencia sentit la panique s'emparer d'elle, jusqu'à ce qu'elle en conclue qu'elle n'avait qu'un seul endroit où aller. Qu'une seule chose à faire. Qu'une seule destination vers laquelle courir. Cette vérité s'imposa à elle avec autant d'évidence que de terreur.

Une fois cette décision prise, elle ne perdit pas de temps. Elle sauta dans une calèche et traversa la ville avant de risquer de changer d'avis.

Arrivée à destination, elle fut conduite dans un salon fort élégamment aménagé. L'arôme puissant de l'encens, mêlé au citron et à d'autres herbes emplit ses narines.

— Vous êtes revenue.

Ce n'était pas une question. C'était une constatation, formulée avec un accent aux origines incertaines. Il courait de nombreuses rumeurs au sujet de Mme Klara. Sur elle, on disait tout et son contraire. Certains prétendaient qu'elle était une princesse désargentée, chassée d'un royaume lointain. D'autres qu'elle était une paysanne originaire de Grèce. Quoi qu'il en soit, elle était une figure incontournable du grand monde, qui recourait très régulièrement à ses services.

Valencia retira ses gants et les tendit à une domestique, avant de s'asseoir. Une table la séparait de la jeune femme.

Mme Klara était assise sur un siège qui ressemblait davantage à un trône. Valencia était quasiment certaine que c'était déjà sur ce siège très orné qu'elle avait pris place un an plus tôt, lors de cette éprouvante séance de spiritisme.

En un an, la popularité de la voyante n'avait fait que s'accroître. Elle recevait dans son salon les personnalités les plus en vue de la société. Fort ironiquement, l'une de ses clientes les plus assidues était l'épouse de l'évêque de Winchester. Elle préférait prendre conseil auprès d'une diseuse de bonne aventure qu'auprès de son mari. C'était une anecdote qui amusait beaucoup le grand monde.

— Je suis revenue, acquiesça-t-elle. J'imagine que vous le saviez, la défia Valencia avec un haussement de sourcil presque narquois.

Mme Klara sourit de façon assez énigmatique, en fixant intensément Valencia de ses yeux noirs d'encre.

— Cela ne fonctionne pas toujours ainsi, Votre Grâce. Mon don n'est pas quelque chose que je peux contrôler ni convoquer selon mes envies.

— Cela ne doit pas être toujours commode pour vos affaires, alors.

La jeune femme fit une légère grimace.

— En effet, Votre Grâce. Mais j'ai la chance de pouvoir compter, dans cette ville, sur le soutien de quelques personnes fidèle qui font régulièrement appel à mes services.

La femme de l'évêque, par exemple.

Valencia hocha la tête. Au moins, elle était honnête, et c'était appréciable.

Il existait sans aucun doute un grand nombre de femmes (et d'hommes) qui exerçaient la même profession que Mme Klara et qui se comportaient de façon bien moins honorable et n'hésitaient pas à abuser de la crédulité et de la vulnérabilité de leurs clients.

Certaines personnes avaient en effet désespérément besoin de croire au don de voyance. Valencia, quant à elle, avait toujours pensé qu'il existait des choses défiant toute rationalité. L'année précédente, elle avait voulu à tout prix rendre visite à Mme Klara. Tru, elle, s'était montrée réticente. Son amie trouvait l'art de la divination plutôt suspect. Lors de leur visite à Mme Klara, Tru avait clairement exprimé ses doutes et ses réserves. Elle n'avait même pas voulu assister à la séance. Valencia, elle, s'était montrée plus confiante. Elle était bien plus encline à croire à l'existence de l'extraordinaire, comme à celle des esprits par exemple.

Elle se souvenait que sa mère lui racontait des histoires de fantômes, lui parlait des miracles accomplis par les saints et par la Vierge Marie. Elle croyait les phénomènes surnaturels possibles.

Elle était peut-être là sur un coup de tête. Elle ne pensait pas que Mme Klara puisse forcément résoudre ses problèmes, mais elle était suffisamment désespérée pour tenter le tout pour le tout.

Avec optimisme et espoir, elle plaça ses mains dans les paumes de Mme Klara, qui referma ses doigts froids autour de ses poignets.

— La dernière fois que vous êtes venue...

— C'était il y a un an, précisa Valencia. À peu près.

De nouveau ce sourire énigmatique. Mme Klara était une belle femme, et étonnamment jeune pour quelqu'un d'aussi bien établi et renommé.

— Oui, je me souviens très bien.

Valencia serra les lèvres et acquiesça, tout en se disant qu'il valait peut-être mieux qu'elle se taise et s'abstienne de toute information superflue, afin de ne pas biaiser les déclarations de la voyante.

— La dernière fois que vous êtes venue, je vous ai dit de vous méfier des escaliers.

— Vous vous en souvenez, répondit Valencia en hochant sombrement la tête.

— Oui, ce... message était parvenu jusqu'à moi avec beaucoup de force.

Valencia, quant à elle, aurait très bien pu l'oublier... si cette mise en garde n'avait rien signifié.

Si ces mots étaient restés vides de sens.

Il s'était produit l'inverse car la mise en garde en question s'était avérée, au contraire.

Par deux fois, cet avertissement aurait pu se révéler utile si elle l'avait pris au sérieux. Cependant, qu'aurait-elle pu faire à part fuir sa propre vie ?

Les escaliers avaient joué un rôle important dans sa vie au cours de l'année écoulée, c'était certain. La première fois, il s'était agi d'une mauvaise chute. Causée par un « tiers », qui l'avait poussée. Ce soir-là, Dedham était de particulièrement mauvaise humeur quand elle était rentrée tard après avoir passé une très bonne soirée avec ses amies. En réalité, la soirée en question était la séance de spiritisme, lors de laquelle elle avait rencontré Mme Klara pour la première fois. Son mari avait très mal réagi, et le mélange d'alcool, de médicaments et de jalousie maladive avait eu des conséquences très néfastes pour Valencia.

— Si je me souviens bien, vous m'aviez dit...

Mme Klara l'interrompit pour se citer elle-même :

— « L'on peut facilement manquer une marche, et alors les conséquences peuvent être très graves. »

— Oui.

Valencia cligna des yeux en entendant de nouveau la voyante prononcer ces mots. Elle les connaissait par cœur, et pourtant, elle frissonna en repensant aux événements qui s'étaient produits.

— C'est exactement ce que vous aviez dit.

Valencia hocha la tête, la gorge serrée. Ces « très graves conséquences », elle avait dû les affronter.

Malgré la mise en garde, Valencia n'avait pas été capable de se protéger ni de s'aider elle-même, et elle en avait souffert.

Cependant, à présent, elle pourrait peut-être s'aider comme

elle n'avait pas su le faire la nuit où Dedham l'avait poussée dans les escaliers… ou bien cette autre fois.

Cette autre fois. Ce qui s'était passé aurait-il pu être évité ? Elle s'était posé la question à d'innombrables reprises au cours de l'année écoulée.

La femme tapota sa tempe d'un doigt élégant, recouvert de la dentelle noire de ses gants.

— Je n'oublie jamais une prémonition comme celle-ci.

En peinant à respirer, Valencia fit glisser un morceau de papier sur la table qui les séparait.

— Dites-moi, je vous en prie. Une menace pèse-t-elle sur moi ?

Elle dut faire des efforts pour reprendre son souffle.

— Une nouvelle menace ?

La voyante regarda le papier avec impassibilité. Puis, au bout de plusieurs minutes, les beaux yeux sombres de Mme Klara se levèrent pour plonger dans ceux de Valencia.

— La menace ne s'est jamais éloignée. Le danger n'est pas passé. Vous n'êtes pas en sécurité.

Elle marqua une pause, comme si elle réfléchissait attentivement aux mots qu'elle allait employer.

— Le pire vous attend, Votre Grâce.

Valencia, prise d'une nouvelle attaque de panique, hocha la tête de façon nerveuse.

— Pouvez-vous voir quoi… ou qui ? Qui m'a envoyé cette lettre ?

Pourrait-elle faire quelque chose pour se protéger, cette fois ? Ce serait différent, cette fois, tenta-t-elle de se raisonner, afin de se calmer. Cette fois, elle prendrait la mise en garde au sérieux.

Mme Klara posa la main sur celle de Valencia et la serra fort. En fermant les yeux, elle expira, puis inclina la tête sur un côté comme si elle écoutait quelque chose dans le lointain. Quelque chose ou quelqu'un.

Au bout d'un moment, elle rouvrit les yeux.

Valencia, pressée de savoir, se pencha en avant sur son siège. Le regard de Mme Klara était perdu dans le vide.

— Alors ? Est-ce que vous voyez quelqu'un ?

— Cette personne vit tapie dans l'ombre. L'obscurité la plus noire l'entoure, mais elle vous observe. Elle ne s'arrêtera pas. Elle veut vous nuire.

Valencia crispa les épaules.

Mme Klara secoua la tête.

— Je suis désolée de ne pas réussir à être plus précise. Avez-vous la moindre idée de qui peut vous vouloir du mal ? Avez-vous des ennemis ?

Mon mari. Mais à moins qu'il ne soit revenu du royaume des morts, cela ne pouvait pas être lui.

— Non, personne.

— Oh.

La voyante hocha la tête avec un sourire triste.

— Il y a bien quelqu'un, Votre Grâce.

Valencia, abattue, se laissa retomber dans le fond de son siège.

— Merci pour votre aide, vous m'avez été utile.

Pas aussi utile qu'elle ne l'avait espéré, mais les bonnes manières prévalaient toujours, même dans les circonstances les plus graves.

— Y a-t-il un endroit où vous pouvez vous réfugier ? Pouvez-vous quitter Londres ?

Valencia fit la moue et prit sur elle pour ne pas se récrier. Quitter Londres était la chose qu'elle avait essayé d'éviter à tout prix. Et maintenant...

Oui. Elle avait un endroit où se réfugier. Peut-être devrait-elle s'y résoudre. Peut-être y serait-elle en sécurité, mais elle ne voulait pas être en sécurité si cela signifiait que plus jamais elle ne reverrait Rhain.

À quoi bon être en sécurité si, à l'intérieur d'elle-même, elle se sentait morte ?

L'idée de quitter Londres lui paraissait encore plus intolérable depuis qu'elle avait fait la connaissance de Rhain. Il était là, tout près d'elle, à portée de main. Il était dans la chambre voisine, séparé d'elle par une simple porte. Elle ne voulait pas que ce qu'elle avait trouvé avec lui ne cesse. Cela venait à peine de commencer.

Ils venaient à peine de commencer.

Tant qu'il séjournerait à Londres, elle voulait y être aussi. Avec lui. Elle voulait passer d'autres nuits – toutes les nuits – au lit avec lui.

— Votre Grâce ? demanda Mme Klara d'une voix douce.

Elle secoua la tête, soudain calme et déterminée.

— Je ne peux pas partir.

La voyante fronça les sourcils.

— J'ai peur pour vous...

Valencia avait peur elle aussi, mais elle avait vécu trop longtemps dans la crainte de ce que lui réservait l'avenir. Elle ne laisserait plus la peur la tenir captive.

Elle leva le menton, et dit lentement :

— J'ai des amies.

Elle savait que le danger était réel. Elle savait qu'il y avait quelqu'un qui l'épiait, qui la suivait peut-être... mais elle n'était pas seule. Elle n'avait jamais été seule.

Ses amies étaient les plus loyales des camarades. Féroces comme des guerrières. Elles l'aideraient. Ensemble, elles pourraient peut-être découvrir qui lui voulait du mal. Une nouvelle fois.

À la campagne

Un an plus tôt

Son mari avait beau avoir levé la main sur elle à de nombreuses reprises, elle ne s'était jamais habituée à la douleur. À la soudaineté. Au choc. La douleur, même fréquente, était toujours une surprise pour le corps.

Enfant, elle avait été protégée, aimée et choyée par sa mère. Il était difficile de concilier la femme qu'elle était devenue avec l'enfant qu'elle avait été. Sans doute était-il compliqué d'imaginer pour soi un futur fait de crainte et de souffrance. Personne ne pouvait s'imaginer devenir victime.

Personne ne pouvait imaginer un tel destin.

Elle tomba à genoux, rejoignant Dedham sur le sol. Et elle resta dans cette position, à se traîner par terre pour essayer de lui échapper. Ils avaient presque atteint le bout du couloir. La seule issue se trouvait en bas. En bas des escaliers.

Elle voulut se lever, prête à s'enfuir, quand elle sentit le contact dur et brutal de la canne de Dedham contre son dos. Une douleur aiguë la foudroya.

Elle retomba si violemment en avant que le contact du tapis brûla ses mains et ses genoux. En poussant un gémissement furieux, elle se retourna et vit Dedham face à elle, en train de lever de nouveau sa canne pour la frapper.

— Valencia ! Es-tu blessée ? Que se passe-t-il ?

Rosa et Delia apparurent tels deux anges, dans leurs robes de chambre qui flottaient autour d'elles à la manière d'ailes vaporeuses. Dans leur hâte de lui porter secours, elles couraient, pieds nus, sur le tapis, et leurs pas précipités résonnaient dans le couloir. Aussitôt, ajoutant à sa détresse, un cuisant sentiment de honte s'empara de Valencia. Non, se dit-elle, mortifiée. Ses amies n'auraient jamais dû voir un tel spectacle.

— R… rien.

Ses amies lui prirent les mains et l'aidèrent à se relever.

Dedham réussit à se lever sans être aidé, en s'appuyant lourdement sur sa canne. Dans ses yeux se lisait la même rage féroce. Il agita frénétiquement une main devant Rosa et Delia.

— Cela ne vous regarde pas. Retournez vous coucher.

— Vous n'êtes pas chez vous, rétorqua Rosa, les narines palpitantes.

— Valencia ?

Ce fut au tour de Maeve d'arriver. Elle avançait vers eux tout en enfilant sa robe de chambre.

— Oh. C'est une petite sauterie maintenant, déclara Dedham. Toutes vos amies sont là. Merveilleux.

Avec consternation, Maeve regarda Dedham puis Valencia.

— As-tu des soucis, Valencia ? Est-ce que nous pouvons… t'aider ? demanda-t-elle de sa voix toujours si posée.

— Tout va bien, je vous assure, déclara-t-elle, en luttant pour ravaler ses larmes et pour ne pas s'étrangler en prononçant ce mensonge patent.

Ses amies n'étaient pas censées voir ceci. Elles n'étaient pas censées savoir.

— Retournez vous coucher. Je m'excuse si nous vous avons dérang…

— Oh ! bouclez-la donc, espèce de pauvre idiote. Vous pensez vraiment qu'elles vont vous croire ? grommela Dedham.

Ce fut plus fort qu'elle. Elle ne put s'empêcher de réagir.

C'était peut-être la présence de ses amies, qui l'entouraient et lui insufflaient du courage. Elle leva la main et gifla Dedham sans retenue. Cela lui causa un plaisir et une satisfaction extrêmes.

Il s'immobilisa un long moment, puis il tourna les yeux vers elle. Elle y vit un mélange de choc et de haine.

Elle sentit son sang se glacer dans ses veines. Elle savait ce qui l'attendait.

Davantage de peur. Davantage de souffrance.

Il brandit sa canne et l'abaissa en direction du visage de Valencia. Elle leva les bras pour se protéger de l'attaque.

L'attaque qui ne survint pas.

Ses amies se précipitèrent en avant. Comme une seule femme, elles le chargèrent. Valencia aperçut brièvement son visage, ses yeux exorbités, son expression stupéfaite, juste avant qu'il ne tombe en avant et ne chute dans l'escalier en poussant un cri muet qui déformait sa bouche.

Elles restèrent toutes les quatre en haut de l'escalier, serrées les unes aux autres, haletantes, à observer le corps brisé et sans vie de Dedham.

22

« Dans la jungle, le plus grand prédateur est le lion. Dans le grand monde, c'est le coureur débauché. J'ignore lequel des deux est le plus dangereux. »

VALENCIA, DUCHESSE DOUAIRIÈRE DE DEDHAM

Dans le plus grand des silences, la lettre passa deux fois de Rosa à Maeve, puis à Delia.

Valencia vit ses trois amies pâlir tour à tour.

Delia lui tendit le papier, mais elle n'en voulut pas. Elle n'avait pas besoin de le revoir. Les mots étaient gravés dans sa mémoire.

Après être sortie de chez elle, elle était passée chercher Delia et Rosa, avant qu'elles n'aillent ensemble chez Maeve. Elles étaient toutes les quatre assises dans le jardin, car les domestiques étaient occupés à préparer la maison pour le concert du soir. Mais ce n'était pas la seule raison. Dans le jardin, elles risquaient moins d'être entendues.

Maeve finit par parler, une lueur d'espoir dans les yeux.

— L'auteur de ce billet ne fait peut-être pas référence à la nuit que nous savons.

Rosa fit une moue dubitative.

— De quoi d'autre pourrait-il s'agir ?

Maeve secoua la tête et adressa un regard interrogateur à Valencia.

— Pourrait-il faire référence à autre chose, Valencia ?

— Je ne vois pas ce dont il pourrait s'agir d'autre...

— La formulation est plutôt vague, ajouta Delia, qui semblait aussi désemparée que Maeve.

— Je m'excuse, mais il s'agit bien d'une menace, dit Rosa en agitant la feuille de papier devant elle.

— C'était un accident ! s'exclama Delia, les lèvres tremblantes. Nous n'avons jamais eu l'intention de le tuer.

— Bien sûr que non, acquiesça Maeve, de sa voix calme et raisonnable, comme si rien ne l'atteignait. Nous défendions Valencia.

— Nous sommes des meurtrières. Point, dit Rosa en haussant les épaules, comme si cela ne lui faisait rien du tout. Mais il le méritait. Personne ne peut prétendre le contraire.

Maeve haleta, puis murmura, en articulant bien :

— Nous ne sommes pas des *meurtrières*.

— Quoi qu'il en soit, aucune de nous ne brûlera en enfer pour ce que nous avons fait. Je pense que nous sommes toutes d'accord sur ce point.

— Que devons-nous faire ? demanda Delia. En parler à ma mère ? À Jasper ?

Valencia secoua la tête.

— Non. Moins il y a de personnes au courant, mieux c'est.

Elle ne voulait pas impliquer Tru dans cette histoire. L'accident s'était passé chez elle, après tout. Si la vérité sur cette nuit-là éclatait au grand jour, elle ne voulait surtout pas que Tru puisse être incriminée en quoi que ce soit. Pas alors qu'était sur le point d'épouser l'amour de sa vie. Pas alors qu'elle avait enfin trouvé le bonheur. Valencia ne pouvait et ne voulait pas mettre cela en péril.

— Non. Il faut que cela reste entre nous.

C'était ce qu'elles avaient décidé ensemble sur le moment. Ne rien dire à personne. Elles respecteraient ce pacte.

La question était de savoir si elles l'avaient toutes respecté. Il était légitime de s'interroger, étant donné qu'une personne extérieure semblait savoir.

L'une d'entre elles avait-elle parlé ?

De toute évidence, Valencia n'était pas la seule à se questionner. Rosa adressa un regard inquisiteur à sa nièce.

— Delia... est-ce que tu en as parlé à quelqu'un ?

La jeune femme rougit violemment.

— Non ! se récria-t-elle. Jamais. Nous avions un accord.

Maeve tapota sa main.

— C'est évident que tu n'as rien fait de tel, dit-elle en adressant un regard réprobateur à Rosa. Nous avons passé un pacte.

Valencia soupira.

— Quelqu'un sait, pourtant. Sans doute quelqu'un qui était présent. L'un des invités...

Maeve mordillait ses lèvres d'un air pensif. Elles échangèrent toutes des regards sombres.

— Qui pourrait faire une chose pareille ? s'interrogea Delia, l'air perplexe.

Le silence se fit de nouveau, alors qu'elles réfléchissaient et repensaient à cette funeste nuit au manoir de Chatham. Valencia passa en revue tous les invités, dont les visages s'imprimèrent un à un dans son esprit.

— Lord Burton, murmura-t-elle alors, alors que le visage de cet homme détestable se détachait des autres.

Il était resté éveillé jusqu'à tard, puisqu'il l'avait agressée peu de temps avant que Dedham ne s'en prenne à elle à son tour. Cela ne pouvait être que lui.

— Ohhh, acquiesça Delia. Oui. C'est un homme mauvais.

Étant donné que Lord Burton avait longtemps été ami avec son père, elle connaissait bien ses travers.

— Ou bien Ashbourne, suggéra Rosa.

— Lord ou Lady ? demanda Maeve.

Valencia fit la moue.

— L'un ou l'autre.

— Les deux sont détestables, acquiesça Rosa.

— Donc, en réalité, nous avons plusieurs suspects, commenta Valencia, dépitée. Nous ne sommes guère plus avancées.

Rosa secoua la tête.

— Quelque chose me dérange, dit-elle. Que ce soit Burton, ou les Ashbourne… pourquoi auraient-ils attendu un an ? Cela semble étrange. S'ils voulaient te faire chanter, pourquoi ne pas l'avoir fait plus tôt ?

Valencia acquiesça. En outre, Burton se serait sans doute servi de cela contre elle. Cela aurait été un moyen efficace de la manipuler et de la contraindre à faire ce qu'il voulait.

— Dans ce cas, qui ? demanda Delia, dont l'angoisse altérait les traits.

— Oui, qui ?

Ce fut alors que Valencia, tout à coup, sut.

Elle sut *précisément* qui avait pu lui envoyer cette lettre de menaces.

23

« La seule chose plus importante qu'un aristocrate, c'est son héritier. »

HAZEL, MARQUISE DE SUTTON

Le mari de Hazel la trouva les mains dans la terre, en train d'arracher des mauvaises herbes qu'elle regroupait en tas. Sutton ne s'aventurait pas souvent dehors. Il se plaignait de ce que le soleil brillait trop fort (oui, même à Londres) et de ce que le jardin était trop éloigné de la maison. Il ne se trouvait qu'à quelques pas du corps de bâtiment, mais pour lui cette courte distance équivalait à une lieue au moins.

Pour l'instant, il refusait encore d'être transporté en chaise roulante, même si Hazel pensait qu'il aurait été grand temps d'y songer. Étant donné son état de santé, il risquait la chute à tout moment.

C'était ce qu'elle craignait, et peut-être n'était-ce pas pour des raisons purement altruistes. S'il se cassait la jambe ou la hanche, ce ne serait drôle pour personne. Ce serait pénible pour lui, pour les domestiques, et surtout pour Hazel. Il serait encore plus exigeant vis-à-vis d'elle.

— Vous voilà.

Dans la main qui n'était pas agrippée au pommeau de sa canne, il tenait une feuille de papier, qu'il tendit devant lui.

— Je vous cherchais, très chère.

Il esquissa un sourire en voyant le tas de mauvaises herbes qu'elle avait formé.

— J'aurais dû me douter que je vous trouverais ici. Savez-vous que nous avons des domestiques pour faire cela ? Les jardiniers sont là précisément pour… jardiner.

Elle s'assit sur ses talons, et frotta ses gants pour en enlever la terre, tout en soufflant sur une mèche de cheveux tombée devant ses yeux pour dégager son visage.

— Vous savez bien que je préfère m'occuper moi-même du jardin.

Elle avait grandi en ville, dans des très petits logements. Elle n'avait jamais eu de chambre à elle, jamais de jardin, même minuscule. Aucune verdure. Rien que du gris, partout.

Jardiner, c'était un peu sa revanche sur l'existence, et elle adorait cela.

Elle désigna le papier dans sa main, puis se pencha de nouveau au-dessus de ses fleurs.

— Que tenez-vous là ?

— C'est une liste. J'y travaille depuis notre conversation.

Elle s'immobilisa, les mains au-dessus des bulbes de tulipes.

— Quelle conversation ? demanda-t-elle en restant délibérément vague.

Elle feignait l'ignorance, mais elle savait. Elle savait très bien. Il s'agissait de la conversation pénible qu'ils avaient eue après être allés rendre visite à Valencia. Depuis, elle repassait en boucle dans son esprit, et à chaque fois, elle lui paraissait plus atroce.

« Vous me donnerez un héritier… Il y a toujours un moyen, très chère. »

Qu'est-ce que Sutton avait bien pu vouloir dire ? Elle avait eu trop peur de demander des éclaircissements. Depuis ces déclarations, elle demeurait sur le qui-vive, partagée entre la crainte de le voir surgir dans sa chambre au beau milieu de la nuit animé de certaines intentions, et l'incrédulité, car il s'agissait d'un homme incapable d'enfiler son pantalon sans aide.

— Avez-vous donc oublié, petite étourdie ? Il faut que nous trouvions un moyen de vous faire avoir un enfant - mon héritier - afin que vous soyez protégée comme il se doit dans le futur et qu'il ne vous arrive pas la même déconvenue qu'à cette pauvre Valencia.

— Ce n'était donc pas une plaisanterie ? demanda-t-elle d'une voix faible.

Ni un cauchemar ?

— Non, pas du tout. C'est un plan génial. Savez-vous qui est mon héritier actuel ? Martin, le fils de mon cousin. Ce dandy se rêve poète, *artiste*, et il tient ces salons ridicules.

Elle savait pour les salons. Elle et Sutton étaient souvent invités. Bien entendu, ils n'y allaient jamais. Ce n'était pas la tasse de thé de son mari, et Hazel ne sortait dans le grand monde que quand son mari insistait. Pourquoi se confronterait-elle de son plein gré à toutes ces ladies aux sourires hypocrites et à tous ces gentlemen aux regards lubriques ?

Il secoua la tête.

— Et nous ne pouvons pas compter sur sa gentillesse pour qu'il veille sur vous lorsque je ne serai plus là. Certainement pas.

Certainement pas. Poète ou pas, il entrait dans la catégorie des hommes lubriques. Elle avait entendu dire que ses salons étaient des rendez-vous qui auraient fait rougir Dionysos en personne. Sutton devait l'ignorer, sinon il aurait sans doute souhaité qu'ils s'y rendent.

— Et cette liste, donc... dit-elle, pour l'inciter à poursuivre.

— Ah, oui. J'ai longuement et âprement réfléchi, pour finir par retenir quatre candidats.

— Des candidats ? répéta-t-elle, sans comprendre.

Il la regarda d'un air exaspéré.

— Ce que vous êtes lente quand vous vous y mettez, ma chère. Des candidats pour devenir le père de votre enfant, bien entendu.

Elle cligna des yeux.

Bien entendu ?

Qu'y avait-il *d'entendu* dans cette histoire ? Il cherchait un étalon pour… Elle regarda le sol. Pour l'ensemencer. Et il annonçait fièrement son plan, comme si tout cela était parfaitement naturel et normal.

— Mon cher époux, vous ne pouvez pas sérieusement vouloir dire que… Vous rendez-vous compte que vous êtes en train de parler d'adultère ?

Des femmes étaient condamnées pour moins que cela.

Sutton fit un geste de la main, comme pour repousser cette idée, qu'il avait l'air de trouver ridicule.

— Oh ! il ne s'agit pas d'adultère.

— Euh… Il me semble que c'en est au contraire la définition exacte, *my lord.*

— Pas du tout, puisque c'est moi qui suis à l'initiative de ce projet, déclara-t-il en agitant le papier devant lui.

— Je ne crois pas que cela fonctionne ainsi, rétorqua-t-elle assez sèchement.

Même s'il était d'accord pour être cocufié, cela restait de l'infidélité.

— Eh bien, cela devrait fonctionner ainsi. Je suis votre époux, et je ne me plains pas, et je dis même que vous *pouvez* faire cela. Pour la bonne cause, très chère, vous devez vous unir avec l'un de ces hommes.

Il agita de nouveau le papier.

Elle cligna des yeux. C'était absurde.

Ses mots étaient… absurdes, et ils la terrifiaient. Elle ne voulait s'unir avec personne. Cette période de sa vie avait pris fin, fort heureusement.

Quand elle avait épousé Sutton, elle s'était dit qu'elle n'aurait plus jamais à accueillir un homme dans son lit. C'était pour cette raison qu'elle avait accepté de l'épouser. Elle avait épousé un vieillard, mais il était impuissant, et elle n'aurait pas à partager son lit avec lui.

Il agita encore le papier.

— Allons, j'ai réfléchi longuement à qui il était possible de faire confiance. J'ai retenu quatre hommes, connus pour leur discrétion et ayant déjà fait leurs preuves.

— Leur discrétion ? demanda-t-elle, incrédule.

Ayant fait leurs preuves ?

— Oui.

Il hocha la tête et la regarda sévèrement.

— Vraiment, Hazel, d'habitude, vous êtes plus futée que cela.

C'était la première fois qu'on lui soumettait une idée aussi choquante. Comment pouvait-il s'attendre à ce qu'elle réagisse autrement que par l'incrédulité et l'hébétude ?

Il poursuivit.

— Tous ces hommes sont mariés, donc ils seront forcément discrets, et ils ont tous fait leurs preuves en engendrant plusieurs fils.

Elle eut un mouvement de recul. Dans sa bouche, tout paraissait si sordide. Comme si elle n'était rien de plus qu'une pouliche, ce qui n'était pas beaucoup mieux qu'une cocotte, ce qu'elle était avant son mariage. Et, sans doute, ce qu'elle était encore aux yeux de nombreuses personnes.

— Comment... comment savez-vous que ces hommes mariés accepteraient de faire une chose pareille ? Tromper leur épouse... et ne pas reconnaître leur rejeton, issu de leur lignée ?

Sutton rit.

— Vous êtes terriblement naïve, très chère. Ces hommes sont mes pairs. Je les connais car j'ai été l'un d'eux.

Et il aurait accepté de faire une chose pareille.

Elle n'était toujours pas convaincue.

— Je pense que vous vous méprenez sur...

— Leur envie de coucher avec vous, sans qu'ils n'aient à craindre la moindre conséquence ?

Il ricana.

— Je ne me méprends sur rien du tout. Je connais les hommes.

Elle tressaillit.

— Je ne peux pas...

Sutton se grandit de toute sa hauteur – qui n'était pas bien considérable – et lui lança un regard sévère.

— J'insiste. C'est la seule façon de protéger tout ce que je possède des mains avides de ceux qui ne le méritent pas.

La colère la gagna. Elle en était revenue au même point : forcée d'écarter les jambes, censée obéir et abandonner son corps à autrui. Les choses n'avaient pas beaucoup changé, semblait-il.

En se forçant à sourire, elle tendit la main vers la liste pour voir quels hommes étaient dignes, selon son mari, de jouer le rôle de l'étalon.

Il s'empressa de la lui donner, et lui rendit son sourire, pensant sans doute qu'il avait gagné la partie.

C'était ce qu'elle avait appris avec l'expérience : il était plus facile de laisser croire aux hommes qu'ils étaient victorieux. Les laisser croire qu'elle était battue à plates coutures. Ensuite elle pouvait faire ce qu'elle voulait et mener la vie qu'elle avait choisie.

Par curiosité, elle jeta un œil à la liste. Uniquement des hommes mariés, comme Sutton l'avait dit. Il y figurait même un des derniers bâtards du roi.

— Tous sont issus de lignées irréprochables, ajouta-t-il en hochant la tête d'un air satisfait.

C'était sans doute vrai. Qu'il soit bâtard ou pas, le fils du roi avait le sang bleu, assurément.

Sans se départir de son petit sourire crispé, elle plia la feuille de papier et la glissa à l'intérieur de son gant.

— Je vais y songer.

— Faites-le, je vous en prie. Et sans perdre de temps. Non pas que je me sente sur le point d'expirer, mais imaginez que vous donniez naissance à une fille. Il faudra réessayer jusqu'à ce que vous ayez un fils.

Je ne veux pas essayer du tout.

Ne comprenait-il pas cela ?

Une fois qu'il ne serait plus, elle prendrait ce que l'on consentirait à lui donner, et elle se retirerait dans une heureuse obscurité. Peu lui importait de s'accrocher à cette vie, peu lui importait de continuer à appartenir à ce monde.

Lui, en revanche, tenait à son idée. Cela se voyait dans ses yeux, animés par la lueur implacable qui s'y trouvait toujours quand il avait décidé quelque chose.

Il poursuivit.

— Il faut absolument que ce soit un fils. Et, dit-il avec emphase, vous n'êtes plus toute jeune.

Elle eut un petit rire incrédule. « *Plus toute jeune ?* » C'était lui qui lui disait cela ?

En soupirant, elle hocha la tête. Pour le moment, elle allait le laisser croire qu'elle s'était rangée à son avis, et elle tenterait de gagner du temps…

Mais pendant combien de temps ?

Mis à part ses problèmes de mobilité, il n'était pas du tout à l'article de la mort. Comment ferait-elle s'il ne lâchait pas l'affaire et qu'il vivait encore dix ans, ou plus ? Comment pourrait-elle le faire renoncer à ce projet ridicule ?

Elle le connaissait, il ne renoncerait pas. Dans ce cas de figure, que pourrait-elle alors faire d'autre que lui donner ce qu'il voulait ?

Un héritier.

— Très bien, conclut-il. À présent, je dois rentrer car il est l'heure de ma sieste. Tout ce soleil m'accable.

Hazel leva les yeux vers le ciel nuageux.

Il repartit en s'appuyant sur sa canne. Une fois qu'il fut hors de vue, elle retira la liste de son gant, pour étudier d'un peu plus près les suggestions de son mari.

— *Milady* !

Elle leva la tête en entendant qu'on l'appelait d'une voix essoufflée.

Le majordome arriva en haletant, le visage coloré par l'exercice.

— Je lui ai dit d'attendre au salon.

Hazel vit tout de suite de qui le domestique parlait. Valencia, sa belle-fille, le talonnait et elle finit même par le dépasser sur l'allée de graviers.

— *Milady*, déclara-t-il d'une voix presque atone lorsqu'il s'arrêta devant Hazel. La duchesse douairière de...

— Oh ! abrégez et disparaissez, l'interrompit Valencia. Elle sait très bien qui je suis, et je souhaite échanger un mot en privé avec la marquise.

À son crédit, le majordome regarda Hazel en ayant l'air d'attendre ses instructions.

Elle hocha la tête.

— Laissez-nous, je vous prie, Ritter.

Après avoir adressé un regard méfiant à Valencia, il se retira.

Valencia attendit qu'il soit parti avant de lancer :

— C'était vous ?

Hazel pencha la tête sur un côté.

— Moi... quoi ?

Les joues de Valencia se colorèrent. Elle prit une grande inspiration, comme pour reprendre contenance.

— La lettre que j'ai reçue ce matin... est-elle de vous ? demanda-t-elle d'une voix brusque.

Elle était agitée. Perturbée. Hazel l'observa plus attentivement. Surtout, elle semblait... effrayée.

En posant une main sur son genou, Hazel se releva.

— Je ne vous ai envoyé aucune lettre.

Valencia la scruta avec intensité, se demandant de toute évidence si elle avait dit la vérité. Au bout d'un moment, elle déclara :

— Je sais que nous ne nous entendons pas... mais j'ai besoin que vous vous montriez honnête avec moi.

— Valencia, répondit-elle d'une voix prudente et mal assurée.

Sa belle-fille lui parlait calmement, presque gentiment, et cela la décontenançait.

— Je ne vous ai rien envoyé.

Après une pause, elle ajouta :

— Que contenait cette lettre ?

En entendant cela, Valencia serra les lèvres et les garda closes. De toute évidence, la teneur de cette lettre ne devait ou ne pouvait être rendue publique.

Elle secoua la tête.

— Ce ne sont pas vos affaires.

Hazel se hérissa.

— Dois-je vous rappeler que c'est vous qui êtes venue me trouver ?

Valencia expira et esquissa un petit hochement de tête.

— C'est vrai.

Hazel comprit qu'elle lui reprochait quelque chose de grave, sans connaître les détails. Elle était la dernière personne à laquelle sa belle-fille se confierait, mais celle-ci semblait au bord de l'effondrement. Elle avait les yeux cerclés de rouge, et ses cheveux noirs étaient ébouriffés, comme si elle y avait passé la main plusieurs fois.

— Valencia, dit-elle doucement. Cela ne va pas ? Puis-je vous aider en quelque chose ?

Valencia plongea son regard sombre dans le sien. Au bout d'un long moment, elle soupira de nouveau. Elle secoua lentement la tête.

— Non. Personne ne peut m'aider.

Sur ce, elle tourna les talons, et quitta le jardin.

— Valencia ! appela Hazel, en faisant un pas vers elle.

Mais elle poursuivit son chemin, sans s'arrêter ni se retourner.

24

« Si vous voulez vraiment connaître ce qui se passe dans la haute société, interrogez les femmes de chambre. Elles savent toujours. »

VALENCIA, DUCHESSE DOUAIRIÈRE DE DEDHAM

Valencia était déjà en train de préparer ses bagages quand Tildie se présenta dans sa chambre.

Elle n'avait pas perdu de temps depuis son retour chez elle. À peine était-elle entrée dans sa chambre qu'elle avait sorti ses valises.

Elle avait quitté Hazel en étant certaine que sa belle-mère n'était pas l'auteure de la lettre. Par conséquent, elle ne savait toujours pas qui se trouvait derrière cette sombre affaire, et c'était peut-être ce qui était le plus effrayant.

Le prédateur tapi dans l'ombre, le brouillard dans lequel elle évoluait, la menace inconnue... tout cela faisait beaucoup.

Elle ne pouvait pas rester à Londres. Elle s'était résignée à cette idée. Plus que tout au monde, elle aurait voulu rester, mais c'était impossible. Elle ne pouvait pas rester ici, en ayant constamment peur, en devant toujours rester sur le qui-vive. C'était peut-être lâche de sa part, mais elle fuyait. Elle se sentirait davantage en sécurité n'importe où plutôt qu'ici, où elle pouvait recevoir de terrifiantes lettres.

— Votre Grâce ? Est-ce que nous... partons ?

Valencia adressa un regard inexpressif à sa femme de chambre.

— Oui, aidez-moi, je vous prie. J'aimerais que nous puissions nous mettre en route d'ici une heure à peu près.

Tildie pâlit légèrement.

— Nous mettre en route ? Maintenant ? Pour aller où ?

— Dans le Yorkshire, bien sûr. À la maison douairière.

Elle adressa un rapide coup d'œil à Tildie.

— Enfin, si vous êtes toujours d'accord pour m'accompagner.

Il y eut une longue pause, avant qu'elle ne réponde :

— Bien entendu. Oui.

Même si elle venait de donner son accord, ses mots manquaient de conviction. Elle secoua légèrement la tête, cligna des yeux, puis s'attaqua aux bagages avec Valencia.

Elles laissèrent plus qu'elles ne prirent. Le reste pourrait être expédié plus tard. Valencia voulait vraiment partir le plus vite possible. Même là, elle avait l'impression d'être épiée...

Au bout d'un moment, Tildie alla chercher un laquais, afin qu'il les aide à transporter les bagages. En quittant la chambre, elle omit de refermer la porte derrière elle, laissant Valencia exposée aux regards.

— Valencia ?

Elle s'immobilisa en entendant cette voix grave.

— Partez-vous quelque part ?

Elle se tourna lentement et se retrouva face à Rhain. Il n'était pas seul. Dewey Pugh était avec lui. Pugh avec son rictus détestable. Il avait l'air de trouver la situation très amusante.

Rhain entra dans la pièce et s'approcha d'elle. Pugh le suivait de quelques pas, comme s'il trouvait normal de pénétrer dans sa chambre à coucher.

— Rhain, souffla-t-elle.

Il regarda ses bagages.

— Où allez-vous ?

Elle ne répondit pas tout de suite.

— À la maison douairière, finit-elle par avouer.

Ses narines frémirent légèrement.

— Dans le Yorkshire ?

Comme s'il y en avait une autre…

— Oui.

— Pourquoi ? Je pensais que vous ne vouliez pas aller là-bas. Je pensais que nous avions passé un accord. Mes sœurs ne sont pas encore prêtes…

— Vos sœurs vont s'en tirer à merveille, rétorqua-t-elle, en se remettant à ses bagages. Je pense que le salon est encore rempli de jeunes hommes à l'heure qu'il est. Elles n'auront que l'embarras du choix.

Il avait posé la main sur son bras, et la forçait à se retourner pour le regarder.

— Que s'est-il passé ? Pourquoi partez-vous ? Quelqu'un vous a-t-il offensée ? Une de mes sœurs ? Ma mère ?

— Non, non. Rien de tout cela.

Mais il la connaissait suffisamment désormais pour savoir qu'il s'était bien passé *quelque chose.*

Ses beaux yeux s'attardèrent sur son visage. Il se pencha vers elle, et d'une voix rauque dont l'intensité fit vibrer sa peau, dit :

— C'est moi, alors. Vous partez à cause de moi ?

Elle eut soudain très chaud au visage, et sa vulnérabilité la toucha au cœur. Elle adressa un bref regard gêné en direction de Pugh. Le cousin de Rhain semblait captivé par ce qu'il voyait. Il n'en perdait pas une miette.

— N… non.

— Valencia. Vous étiez d'accord pour rester.

Sa sincérité l'émut.

— Je dois partir.

Tildie revint alors avec un laquais. Ils s'arrêtèrent net, et regardèrent les trois personnes présentes dans la pièce. Pugh leur adressa un signe de tête comme s'il leur souhaitait la bienvenue. Bienvenue au spectacle !

Rhain ne les regarda pas. Il ne semblait pas voir qu'ils avaient un public, ou bien, s'il l'avait vu, il semblait s'en moquer. Il gardait son regard fixé sur Valencia, et l'observait avec la concentration d'un loup.

— Ne. Partez. Pas. Restez.

Un frémissement parcourut la pièce. Puis il ajouta :

— Vous ne pouvez pas partir. Je ne veux pas.

Pendant un moment, elle aussi oublia les autres. Elle ne pouvait rien faire à part regarder Rhain et regretter de devoir partir. Son cœur se gonfla quand elle entendit ses mots, quand elle découvrit qu'il tenait à ce qu'elle reste. Qu'il tenait... à elle. Qu'il tenait à *elle*. Même sans mot, elle l'aurait compris à son regard, à l'intensité de son expression, à la tension qui raidissait son corps.

Tout cela la fit flancher, et mit à mal sa détermination. Elle humecta ses lèvres.

— Rhain, l'implora-t-elle à voix basse, ne faites pas cela.

Ne rendez pas la situation si difficile. Ne la rendez pas si douloureuse.

Sans cesser de la regarder, il ordonna à tous les autres :

— Laissez-nous.

Le laquais disparut sur-le-champ. Tildie et Pugh semblaient hésiter.

La voix de Rhain se fit plus dure et plus forte :

— Je vous ai dit de partir. Et ne nous dérangez sous aucun prétexte.

Tildie sursauta légèrement. Pugh obéit. Il prit le bras de la femme de chambre et la fit sortir, puis referma doucement la porte derrière eux.

Une fois qu'ils furent seuls, Valencia tenta d'expliquer ce qu'elle pouvait expliquer. Il y avait des secrets, après tout, qui ne pouvaient être révélés au grand jour.

— Je sais que je reviens sur mon engagement, mais vos sœurs

ont bien travaillé. Elles sont adorables et tout va bien se passer pour elles. Il faut que vous compreniez qu'il faut vraiment que je parte...

Il l'interrompit en faisant un grand pas dans sa direction pour prendre son visage entre ses mains.

— C'est vous qui devez comprendre ceci, dit-il en caressant ses joues avec ses pouces, vous ne pouvez pas me laisser.

Elle plongea dans son regard et s'y noya. Elle essaya de parler mais ne parvint qu'à émettre un son étranglé. Avait-elle cru que ce serait indolore ? Avait-elle cru pouvoir éviter cette souffrance ?

— Dites-moi que vous ne voulez pas de moi, et je vous laisserai partir.

Oh ! Seigneur.

Elle ouvrit la bouche, prête à prononcer ce mensonge, mais seul un sanglot lui échappa.

Puis il l'embrassa.

Il ouvrit doucement ses lèvres avec les siennes. Sa langue sentait le brandy, l'homme et *lui*. C'était si bon que ses genoux cédèrent. Pour ne pas tomber, elle s'accrocha à lui, enfonçant ses doigts dans ses épaules.

Il mordilla doucement sa bouche.

— Dites-moi aussi que vous me voulez.

— Je vous veux, dit-elle entre deux sanglots.

Il passa un bras autour de sa taille et la souleva en la plaquant contre lui. Il la porta jusqu'au lit, où il la déposa en douceur. Puis il fut au-dessus d'elle, entre ses cuisses.

Leurs mains fiévreuses arrachèrent leurs vêtements avec frénésie, jusqu'à ce qu'ils soient libres. Jusqu'à ce qu'il aille et vienne en elle, sa bouche sur sa bouche étouffant ses cris, leurs mains partout, agrippant, caressant, palpant.

Chacun était animé par la quête désespérée de l'autre, et agissait avec une sauvagerie animale.

Elle leva le bassin pour mieux accueillir chaque coup de reins.

Elle recevait avec autant de fougue et de bonheur qu'il donnait. Leur but était le même : ne faire plus qu'un.

Ils s'endormirent dans son lit.

Valencia le réveilla une autre fois cette nuit-là, en se collant à lui, et ils firent l'amour lentement, sans urgence, en échangeant d'interminables baisers. Leurs corps se nourrirent l'un de l'autre jusqu'à être repus. Jusqu'à ce que Valencia puisse constituer sa réserve de souvenirs. Mais même là, elle en voulait plus. Ce n'était pas assez. Cela ne le serait jamais, mais elle devrait s'en contenter.

Elle voulait ceci toutes les nuits.

Elle *le* voulait toutes les nuits.

Elle voulait l'aimer. Pour qu'il l'aime. *Seigneur.* Comme c'était douloureux.

Juste avant l'aube, elle s'extirpa du lit, et souleva une de ses valises aussi silencieusement que possible. Elle s'occuperait du reste de ses affaires plus tard. Elle les ferait expédier dans le Yorkshire.

Elle sortit de sa chambre et attendit devant la porte quelques instants pour voir s'il allait la suivre. Soulagée de ne pas l'avoir réveillé, elle s'engagea dans le couloir silencieux.

Les domestiques allaient bientôt se lever. Certains devaient déjà être réveillés. Il fallait qu'elle aille chercher Tildie.

Au moins, elle aurait la journée entière pour voyager. Elle pourrait s'éloigner le plus possible de Londres.

Elle était presque arrivée au pied de l'escalier de service quand quelqu'un la poussa brutalement dans le dos. Elle tomba à genoux, violemment. La douleur, aussi forte qu'inattendue, lui fit pousser un cri aigu, vite étouffé par un bâillon. Puis un capuchon s'abattit sur sa tête.

Elle se débattit sauvagement et parvint à frapper son agresseur.

Il grogna, contrarié qu'elle se défende. Il ahana, puis elle ressentit une douleur atroce à la mâchoire. Ses membres devinrent inertes, et un grand brouillard l'enveloppa.

Elle avait la tête qui tournait. Elle gémit et tenta de toutes ses forces de ne pas perdre conscience, de s'accrocher à la vie, mais c'était trop difficile.

Elle s'effondra alors que le brouillard s'épaississait et que le monde devenait plus sombre, plus dense et plus vertigineux.

Sa dernière pensée – une pensée déjà floue – fut pour Rhain.

Valencia avait l'impression de nager sous l'eau dense et trouble d'un étang et de devoir donner un coup de pied dans le fond vaseux pour pouvoir regagner la surface. Elle émergea en haletant, tandis qu'une vive douleur lui faisait ouvrir les yeux.

En grimaçant, elle porta ses mains entravées à son visage, et parvint à effleurer sa mâchoire enflée.

En clignant des yeux, elle regarda autour d'elle.

Elle était dans une petite pièce. Sur un lit étroit. Sur la table de nuit était posée une petite lanterne. À l'autre extrémité de la pièce se trouvait une fenêtre, et elle ressentit le besoin de s'en approcher. Pour voir où elle était. Pourtant tout ondoyait autour d'elle comme dans un monde sous-marin.

Elle inspira pour tenter de se calmer, attendant que tout se stabilise et se fasse plus net autour d'elle.

Elle était toujours bâillonnée et, dans ces conditions, respirer était assez compliqué. Elle esquissa un mouvement pour se lever et se rendit compte que c'était impossible. Non seulement ses chevilles étaient entravées, mais elles étaient aussi attachées au lit. Puisque ses mains étaient elles aussi liées, elle ne pouvait en aucun cas espérer se détacher. Elle ne se lèverait pas pour regarder par la fenêtre, même si elle en mourait d'envie. Son capuchon lui avait été retiré, au moins. C'était déjà cela. Elle verrait les horreurs qui l'attendaient.

Elle resta sur le lit. Elle n'avait pas le choix. Elle était prisonnière.

Les minutes et les heures passèrent.

Il était impossible d'avoir une notion précise du temps qui s'écoulait. Les volets disjoints laissaient passer un peu de la clarté du jour. Des particules de poussière dansaient dans les étroits rais de lumière. Elle somnola, émergeant de temps en temps, en pensant à Rhain, en se demandant s'il avait remarqué sa disparition, s'il savait qu'elle avait été enlevée.

Elle avait terriblement besoin d'aller aux toilettes, et elle commençait à se demander si elle allait devoir se soulager sur le matelas lorsqu'elle entendit le bruit d'un verrou qui sautait de l'autre côté de la porte.

Elle retint son souffle. Elle leva la tête et regarda en direction de la porte, prête à voir, enfin, qui lui avait fait une chose pareille.

C'était la même personne que celle qui lui avait envoyé la lettre de menaces. C'était obligé. Elle ne pouvait tout de même pas avoir plusieurs ennemis. *Ceci* avait forcément à voir avec *cela*.

La porte s'ouvrit en grinçant. De toute évidence, ses charnières avaient besoin d'être huilées. Elle plissa les yeux pour mieux voir le visage de son ravisseur.

Le scélérat franchit le seuil en la regardant froidement.

Elle poussa un cri de surprise muet.

— Vous.

À la campagne

Un an plus tôt

Tildie referma doucement la porte derrière elle, en veillant bien à ne pas faire de bruit. Elle n'aurait pas dû se trouver ici. Pas à cette heure de la nuit. Pas dans cette partie de la maison. Pas devant cette chambre.

Elle savait que sa maîtresse n'approuverait pas son comportement. C'était le genre d'incartades qui pouvait lui coûter sa place.

Et pourtant Ashbourne l'avait séduite. Il était beau, titré et riche… et plutôt doué comme amant. Elle sourit. Cela aurait pu suffire, mais ce n'était pas tout. Le collier de saphirs qu'il lui avait offert pesait lourdement dans la poche de ses jupes. Comment aurait-elle pu résister ? Elle n'était qu'humblement humaine, après tout.

Une fois dans le couloir, elle glissa la main dans sa poche, et caressa la forme froide et rassurante du bijou. Elle l'avait gagné, et il y avait quelque chose, dans l'attention que lui portait cet aristocrate, qui flattait son ego… qui lui donnait l'impression d'être belle et unique. D'être importante.

Tous les jours sans exception, elle était à la disposition de ces gens. La plupart du temps, ils ne la voyaient même pas. Elle était invisible. Elle n'existait pas pour eux. Surtout pour les femmes. Celles-ci vivaient leur vie, vêtues de leurs belles robes et parées de leurs beaux bijoux, sans lui accorder la moindre attention ou le moindre regard. Alors quand leurs hommes jetaient leur dévolu sur elle, quand ils la convoitaient et qu'ils la poursuivaient de leurs assiduités, alors oui, elle trouvait cela gratifiant. Elle avait l'impression d'être entière, et tout sauf invisible.

Elle se dirigea vers l'escalier de service à pas légers, et s'arrêta lorsqu'elle entendit… des voix. Des voix étouffées. Plusieurs voix.

Elle se tourna vers l'endroit d'où elles provenaient, curieuse de découvrir qui était debout à cette heure avancée de la nuit.

Tildie se déplaça le plus discrètement possible. Arrivée à un endroit où le couloir obliquait, elle s'arrêta et regarda autour d'elle. Ce fut alors qu'elle vit le duc et la duchesse en train de se quereller. Elle grimaça. Le duc était vraiment un homme antipathique et détestable, un sale type qui passait son temps à maltraiter sa femme.

Sa maîtresse essayait de cacher les traces de coups sur sa peau, mais Tildie savait. Elle savait ce qui faisait de la vie de la duchesse un enfer, et elle avait sincèrement pitié d'elle. C'était la seule aristocrate pour laquelle elle éprouvait compassion et sympathie, et elle le méritait. Pourtant, Tildie se gardait bien d'intervenir. Elle avait besoin de cette place. Elle ne pouvait pas s'opposer à un duc du royaume. Elle avait sa grand-mère et sa mère qui comptaient sur elle pour vivre. Elle ne pouvait pas se permettre de se faire renvoyer et de les abandonner à leur triste sort.

En secouant la tête, elle tourna les talons, prête à regagner sa chambre. Ce fut alors que les autres apparurent. Les amies de sa maîtresse : Lady Cordelia, Mrs Bernard-Hill et Lady Shawley.

Elle poussa un petit soupir de soulagement. Tant mieux. Elles allaient l'aider. Elles veilleraient à ce que la duchesse ne soit pas blessée.

Comme hypnotisée, elle assista à l'escalade des événements. Elle était incapable de détacher son regard de la scène terrible se déroulant à proximité.

De plus en plus horrifiée, elle regarda le duc se précipiter sur sa femme, les yeux exorbités, en levant sa canne pour la frapper. Tildie resta bouche bée... jusqu'à ce que les amies de la duchesse se ruent toutes ensemble sur lui et le poussent dans l'escalier.

Haletante, Tildie s'éclipsa, le plus vite et le plus silencieusement possible, jusqu'à ce qu'elle soit en sécurité dans sa chambre. Elle y resta même lorsque des cris alarmés se firent entendre dans toute la maison, signalant ce qu'elle savait déjà.

Le duc de Dedham était mort.

25

« Il n'y a aucun souci qu'une nouvelle robe et de jolies chaussures ne puissent dissiper. Enfin, presque aucun souci. »

VALENCIA, DUCHESSE DOUAIRIÈRE DE DEDHAM

Rhain se réveilla dans un lit glacé.

Ce n'était pas son lit non plus, mais il s'était endormi avec Valencia, donc c'était le lit dans lequel il avait envie d'être. Mis à part qu'elle ne s'y trouvait plus... Appuyé sur un coude, il regarda autour de lui, fort déçu de ne pas la voir dans la chambre. Sa déception était presque aussi aiguë que celle qu'il avait éprouvée la veille quand elle avait annoncé son départ. Il l'avait convaincue de rester, et maintenant, il savait qu'il devait la convaincre de rester... pour toujours.

Ses valises gisaient toujours par terre, mais il était possible qu'il en manque une. Rhain enfila son pantalon, puis traversa la pièce et ouvrit la porte pour regarder dehors. Perplexe, il sortit et alla inspecter la valise qui se trouvait au milieu du couloir, comme si elle avait été abandonnée et oubliée ici.

Il se pencha pour la ramasser.

Il entendit des bruits de pas sur le tapis. Il leva les yeux. C'était la femme de chambre de Valencia. Elle s'arrêta quand elle le vit et écarquilla les yeux en découvrant qu'il tenait à la main la valise de sa maîtresse.

— Votre Grâce, murmura-t-elle d'une voix mal assurée.

— Avez-vous vu la duchesse douairière ?

— Euh...

Elle se mordilla la lèvre et détourna le regard, comme si elle était mal à l'aise.

— Elle est partie.

— Partie ?

Elle n'aurait pas laissé ses sacs. Il y avait quelque chose qui clochait.

Il s'approcha, sans lâcher la valise.

— Avez-vous vu Valencia ? insista-t-il, d'une voix plus dure.

La domestique avait un comportement étrange. Il était convaincu qu'elle lui cachait quelque chose.

— Euh... continua-t-elle de bafouiller.

Il aimait de moins en moins cela, et son cœur se serra.

— Répondez-moi, ordonna-t-il. Que s'est-il passé ?

Elle eut tout à coup l'air de se sentir mal.

— Elle n'est plus là, et... je pense... qu'elle a des ennuis.

Tout son corps se tendit. Il était prêt à livrer bataille, sauf qu'il ne savait pas quoi ou qui combattre. Il savait juste qu'il se battrait pour elle.

Que, pour elle, il se battrait jusqu'à la mort, si nécessaire.

— Quel genre d'ennuis ?

Elle soupira.

— Il faut que je vous explique depuis le début.

Valencia le regarda sans comprendre pendant de longues minutes. Son bâillon l'empêchait d'émettre autre chose que des sons étouffés, mais elle ignorait ce qu'elle aurait dit de toute façon.

C'était si déconcertant, si fou. Si inexplicable.

Une foule de choses se bousculaient dans son esprit. Sa

principale pensée semblait tenir en un seul mot, néanmoins. Il cognait et recognait douloureusement dans son crâne.

Pourquoi ?

— Bonjour. Je vois que vous êtes réveillée, dit-il en avançant vers elle.

Pugh s'arrêta à côté du lit et retira son bâillon. Elle se recroquevilla, craignant qu'il ne la touche ou ne la frappe de nouveau.

Il poursuivit.

— Je suis très heureux de constater que mon coup ne vous a pas causé de lésions irréversibles.

Il l'observa en penchant la tête d'un air pensif.

— C'est la première fois que je frappe quelqu'un. Vous voudrez bien me pardonner.

Elle remua sa mâchoire douloureuse et humecta ses lèvres sèches du bout de sa langue, sèche elle aussi.

— Vous êtes extrêmement doué pour un débutant, dit-elle d'une voix rauque et fatiguée.

Il sourit.

— Tant mieux si vous avez conservé votre sens de $1a repartie. Cela facilitera les choses.

Elle l'observa avec méfiance.

— Quelles… *choses ?*

Elle regarda autour d'elle.

— Où suis-je ? Pourquoi suis-je ici, Pugh ?

Il leva un doigt en signe de protestation.

— Allons, appelez-moi Dewey. Et vous posez trop de questions, Valencia. Je suppose que c'est compréhensible, cependant. Je ferais sans doute pareil à votre place.

Elle lui adressa un regard noir.

— Pas la peine de feindre la compassion. Vous m'avez enlevée et vous me séquestrez…

De nouveau, elle regarda autour d'elle.

Il suivit son regard.

— Nous sommes chez moi. C'est moins grandiose que ce à

quoi vous êtes habituée, mais ce n'est que temporaire. Je vais bientôt m'installer à Mayfair.

Il gonfla la poitrine et se rengorgea.

— À Mayfair ?

— Tout à fait. Quand mon cousin retournera au pays de Galles et que vous vous retirerez dans le Yorkshire, il faudra bien que quelqu'un occupe ce qui a été, jadis, votre maison.

Tout doucement, elle commençait à comprendre.

— Vous voulez m'écarter de votre chemin.

Il acquiesça d'un air réjoui.

— Je pensais que c'était presque fait... mais il a fallu que vous séduisiez Rhain. Il est très épris de vous.

Il fit claquer sa langue et s'assit sur le bord du lit, à côté d'elle.

— J'ai essayé de lui montrer tous les délices que Londres peut offrir, mais il n'avait d'yeux que pour vous, duchesse.

Il leva les yeux au ciel.

— Quel provincial. C'est son éducation qui est responsable. À Bryn Bychan, il n'a pas souvent vu du beau monde.

Il lui adressa un regard insultant sous lequel elle se sentit rétrécir.

— Votre beau petit con de duchesse a dû l'ensorceler.

Tant de vulgarité la fit tressaillir.

— Je ne comprends pas. Pourquoi ses relations avec moi posent-elles problème ?

— Il m'a désigné comme intendant pour le représenter lorsqu'il sera rentré au pays de Galles. J'aurai les mêmes pouvoirs qu'un duc. Avez-vous idée de l'aubaine que cela représente pour moi ?

Une aubaine suffisante pour qu'il décide de la séquestrer, en tout cas.

Il poursuivit :

— Il ne peut pas rester à Londres à cause de vous.

Ah.

Elle s'humecta de nouveau les lèvres.

— Nous n'en sommes pas là.

— Bien sûr que si, s'esclaffa-t-il. Vous n'êtes pas si stupide. Vous l'avez au bout de votre hameçon. Bien joué, duchesse, vous l'avez ferré. Cela ne vous a pas pris longtemps.

Il pensait qu'elle avait tout fait pour séduire Rhain ? Afin de le piéger ?

— Je sais bien que vous n'avez jamais eu envie de vous retirer dans le Yorkshire, ajouta-t-il. Vous voulez rester ici. Et maintenant Rhain vous veut. Je vois très bien où cela va nous mener.

Il hocha la tête, l'air absolument sûr de lui.

Et maintenant Rhain vous veut.

Elle revit alors le visage de Rhain, entendit sa voix.

Restez.

Comme elle aurait aimé être avec lui en ce moment.

— Donc vous m'avez enlevée pour... Pourquoi ? À quelles fins ?

Elle déglutit, mais sa gorge était décidément trop sèche et trop serrée. Il voulait l'écarter de son chemin, clairement. La peur, qui ne l'avait jamais vraiment quittée, s'empara d'elle jusqu'à la suffoquer. Qu'allait-il lui faire ?

Il se mit alors à rire.

— N'ayez pas l'air si inquiète. Je ne vais pas vous tuer. Je ne suis pas si méchant.

Il l'avait prouvé, pourtant, mais elle s'abstint de le lui faire remarquer.

Il poursuivit :

— Je veux juste obtenir votre promesse. Je veux que vous promettiez de quitter Londres, et de cesser toute relation avec mon cousin.

Elle l'observa pendant un long moment. Elle se dit qu'elle n'avait qu'à prononcer les mots qu'il attendait. Il fallait qu'elle dise tout ce qu'il voulait pour qu'il la libère. Tant pis si elle mentait. Il fallait qu'elle fasse tout pour pouvoir sortir d'ici.

Sauf qu'elle savait qu'il attendrait d'elle qu'elle quitte au plus vite Londres et Rhain. Le problème était qu'elle venait de comprendre qu'elle ne voulait faire ni l'un ni l'autre. Elle ne voulait pas s'éloigner de Rhain. Elle ne pouvait pas faire une chose pareille. Elle l'aimait et elle n'allait pas renoncer à lui. Pas s'il l'aimait lui aussi.

Elle avait déjà goûté à l'amour, jadis, et cela ne lui avait pas réussi. Mais cette fois, ce n'était pas pareil. Ce n'était pas pareil parce qu'elle n'était plus pareille. Parce que Rhain n'était pas pareil.

Il était bon et beau, à l'intérieur comme à l'extérieur, et elle savait qu'il s'agissait là d'une vérité supérieure, que, rien, jamais, ne pourrait venir contredire.

Elle n'était plus cette petite fille naïve se fiant aux apparences. Elle regardait les gens plus attentivement, et différemment. Elle écoutait son cœur, ses tripes, et faisait confiance à son propre jugement, au lieu d'écouter ce que tout le monde lui disait.

— Bien entendu, vous pourriez très bien me promettre tout ce que je veux et me mentir, dit-il en hochant la tête. Je ne suis pas stupide.

Non, il ne l'était pas. Il était un scélérat sans foi ni loi, mais pas un idiot. Elle l'observa en plissant les yeux, avec méfiance, craignant ce qu'il allait lui annoncer.

— C'est pourquoi j'ai pris mes précautions afin que vous n'ayez d'autre choix que de m'obéir, ajouta-t-il.

Elle secoua la tête.

— Je ne comprends pas...

— Tildie.

— Tildie ? répéta-t-elle, perplexe. Quoi, Tildie ?

Menaçait-il de s'en prendre à sa femme de chambre ?

— Si vous levez le petit doigt sur elle...

Il se mit à rire.

— Oh ! je ne lui ai fait aucun mal. Au contraire. Elle a beaucoup apprécié ce que je lui ai fait. Elle m'aime bien.

Avec un curieux sourire, presque sceptique, il haussa les épaules.

— Elle me fait confiance, bizarrement. Au point de me confier certaines choses. Certaines choses très intéressantes.

Des choses.

— Quelles choses ? demanda-t-elle, saisie de panique.

— Des choses comme... ce qui s'est passé à la campagne il y a un an. Comme... la façon dont vous et vos amies avez tué votre mari.

Elle haleta. C'était *lui* l'auteur de la lettre.

À cause de Tildie.

Toutes les pièces s'assemblaient. Tildie avait dû voir ce qui s'était passé cette nuit-là. Elle le savait depuis le début et elle n'en avait jamais parlé. Sauf à *lui*. Elle avait tout raconté à Dewey. Et maintenant il savait. Il savait quel était leur secret.

— Ce n'est pas ce que vous pensez, affirma-t-elle, en pensant à ses chères amies. Nous n'avions pas l'intention de le tuer. Nous ne l'avons pas tué. C'était un accident...

Il eut un petit geste d'indifférence.

— Oh ! je me moque bien de savoir ce qui s'est réellement passé. Je sais juste que les autorités, elles, auraient à cœur de ne pas laisser l'assassinat d'un duc impuni.

Un sanglot oppressant naquit dans sa poitrine. Elle dut faire des efforts pour réussir à respirer.

Il la tenait. Elle ne pouvait pas lutter contre lui. Elle ne pouvait pas prendre ce risque. Elle ne pouvait pas mettre ses amies en péril.

Il secoua la tête, et poursuivit :

— Un groupe de tueuses ne peut pas continuer d'évoluer librement dans le grand monde, n'est-ce pas ? La bonne société ne le tolérerait pas. Je vous suggère donc, dès que je vous aurai libérée, de rentrer chez vous, de terminer vos bagages et de partir pour le Yorkshire.

Elle secoua la tête, incapable de prononcer le moindre mot. Elle était prise au piège et battue à plates coutures, sans aucun espoir de salut.

Soudain, le grincement d'une lame de parquet les avertit qu'ils n'étaient pas seuls.

Dewey se retourna dans un sursaut.

— Je n'approuve pas cette suggestion, cousin.

— Rhain, lâcha-t-il, abasourdi.

Rhain, et… Tildie, qui le suivait de près. Cette dernière marqua un temps d'hésitation face à Dewey, avant de l'ignorer et de se précipiter vers Valencia. Elle se hâta de libérer ses poignets entravés.

— Si vous saviez à quel point je suis désolée, Votre Grâce. Je vous prie de bien vouloir m'excuser. Je n'ai jamais voulu vous faire de mal.

Valencia ne prêta presque pas attention à sa femme de chambre ni à la douleur mêlée de joie de sentir le sang circuler de nouveau dans ses bras. Son regard se fixa sur Rhain. Il l'observait d'un air inquiet.

— Êtes-vous blessée ? demanda-t-il.

Elle secoua vigoureusement la tête, submergée par la reconnaissance et le soulagement.

— J'en suis heureux.

Puis il asséna un violent coup de poing au visage de son cousin.

Dewey s'effondra à terre en glapissant, puis porta les deux mains à son nez.

— Penses-tu que je vais te garder dans mon entourage, désormais ? demanda Rhain sur un ton étonnamment neutre. Jamais tu ne seras mon régisseur. Jamais tes rêves de grandeur ne verront le jour.

Sans retirer ses mains, Dewey se mit à crier :

— Très bien ! Vas-y, fais ce que tu veux ! Tu crois que je ne vais pas raconter tout ce que je sais sur ta belle duchesse ? lança-t-il d'une voix hystérique. Absolument tout le monde saura que cette chienne et ses amies ont tué le duc !

Rhain se baissa pour saisir la cravate de son cousin. Il entortilla le tissu jusqu'à ce qu'il ne puisse plus respirer et s'agrippe à ses mains.

— Très bien, dit Rhain d'une voix calme qui ne s'accordait pas avec la fureur que Valencia sentait émaner de lui. Dis-le. Dis-le au monde entier si cela te chante.

Valencia secoua la tête. À quel jeu jouait Rhain ? Ce n'était pas juste sa vie. C'était aussi celle de ses amies. La jeune et jolie Delia, qui avait toute l'existence devant elle. La bonne et généreuse Maeve, avec son mari aimant et ses enfants qui avaient besoin d'elle. La farouche et loyale Rosa, qui devait encore découvrir ce qu'elle attendait du monde.

Rhain poursuivit :

— Sache juste que je causerai ta perte. Je te détruirai. Tu penses que les portes te sont fermées pour l'instant ? Je ferai en sorte que personne ne t'ouvre les siennes, jamais. Je traînerai ton nom dans la boue, à tel point que personne dans ce pays, depuis le pays de Galles jusqu'à Londres, ne te confiera sa comptabilité. Jamais tu ne trouveras de travail. Jamais tu ne te feras d'ami. Jamais tu n'auras de foyer. Tu mourras seul. Sans personne. Dans la rue. Comme un chien errant.

Dewey le regarda en haletant.

— Mais, cousin… nous sommes du même sang, de la même famille, implora-t-il.

— Tu aurais dû y penser plus tôt, au lieu d'enlever la femme que j'aime.

Valencia haleta à son tour, mais pas pour les mêmes raisons.

Il l'aimait ?

Il l'aimait !

Rhain ne lâchait toujours pas son cousin du regard.

— Assurons-nous que les choses soient bien claires. As-tu compris ce qui t'arrivera si le moindre détail ne transpire ? Il faut que tu oublies tout. Que tu l'oublies, elle, ajouta-t-il en désignant Valencia. Que tu m'oublies, moi. Et, en échange, je ferai de mon mieux pour t'oublier, toi.

Dewey s'empressa d'acquiescer.

— C'est compris.

Tildie finit de libérer Valencia, qui s'assit au bord du lit. Elle planta solidement ses pieds dans le sol. Le sang reflua vers ses jambes, ce qui lui causa une vive douleur, comme si des aiguilles s'enfonçaient dans sa chair. Elle dut laisser échapper un petit cri, ou une grimace.

Rhain se précipita vers elle, passa un bras autour de sa taille et l'aida à se lever. Il prit un air préoccupé et menaçant en examinant sa joue enflée. Très doucement, il effleura sa peau tuméfiée du bout des doigts.

— Cousin, dit-il d'une voix furieuse, la menace de causer ta perte ne me semble pas suffisante, tout à coup. Je te suggère de disparaître de ma vue si tu ne veux pas que je te frappe encore.

Dewey n'hésita pas longtemps avant de quitter la pièce, en leur jetant un dernier regard.

Valencia sourit du mieux qu'elle put à Rhain.

— Bonjour, Rhain, heureuse de vous voir.

Elle n'en revenait toujours pas qu'il ait avoué son amour pour elle.

Il lui répondit par un doux sourire.

— Bonjour, mon amour. Êtes-vous prête à rentrer à la maison ?

À la maison. Celle qu'ils partageaient. Chez elle et chez lui, c'était la même chose à présent, et ce n'était pas rien.

— Vous êtes venu me sauver...

Elle eut du mal à finir sa phrase sans se mettre à pleurer.

— Chut, trésor.

Il déposa un baiser presque révérend sur ses lèvres.

— Je serais venu vous chercher n'importe où. Et je vous suivrais n'importe où. Dans le Yorkshire. À Londres. Où que vous soyez, je veux y être aussi. Pour toujours.

— Je vous aime, murmura-t-elle, et pour la première fois de sa vie, elle savait qu'il n'existait pas plus grande vérité.

Son sourire devint espiègle.

— Cela signifie-t-il que vous êtes prête à redevenir la duchesse de Dedham ?

Épilogue

« L'amour romantique est éphémère. Mieux vaut considérer le mariage comme une transaction. »

HAZEL, MARQUISE DE SUTTON

Un mois plus tard...

Ce fut un mariage magnifique.

Il eut lieu en petit comité. Seuls la famille et les amis proches étaient présents. Un mariage intime et privé, mais néanmoins grandiose. Le marié était riche comme Crésus, après tout. Le plus riche hôtelier du pays, sans doute.

Après la bénédiction nuptiale, tous les convives se retrouvèrent à l'hôtel Harrowgate, propriété du marié, pour un déjeuner sophistiqué, organisé sur le toit-terrasse de l'établissement.

Partout, il y avait des fleurs, arrangées en luxuriantes potées et compositions. Des citronniers odorants aux feuilles d'un beau vert brillant encadraient la longue table recouverte d'une nappe en lin blanc. Même le soleil avait répondu présent et brillait avec ardeur. L'on n'avait reculé devant aucune dépense. Le champagne coulant à flots accompagnait plateaux de langoustines et d'huîtres, caviar et délicats soufflés qui fondaient dans la bouche.

Valencia gémit de plaisir en dégustant des fraises nappées de crème fraîche et saupoudrées d'éclats de noisettes.

— C'est somptueux, déclara-t-elle au milieu des bavardages légers, en se penchant vers Rhain. C'est ici que nous allons organiser notre repas de mariage. Il le faut !

Rhain plongea sa cuillère dans son bol et goûta à son tour.

— Mmm. Peut-être pourrions-nous essayer de convaincre la cuisinière de Thorne de venir travailler pour nous. Imagine un peu ce que cela doit faire de manger de cette façon à chaque repas.

Valencia racla bien sa coupelle, pour ne rien perdre d'un tel délice.

— Je doute que Jasper nous laisse faire.

Elle regarda le très beau couple qui présidait la table. Jasper et Tru rayonnaient, et ils semblaient déborder d'amour l'un pour l'autre.

Rhain haussa les épaules et sourit.

— Cela vaut peut-être la peine d'essayer.

En souriant, elle ôta une goutte de crème des lèvres de l'homme qu'elle était censée épouser quatre mois plus tard.

Ce seraient quatre mois interminablement longs.

Son impatience croissait de jour en jour.

Une fois leurs fiançailles officiellement annoncées, Rhain s'était installé dans une autre maison, à la demande insistante de sa mère.

C'était plus respectable ainsi, d'autant plus que Rhain avait ses nombreuses sœurs à marier. Créer du scandale en vivant sous le même toit et en possédant des chambres contiguës n'était pas la chose la plus judicieuse à faire si l'on voulait que les jeunes femmes soient acceptées dans le grand monde.

L'affaire semblait bien partie, néanmoins. En effet, si le bonheur de Valencia était sans limite, il était peut-être contagieux et il était fort possible qu'elle et Rhain ne soient pas les seuls futurs mariés de la famille.

Étonnamment, Del – toujours aussi rétive – était sur le point d'accepter la demande en mariage venant du fils cadet d'un vicomte, un homme fort jovial et volubile qui trouvait Del spirituelle et qui se disait charmé par son fort caractère. Au train où allaient les choses, Valencia ne serait pas surprise si les six demoiselles Lloyd étaient mariées ou fiancées dans l'année.

S'il était normal de veiller à ce que la bienséance soit respectée, Valencia vivait le départ de Rhain comme une véritable malédiction. Elle avait vécu trop longtemps privée de l'amour et de la passion que Rhain se faisait un plaisir de lui prodiguer. Elle maudissait chaque nuit passée loin de lui.

Elle n'était plus une jeune vierge et elle se considérait trop âgée pour la retenue et l'abstinence. Rhain pensait la même chose. Depuis qu'il avait emménagé ailleurs, ils se rencontraient en cachette, tels des amants clandestins. Le seul moment où ils ne s'étaient pas vus, c'était quand Rhain était retourné au pays de Galles pour aller mettre de l'ordre dans ses affaires.

Cela avait duré deux semaines, et ces deux semaines avaient été un tourment sans nom. La nuit de son retour, il l'avait réveillée par des baisers ardents. Il s'était glissé dans sa chambre, au mépris des convenances et de la colère de sa mère, qui n'aurait pas manqué de se déchaîner au cas où elle l'aurait appris.

Valencia attendait avec impatience le jour où ils pourraient se réveiller ensemble, où elle pourrait être avec lui… à Londres, au pays de Galles, ou n'importe où ailleurs, du moment qu'ils étaient réunis et qu'ils possédaient leur propre chambre, commune. Un lieu à eux et à eux seuls.

Ils avaient décidé de partager leur temps entre Londres et Bryn Bychan. Depuis la découverte de la perfidie de Dewey, il n'avait pas été question une seule fois de trouver un autre intendant pour suppléer Rhain. Il avait accepté sans ciller sa charge de duc ainsi que les devoirs et responsabilités qu'elle impliquait. En ce qui concernait Dewey… il était parti pour les Amériques, comme Rhain le lui avait fort peu gentiment suggéré. Valencia était soulagée, et respirait plus aisément depuis qu'il avait disparu de leurs vies.

Rhain prit sa main sous la table, et entrelaça ses doigts avec les siens de façon très intime. Il serra sa main, et à ce simple contact, elle se sentit inondée par une immense vague de chaleur. Il dut voir sa réaction dans son regard, car le brun de ses yeux s'obscurcit, signe qu'il partageait son émoi.

Sans se soucier des invités qui les entouraient, il déposa un baiser furtif sur ses lèvres, et murmura :

— J'ai hâte que ce soit *notre* mariage.

Elle était du même avis que lui, et elle regretta, une fois de plus, qu'ils n'aient pas pris la fuite ensemble pour convoler sans attendre.

Son cœur se gonfla de joie, et elle s'étonna encore d'avoir trouvé ceci, de l'avoir trouvé lui. D'avoir trouvé un amour réel, solide. Quelque chose qui ne s'atténuerait pas ou ne disparaîtrait pas à la première difficulté rencontrée. Elle savait qu'ils avaient trouvé cela ensemble, de même qu'elle savait avec certitude que cet amour durerait toujours.

Elle cligna des paupières pour chasser ses larmes et détourna le regard pour essayer de dominer son trouble. À ce moment-là, ses yeux se posèrent sur le couple assis en face d'elle. Le couple formé par sa belle-mère et son père.

Son père était occupé à dévorer le contenu son assiette, avec gloutonnerie et abandon. Un filet de gras coulait sur son menton et il ne prit pas la peine de l'essuyer avec sa serviette. Hazel, quant à elle, touchait à peine à sa nourriture.

Elle regardait Valencia et Rhain avec une expression énigmatique et préoccupée. Quand elle se rendit compte que Valencia avait surpris son regard, elle esquissa un sourire et lui adressa un hochement de tête d'une jovialité forcée. Avant cela, Valencia eut néanmoins le temps de voir passer dans ses yeux une expression de tristesse.

De la tristesse ?

C'était la première fois que Valencia décelait cela chez Hazel. Elle semblait toujours impassible et maîtresse d'elle-même, et même si elle ne paraissait pas spécialement heureuse, elle avait toujours l'air contente de son sort.

Peut-être ne l'ai-je jamais observée assez attentivement.

Avec cette pensée dérangeante en tête, Valencia regarda de nouveau Hazel. Elle réussit à faire abstraction du collier de sa mère qu'elle portait autour du cou.

Alors, peut-être pour la première fois, alors que son cœur débordait d'amour et que sa main était serrée de façon rassurante par un homme bon qu'elle aimait et qui l'aimait, Valencia regarda sa belle-mère et vit dans son expression quelque chose de la personne qu'elle-même avait été. Elle vit la tristesse familière qui l'avait longtemps habitée.

Elle reconnut en Hazel l'ombre d'une personne qu'elle avait été… et elle n'aima pas cela. Elle n'aima même pas cela du tout. Elle souhaitait mieux pour sa belle-mère. Toute femme méritait mieux. Toute femme méritait ce que Valencia avait trouvé.

Un amour qui durerait jusqu'à la fin de ses jours.